@DNXLIBROS

KENDARE BLAKE

TODOS ESOS CUERPOS

dNX
DEL
NUEVO
EXTREMO

Blake, Kendare
   Todos esos cuerpos / Kendare Blake. – 1a ed. – Ciudad Autónoma de
Buenos Aires : Del Nuevo Extremo, 2023.
310 p. ; 20 x 14 cm.

Traducción de: Martín Felipe Castagnet.

ISBN 978-987-609-838-0

1. Literatura Infantil y Juvenil. I. Castagnet, Martín Felipe, trad. II. Título.
   CDD 813.9283

© 2021, Kendare Blake
© Quill Tree Books/Harper Collins, 2021

Título original: *All These Bodies*

© 2023, Editorial Del Nuevo Extremo SA
Charlone 1351 – CABA
Tel / Fax (54 11) 4552-4115 / 4551-9445
e-mail: info@dnxlibros.com
www.dnxlibros.com

Traducción: Martín Felipe Castagnet
Edición: Claudia Hartfiel
Diseño de portada y armado: Wolfcode

Primera edición: diciembre del 2023

ISBN 978-987-609-838-0

MINNESOTA

WISCONSIN

★ St Paul

18 de septiembre de 1958
La familia Carlson;
sobrevive una niña
Black Deer Falls, MN

29 de agosto de 1958
Stacy Lee Brandberg
y Richard Covey
Madison, WI

8 de agosto de 1958
(descubiertos el 16)
Walter y Evangeline Taylor
Sioux City, IA

★ Madison

13 de agosto de 1958
Merill "Monty" LeTourneau y
un pasajero sin identificar
*Autopista 30, al este
de Dunlap, IA*

24 de agosto de 1958
Cheryl Warrens.
Mason City, IA

I O W A

...de agosto de 1958
...gela Hawk y Beverly Nordahl.
...rfolk, NE

18 de agosto de 1958
Jeff Booker y Stephen Hill
*Estación de servicio
de Mobile Clarion, IA*

★ Des Moines

3 de agosto de 1958
Peter Knupp
Loup City, NE

★ Lincoln

N E B R A S K A

CAPÍTULO UNO

1 de mayo de 1959

EN EL VERANO de 1958, los asesinatos que luego serían conocidos como "los Asesinatos Desangrados" o "los Crímenes de Drácula" arrasaron el Medio Oeste de Estados Unidos, empezando por Nebraska, luego pasaron por Iowa y Wisconsin, antes de dar la vuelta y regresar a mi pueblo natal: Black Deer Falls, Minnesota. Antes de que acabaran los asesinatos, diecisiete personas de diferentes edades y trasfondos perdieron la vida. Todos los cuerpos fueron descubiertos con heridas similares: las gargantas o las muñecas cortadas. Algunos tenían heridas profundas en la parte interior de los muslos. Todas las escenas del crimen estaban sospechosamente limpias y todas las víctimas habían muerto por pérdida de sangre.

Desangradas.

Para finales de agosto, los asesinatos habían avanzado hacia el este, cada vez más cerca de la frontera con Minnesota. Seguíamos su huella a través de los diarios y marcábamos cada nueva víctima en el mapa. Cuando dos estudiantes universitarios fueron asesinados en una casa abandonada a las afueras de Madison, Wisconsin, suspiramos de alivio.

Fue terrible lo que les pasó a esos chicos. Richard Covey y Stacy Lee Bradberg, así se llamaban. Eran estudiantes de maestría y estaban comprometidos. Sentíamos lo que les había ocurrido. Que todo esto hubiera ocurrido. Pero al menos había sido allá lejos, en Madison. Los asesinatos habían pasado de largo, Minnesota había sido perdonada y quien quiera que los hubiera cometido (y como fuera que lo hubiera hecho) probablemente estaba camino a Canadá. Black Deer Falls está tan solo a doscientos kilómetros de la frontera canadiense, pero en la otra dirección. Los asesinos no tenían razón alguna para volver sobre sus pasos y cruzar la frontera estatal. Pensábamos que estábamos a salvo.

Y entonces, en la noche del 18 de septiembre, la ola de asesinatos que había asolado el país durante todo el mes de agosto llegó a su fin aquí, después de tomar las vidas de Bob y Sarah Carlson, y de su hijo Steven.

La única sospechosa de los asesinatos fue aprehendida esa noche: una joven de quince años llamada Marie Catherine Hale. La encontraron de pie, entre los cuerpos de los Carlson, que, como todos los demás, habían sido vaciados de sangre. Pero, a diferencia de los demás asesinatos, esta vez sabíamos adónde se había ido la sangre: Marie Hale estaba cubierta de pies a cabeza.

Era la historia del siglo. La historia de una vida entera. Debería de haber ocurrido en Chicago o en Nueva York y los asesinatos deberían de haber estado a cargo de esos policías y periodistas que ya conocíamos de las películas: tipos que cruzaban las calles entre autos en movimiento, con el sombrero encasquetado y el cuello de la gabardina levantado. Con una pistola corta y plateada en la manga y un cigarrillo que casi le quemaba los nudillos.

Debería de haber ocurrido allí, y ellos deberían de haber estado a cargo. No en la Minnesota rural, donde nunca pasaba nada, salvo más de lo mismo, y no debería haber estado a cargo de mi padre y de nuestro defensor público a punto de retirarse. Ni tampoco, por increíble que parezca, a mi cargo.

Michel Jensen, un don nadie de diecisiete años, del medio de la nada, que quería ser periodista, pero que hasta entonces no había hecho más que repartir periódicos. Sin calificaciones. Sin experiencia. Elijan los adjetivos que mejor describan a un chico con su mundo dado vuelta.

Pero a veces la historia elige a su autor, y no al revés. O así lo dice mi mentor, Matt McBride (el editor de nuestro diario local, *Black Deer Falls Star*) y en este caso eso es especialmente cierto. Marie Catherine Hale me eligió a mí para que contara su historia y para que la escuchara, cuando podría haber tenido a cualquiera, y lo digo en serio: Edward R. Murrow habría tomado un vuelo a Minnesota enseguida.

Esta es esa historia. Su historia, en las páginas que siguen. Cuando la encontramos aquella noche, entre todos esos cuerpos, no sabía quién era. Pensé que era una víctima. Luego pensé que era un monstruo. Pensé que era inocente. Pensé que era culpable. Pero cuando terminaron con ella, lo que me contó cambió mi forma de pensar, no solo sobre ella, sino sobre la verdad.

Decir la verdad y al diablo el resto. Siempre pensé que sería fácil. ¿Pero qué haces cuando la verdad a la que te enfrentas resulta ser algo imposible?

CAPÍTULO DOS

La noche de los asesinatos

LA NOCHE EN la que mataron a los Carlson, yo estaba en casa de mi mejor amigo Percy. Era una noche cálida de septiembre y habíamos salido a su granero en ruinas para que Percy pudiera fumar sin que Jeannie, su madrastra, lo mirara mal.

—Entonces, ¿qué quieres hacer? —preguntó Percy y luego respondió a su propia pregunta mientras sacudía las cenizas lejos del viejo heno, para asegurarse de no provocar un incendio—: Claro que no hay mucho que hacer.

—Nunca hay mucho que hacer.

Di una vuelta por el granero y rebusqué en uno de los montones de trastos de su padre.

—Es mejor que hacer los deberes.

—Supongo —dije, mientras levantaba lo que parecía una lata muy vieja y medio vacía de aceite de motor—.¿Dónde consigue tu padre estas cosas?

—Donde puede —respondió Percy.

La mayor parte del granero estaba llena de trastos que Mo, el padre de Percy, había encontrado en subastas, en la ruta o en manos de los vecinos. Todos en el pueblo sabían que, si tenías basura, se la llevabas a Mo Valentine antes que al vertedero.

La casa de los Valentine era una granja, como todo lo que había a las afueras del pueblo. Sin embargo, no lo era realmente. Hacía mucho tiempo que no lo era, aunque tenían un campo alquilado que cultivaba otra persona. El resto se había vendido o convertido en un pantano o se había abandonado para que volviera a ser bosque, ideal para la caza de ciervos y ardillas.

—Juro que tiene algún tipo de enfermedad —dijo Percy—. Algo que le hace ver valor donde no lo hay.

—¿Como la enfermedad del oro de los tontos?

—Sí, exactamente. Mi viejo tiene la enfermedad del oro de los tontos. ¿Te la acabas de inventar?

Me encogí de hombros. Quizá no me la había inventado, sonaba a algo que podía existir de verdad. Asomé la cabeza por la puerta y miré hacia la casa. Jeannie seguía levantada, podía verla sentada en la sala, hojeando una revista. Habría querido volver a entrar. Jeannie era simpática e incluso guapa, pero Percy todavía no se sentía en confianza con ella. Era la tercera esposa de Mo (lo que significaba que había tenido dos esposas más que todos los demás en el pueblo) y el corazón de Percy era duro cuando se trataba de madres, después de que la suya huyera y de que la segunda esposa se divorciara de Mo y se mudara al otro lado del pueblo para fingir que los Valentine nunca habían existido.

—¿Ya invitaste a alguien al baile? —preguntó Percy—. Oí a Joy Davis decir que no le importaría ir con el hijo de cierto *sheriff*.

—¿Cómo te has enterado? ¿O se lo has preguntado de mi parte?

Mi amigo solo sonrió.

—Gracias, Percy —le dije—. Pero puedo conseguir mis propias citas.

—No lo parece, últimamente. Y ahora que Carol está saliendo con John Murphy...

—¿Y eso qué importa?

—John Murphy es de último año. Es el capitán del equipo de fútbol americano. Ahora que sale con tu exnovia deberías...

—¿Por qué tengo que hacer algo? —pregunté—. De todas formas, tampoco es que pueda conseguir a alguien mejor que Carol.

Carol Lillegraf y yo salimos durante casi tres meses, la primavera pasada. Era la chica soñada: pelo largo y rubio, labios rojos, alta y de piernas largas, pero salir conmigo fue un movimiento calculado. Salir con el respetable hijo del *sheriff* era una buena forma de que su padre reverendo se acostumbrara a la idea de que saliera con chicos. No me sorprendió que cortara conmigo justo antes del verano.

—Ahora es animadora —dije—. ¿Con quién se supone que debo salir para competir? ¿La jefa de animadoras?

Percy salió del montón de trastos con la cara roja. Rebecca Knox acababa de ser nombrada jefa de animadoras y Percy estaba enamorado de ella desde cuarto.

—Mejor te llevo a casa —dijo—, antes de que digas algo sobre la futura señora Valentine que lamentarás más tarde.

Me reí entre dientes. Pero mientras su hijo apagaba el cigarrillo, Mo apareció en la puerta del granero con sus dos perras, de labrador y color negro.

—Chicos, a la camioneta—dijo, y me miró—. Tu madre acaba de llamar y ha dicho que tu padre y los demás necesitan ayuda en la granja de los Carlson.

13

—¿Mi padre? —le pregunté mientras lo seguíamos en la oscuridad. Subimos a su camioneta y silbó para que las perras saltaran a la parte trasera.

—¿Qué está pasando? —preguntó Percy—. ¿Por qué nos llevamos a Petunia y Lulú Belle?

—Dijo que lleváramos a las perras. Dijo que ha pedido a todos lo mismo.

Percy y yo nos miramos. Hacía tres semanas que se había producido el último de los Asesinatos Desangrados, tiempo suficiente para que la gente empezara a relajarse, para que se suavizaran los toques de queda, para que los hombres dejaran de hacer guardia en el porche de las casas con un arma y una botella de ginebra. Se habían terminado, o eso creíamos. Pero Mo estaba asustado. Salió de su granja tan rápido que las perras chocaron contra la caja de la camioneta y Percy tuvo que recordarle que condujera con cuidado.

Fue un viaje de diez minutos desde la casa de los Valentine hasta la de los Carlson, en el condado 23, y cuando llegamos nos dimos cuenta de que la cosa iba mal. Dos coches patrulla estaban estacionados en la entrada con las luces encendidas y la vieja camioneta de mi padre estaba detrás de ellos. Otros tipos habían llegado antes que nosotros y habían estacionado a ambos lados del camino de tierra. Todos los que tenían perros también los habían traído; vi a Paul Buell y a su padre apresurándose por el camino de entrada con su simpático mestizo manchado.

—Mierda —maldijo Mo—. Debería haber traído correas. Percy, encuentra algo para usar.

—¿Para usar de qué? —preguntó, pero nos bajamos y buscamos. Todo lo que encontramos fue un viejo hilo de pescar medio podrido en la caja de la camioneta. Así que lo doblamos varias veces y lo pasamos por los cuellos de las perras. Luego las hicimos bajar y seguimos a Mo en dirección a las luces. Podía distinguir la forma de su escopeta, apuntando al cielo.

—¿Te habías dado cuenta de que traía el arma? —le pregunté a Percy.

—Debe haber estado debajo de nuestros pies —dijo Percy—. ¿Qué demonios está pasando?

Llegamos a la casa. Todas las luces estaban encendidas. La viuda de guerra, Fern Thompson, vivía en la pequeña casita al lado, tan cercana a la de los Carlson que podría haber formado parte de la misma propiedad. Éramos casi una docena de personas reunidas en el camino de entrada entre las dos casas. Además de Percy y yo, Paul Buell era el único chico. El resto eran otros padres y yo los conocía a todos. Parecía que mi madre los había llamado usando la lista de la iglesia. Todos llevaban escopetas.

—¿Qué está pasando? —Percy preguntó de nuevo.

Miré a Paul y me encogí de hombros, él también repitió el mismo gesto.

No sabía qué podía pasar para que mi padre nos hiciera venir hasta aquí, pero debía de necesitarnos con urgencia o habría pedido ayuda a la patrulla estatal. El camino de entrada era un caos: los perros ladraban y los hombres gritaban por encima del ruido. Petunia y Lulú Belle estaban entusiasmadas por ver otros perros, yo tenía una mano en el collar de Lulú Belle y temía que el hilo sisal podrido se rompiera.

Alguien cruzó el camino de entrada, en dirección a la casa de la viuda Thompson, y la labradora se abalanzó sobre él. Era Bert, uno de los ayudantes de mi padre, que llevaba un gato a rayas en brazos.

—¡Bert! —lo llamé—. ¿Qué estás haciendo?

Me ignoró y siguió adelante, la viuda Thompson lo recibió en la puerta. Bert le puso el gato en los brazos. El policía estaba blanco como una sábana y parecía inestable, como si en cualquier momento sus ciento treinta kilos fueran a derrumbarse enfrente de la viuda.

—¡Rick! —gritó uno de los hombres al ver a mi padre—. Rick, ¿qué ha pasado?

Miré hacia atrás, hacia la casa de los Carlson. Mi padre acababa de salir y venía hacia nosotros. Examiné su rostro, pero fue inútil. Aquella noche parecía un policía. El único rastro de mi padre fue un parpadeo cuando me vio, como si estuviera sorprendido y algo apenado.

—Gracias por venir —dijo—. Tenemos una situación muy mala allí dentro.

—¿Qué quieres decir? —preguntó el señor Buell—. ¿Están bien Bob y Sarah? ¿Los niños?

—Los han asesinado —dijo mi padre.

Hubo un largo silencio. Algunos perros ladraron. Sobre todo, uno que estaba cerca de la casa, un sabueso negro con manchas marrones que pertenecía a los Carlson; al cabo de un minuto, Bert se acercó, lo alzó y lo hizo callar. Los que estábamos reunidos en la entrada empezamos a hacer preguntas de nuevo y miré a Paul Buell. Estaba llorando. Mi madre no debería haberlo llamado: era demasiado amigo de Steve Carlson. Pero ella no lo sabía.

—Escuchad, esto es lo que necesito —dijo mi padre en voz alta—. Equipos de dos y tres personas. Armados, sin excepciones. Perros, si los tenéis. Ya he llamado a la patrulla estatal y hay controles en marcha, pero si el asesino ha huido a pie, no llegarán los hombres a tiempo. Somos la mejor oportunidad de atraparlo.

Nos separó en equipos y nosotros fuimos el último: Percy, Mo Valentine y yo. Mi padre miró a Mo con más detenimiento para asegurarse de que no había bebido demasiado.

—Quiero que salgáis en todas direcciones. Cuando lleguéis a casa de un vecino, llamad a la puerta, pero solo para que se sepa que estáis ahí. No necesitamos a todo el condado dando tumbos en la oscuridad. Comprobad el arroyo y el oeste hacia la línea de árboles. —Luego señaló al señor Dawson y al señor Hawkins, que había estado en el ejército—. Vosotros dos revisad las dependencias.

—¿A quién buscamos? —preguntó el señor Dawson.

—Parece un Desangrado —dijo mi padre sombríamente.

Solté el collar de Lulú Belle y Percy la sujetó mientras el resto de los grupos de búsqueda se abalanzaba sobre mi padre.

Era imposible imaginar que lo que decía mi padre fuera cierto. Que la familia Carlson, Bob y Sarah, Steve, a quien yo conocía, yacía muerta. Y no solo muertos, sino asesinados por el homicida más famoso del país.

Me quedé mirando las ventanas, paralizado. Como futuro periodista, ese verano había seguido los Asesinatos Desangrados por los periódicos más de cerca que cualquier otro. Pero los artículos no me satisfacían. Siempre los mismos hechos, los nombres de las víctimas, la falta de

17

conclusiones. A veces utilizaban la misma palabra tres veces en un párrafo o la misma frase en dos artículos diferentes, como si los periodistas estuvieran tan aterrorizados como nosotros frente a sus máquinas de escribir.

Las cortinas de la sala de los Carlson estaban corridas y desde donde estábamos en el camino de entrada yo no podía ver casi nada. Mis pies se deslizaron a la derecha. Me acerqué a la casa hasta que pude mirar a través del espacio entre la tela y las cortinas.

Al principio no distinguí nada más que parte del techo y algunas fotografías colgadas en las paredes. Y entonces vi a alguien de pie en medio de la habitación. Estaba de espaldas a mí y parecía mojada. Como si hubiera estado nadando vestida en un mar de color rojo.

Me acerqué un poco más y vi a Charlie, el otro ayudante de mi padre. Caminaba de un lado a otro de la habitación con un bebé en brazos. Lo acunaba y le besaba la coronilla, y tenía una mano extendida en señal de alto hacia la chica cubierta de sangre. Pero salvo por esa mano, Charlie la ignoraba, como si no estuviera.

—La bebé —dije. Todos en la entrada me miraron a mí y luego hacia las ventanas—. ¿La bebé está bien?

—La bebé está bien —dijo mi padre, y retuvo a algunos de los hombres que intentaban pasar por delante de él—. No vais a entrar. No va a entrar nadie que no tenga una estrella en el pecho.

¿Quién es?, quería preguntar yo. ¿Quién es esa chica? Pero mi padre apretó la mandíbula. Yo no debía estar junto a la ventana. Y se suponía que debía callarme.

Miré de nuevo y la chica me observaba fijamente.

Es imposible describir lo que vi en su cara, aunque nunca olvidaré su aspecto. Estaba empapada en sangre. Totalmente empapada. Tenía el pelo viscoso y la sangre parecía húmeda en algunas partes: en el cuello y donde le caía del pelo para resbalar por las mejillas. Esa fue la primera vez que vi a Marie Catherine Hale. En realidad, no hablamos esa primera noche. Pero sigo considerándolo nuestro primer encuentro. A veces basta con una mirada, y la mirada que fijó en mí no era la de alguien que tacha en silencio las caras nuevas de los desconocidos. Me vio como si ya me conociera. Casi podía oírla decir mi nombre: "Michael. Hola, Michael", con su voz grave y sorprendente. Mirando hacia atrás, ahora, a veces creo que realmente ya me conocía.

Mi padre nos ordenó iniciar la búsqueda y yo volví a concentrarme. Percy y Mo me llamaron y los equipos se pusieron en marcha en las direcciones designadas. Miré hacia mi padre, pero no me vio. Llamó a Bert, que seguía cuidando al perro de los Carlson, y entraron juntos en la casa.

—¿Lo puedes creer? —preguntó Percy cuando Mo corrió de vuelta a la camioneta por una linterna—. Steve. Toda la familia. No puedo creerlo.

—No toda la familia —dije—. La bebé está bien.

—Y gracias a Dios por eso. Ni siquiera los Desangrados podrían matar a un bebé.

—Percy, ve a ayudar a Mo con la linterna. Te veré en la camioneta.

Me miró un momento, sujetando a las dos perras. Luego se las llevó a rastras, refunfuñando que no sabía para qué iban a servir un par de perros cazadores de patos.

19

Me quedé en la entrada un rato más. Lo suficiente para ver cómo acompañaban a Marie hasta el coche patrulla de Bert. Él le había puesto su chaqueta sobre los hombros y más tarde me dijo que había puesto una manta para cubrir el asiento trasero, pero la sangre se filtró de todas formas. Recuerdo que me pregunté dónde se habría hecho daño la chica. Estaba roja de la cabeza a los pies, pero yo sabía que no toda la sangre podía ser suya. Pensé que tal vez se había cortado en la cabeza, donde la sangre parecía más espesa. Pero me equivoqué.

Cuando la limpiaron en la comisaría de Policía, no le encontraron ni un rasguño. Ni una sola gota de esa sangre era suya.

CAPÍTULO TRES

Una chica empapada en sangre

MO NOS LLEVÓ a Percy y a mí al otro lado de la carretera desde la casa de los Carlson, hacia el sur, en dirección al pueblo. Era la dirección menos probable en la que habría ido el asesino y supe que mi padre nos había enviado en esa dirección a propósito por mí, o tal vez por el aliento a cerveza de Mo. Petunia y Lulú Belle trotaban alegremente a nuestro lado entre la maleza y la hierba muerta del otoño, pero yo no dejaba de mirar hacia la casa. Había trabajado en la cárcel desde niño, barriendo suelos y lavando ventanas, sobre todo, pero había sido hijo del *sheriff* la mayor parte de mi vida. Podría haber ayudado, si me hubieran dejado.

Pero cuando las luces de los autos y de la casa de los Carlson desaparecieron y los sonidos de los otros hombres y perros se desvanecieron, empecé a prestar más atención. Caí en la cuenta de que estábamos buscando a un asesino. Realmente esperaba encontrarlo, y no a cualquier asesino, sino al más famoso del país, que degollaba a sus víctimas y no dejaba rastro de sangre. Salvo que esta vez había demasiada sangre en la chica que apareció en la sala de los Carlson. Tal vez era ese el secreto que guardaban, y encontraríamos al asesino agazapado junto al arroyo, cubierto de sangre él también.

—Estás haciendo demasiado ruido —me dijo Percy.

Fui más despacio. Percy y Mo eran cazadores, con mucha práctica. Incluso las labradoras sabían pisar con más suavidad que yo.

—Debí de haberme quedado atrás —dije.

—Me alegro de que no lo hayas hecho. Me siento a punto de morir del susto.

—Percy —susurró Mo—. Silencio.

Pero podía oírlo en su voz. Y podía verlo en la forma en que la escopeta temblaba en su mano: Mo tampoco quería estar ahí. Al sur de la casa de los Carlson no había nada, solo el arroyo que daba un giro y un montón de árboles en dirección al pueblo, un lugar ideal para que alguien se escondiera. Habíamos sido más valientes juntos en la entrada de los autos, cuando estábamos enfadados porque nuestros vecinos yacían muertos en su casa. Ahora íbamos despacio y cada vez más despacio, esperando los ladridos y gritos que significarían que alguien más lo había encontrado primero.

Llegamos a la línea de árboles, lo bastante cerca como para oír el gorgoteo del agua del arroyo. Y entonces las perras se negaron a seguir.

Percy tiró de la correa improvisada de Petunia. Yo le di una palmadita a Lulú Belle.

—Vamos, chica —ordenó Mo, pero la perra solo gimoteó y clavó las patas en el suelo—. ¡Petunia! ¡Lulú! ¡Venga! Es solo agua. Son perras cazadoras de patos, estúpidas... —Las agarró de las greñas e intentó tirar de ellas. Las labradoras se quejaron y ladraron. Al final, una de ellas le mordió la mano.

—¿Qué les pasa? —preguntó Percy.

Agarré el collar de Lulú Belle de nuevo y enterré mis dedos en su pelaje.

—Tal vez deberíamos escucharlas.

Mo maldijo y se irguió en la oscuridad. El haz de luz de su linterna se proyectaba de un lado a otro y yo contenía la respiración mirándolo, temiendo que en cualquier momento mostrara un rostro entre los árboles.

—Supongo que iré yo —dijo Mo—. Vosotros quedaos con las perras.

No había dado más de un par de pasos cuando algo se levantó y se movió, algo grande que partió ramitas a su paso y corrió por el sotobosque. Las perras se volvieron locas ladrando. Ni Percy ni yo pudimos aguantar. Creo que el hilo se rompió por la mitad, pero puede que Lulú me lo arrancara de las manos.

—¡Petunia! ¡Lulú! —gritó Percy mientras corrían.

—¡Maldita sea! —gritó Mo.

Nos quedamos helados. Las perras no corrían hacia el sonido. Huían de él. Mo nos empujó detrás de él y apuntó su arma hacia el arroyo.

—Volved a la casa de los Carlson —dijo—. Encontrad a las chicas y metedlas en la camioneta. Iré justo detrás de vosotros.

Encontramos a las labradoras en la carretera, dando vueltas en círculos, nerviosas y gimoteando. Las alzamos y las cargamos, y Mo se unió a nosotros poco después, respirando con dificultad por haber corrido. Luego nos quedamos junto a la camioneta y dejamos que nuestros corazones se calmaran. En la seguridad de la luz de la casa, iluminada por los destellos rojos y azules de los coches patrulla, fue fácil recuperar la calma.

—Percy —dijo Mo—, lleva a Michael a su casa, luego vuelve con las perras y quédate con Jeannie.

—¿Y tú? —Percy preguntó.

—Iré a la casa y me uniré a otro grupo de búsqueda. Vosotros no deberíais estar aquí de todos modos.

—Al menos llévate a una de las perras.

—¿Para que tenga que volver a perseguirla? No sirven de nada sin las correas adecuadas.

—Pero papá...

—Vete a casa y te veré por la mañana.

Percy y yo condujimos hasta mi casa con las labradoras negras entre nosotros en el asiento corrido. Cuando llegamos, le dije:

—¿Estás bien? ¿Quieres quedarte a dormir?

Se lo pensó, acariciando a las perras.

—Será mejor que me vaya a casa. No creo que Mo quiera que Jeannie esté sola.

—De acuerdo.

Miré hacia mi casa. Todas las luces de abajo estaban encendidas y parecía segura. Sabía que mi madre probablemente iría a la cárcel, a unas manzanas de allí, y que yo tendría que quedarme en casa y cuidar de mi hermana pequeña, Dawn, aunque ya estaría durmiendo.

Antes de bajar de la camioneta, le di a Lulú Belle un buen mimo. Incluso entonces, cuando ninguno de nosotros quería admitirlo, no pude evitar pensar que aquellas perras que ahora movían tanto la cola nos habían salvado de algo.

Entré y encontré a mi madre con el abrigo ya puesto, lista para ir a la cárcel, tal como me había imaginado.

—¿Te vas a quedar en la cárcel esta noche? —le pregunté.

—Imagino que sí —dijo—. Van a ingresar a la chica para que se quede ahí.

—¿Ingresarla? ¿Por qué?

—No lo sé, Michael. Cuida de tu hermana.

Y luego se fue. En la cárcel ayudó al médico a limpiar a Marie. La limpiaron de pies a cabeza, la examinaron y no encontraron ninguna herida. Luego mi madre la metió en una bañera, y más tarde me contó que, incluso después de haberla limpiado, el agua de la bañera se puso roja como sopa de remolacha.

Mi madre no pasó la noche allí. La celda de las mujeres estaba apartada, conectada con el resto de la cárcel en el extremo oeste de la planta alta, encima de la oficina del *sheriff*. Se construyó en la cocina de nuestra antigua casa familiar, en los tiempos en los que el *sheriff* vivía en el lugar, y estaba separada de las celdas de los hombres por unas cuantas capas de ladrillo y yeso, y unos buenos doce metros. Ya no vivíamos allí; mi padre, el *sheriff* Richard Jensen, nos construyó una casa nueva en el pueblo. No tan lejos de la cárcel, para poder ir andando al trabajo en un día soleado, pero lo bastante lejos como para que mi hermana pequeña no oyera el lenguaje inapropiado de los juerguistas que pasaban la resaca en las celdas de abajo. En las raras ocasiones en las que la celda de mujeres tenía una ocupante (la señora Wilson, después de que la detuvieran por conducir alcoholizada, por ejemplo), mi madre se quedaba la noche en la cárcel. No le gustaba dejarlas solas en aquel lugar con corrientes de aire, rodeado de barrotes y muros, aunque la mayoría de las reclusas solo pasaban allí una noche. Marie Catherine Hale permanecería ciento cuarenta y cuatro noches, siempre sola, menos en tres ocasiones.

Cuando mi madre se fue, subí a mi habitación. Intenté terminar los deberes. Leí un poco. Sobre todo, me tumbé boca arriba y pensé en los Carlson y en los Asesinatos Desangrados.

Al momento de la detención de Marie pensábamos que los asesinatos habían comenzado a principios de agosto, que Peter Knupp en Loup City, Nebraska, había sido el primero. A partir de ahí, los asesinatos parecieron intensificarse: un par de estudiantes de enfermería degolladas, el 6 de agosto, un camionero y un pasajero que hacía dedo, el 13, una pareja de ancianos en Iowa, el 16. Y así sucesivamente, con nuevas víctimas encontradas cada pocos días, hasta que después de los estudiantes de Madison todo se detuvo. Pasó una semana. Luego otra. Las luces seguían encendidas hasta altas horas de la noche y las puertas que nunca antes habían estado cerradas tenían nuevos cerrojos, pero así serían las cosas ahora. Doce personas habían muerto. Doce personas desangradas en sus propias casas o en sus coches, o en sus trabajos, como el pobre trabajador de la estación de servicio Jeff Booker, asesinado en su puesto.

Los periódicos aumentaron su tirada aturdiéndonos con detalles: se había encontrado muy poca sangre en las escenas del crimen y nadie sabía cómo ni por qué. Las heridas estaban muy limpias. Demasiado limpias. Nadie había sido apuñalado. Les habían cortado la garganta o las muñecas, y a veces profundamente en el muslo. "¿Podría haber sido obra de un cuchillo de cocina corriente?", se preguntaban los periódicos. Tal vez. Pero hasta ahora, ningún cuchillo había desaparecido de las casas de las víctimas.

No sé cuánto tiempo pasé tumbado pensando. Pero aún estaba despierto cuando mis padres llegaron a casa un rato después y los oí hablar en voz baja en el piso de abajo.

—La bebé —dijo mi madre—. ¿Qué va a pasar con ella?

Pensé en aquella criatura, una niña de dos años llamada Patricia. Había estado dentro de la casa, en la misma habitación donde todo ocurrió.

—La vecina dijo que Sarah tenía una hermana —dijo mi padre—. Imagino que irá con ella.

Mi madre es una mujer alta y dura. Igual que mi padre en aspereza y altura, o eso le gustaba bromear a él. Pero cuando él le dijo eso, ella empezó a llorar.

Los podía imaginar en la cocina: los brazos de él alrededor de la espalda de ella, meciéndola suavemente hacia delante y hacia atrás, con la barbilla apoyada en la parte superior de su cabeza. Mamá ya había llorado antes, cuando habían ocurrido cosas terribles. Cuando la camioneta de la familia Ernst volcó durante la tormenta de nieve de 1954 y murieron todos los que iban dentro, incluido Todd, su hijo de cinco años, había llorado durante días. Pero esa noche su llanto sonaba diferente. Lo que le ocurrió a la familia Ernst fue una tragedia. Lo que les había pasado a los Carlson era enloquecedor. Era aterrador. Era inexplicable.

Subieron unos minutos después y mi padre vino por el pasillo al ver que mi luz seguía encendida.

—Michael, ¿estás despierto?

—Sí, señor.

Asomó la cabeza.

—¿Estás bien? ¿Dawn está bien?

—Sí, señor.

Mi padre miró hacia atrás y luego entró. Cerró la puerta para que mi madre y mi hermana no lo oyeran. Antes de hablar, se sentó a los pies de mi cama como no había hecho desde que empecé la secundaria.

—Siento lo del hijo de los Carlson. Lo de tu amigo Steven.

—Yo también —dije y empecé a llorar.

Mi padre me puso una mano en la espalda. Me sorprendió llorar. Aunque era terrible, no habíamos conocido tan bien a los Carlson, y mi padre se equivocaba cuando decía que Steve y yo éramos amigos. Yo lo conocía y cada tanto bromeábamos un poco en el colegio. Él jugaba al fútbol. Yo prefería el béisbol e incluso durante la temporada de béisbol me interesaban más los libros. Pero en los meses siguientes a los asesinatos llegaría a saber más de Steve y de los Carlson de lo que jamás hubiera imaginado. Todo el pueblo lo haría, de modo que, al final de la investigación, todos pensábamos en ellos casi como en nuestra propia familia y los lloramos de un modo que nunca lo habríamos hecho si simplemente hubieran muerto en algún accidente.

Mi padre dio un gran suspiro y se levantó de la cama.

—Ahora deberías dormir un poco —dijo—. Todo está bien esta noche y mañana no será un día fácil.

Volvió a ponerse la gorra de policía.

—¿Vas a volver a salir?

—Alguien tiene que quedarse en la cárcel, y necesitamos hombres en la granja de los Carlson. El estado viene a echarnos una mano con patrullas extra y controles de carreteras. Nadie dormirá en su cama esta noche.

—Papá —le dije mientras se daba la vuelta para irse—. ¿Y la chica?

No había dejado de pensar en ella, en su cara y sus ojos. Su cuerpo empapado de sangre.

—Marie Hale. Su nombre es Marie Catherine Hale.

—¿Quién es ella? ¿Cómo se las arregló para escapar?

Se detuvo con la mano en el pomo de la puerta.

—No creo que se haya escapado.

CAPÍTULO CUATRO

La pérdida de los Carlson

ANTES DE QUE los asesinatos llegaran a Black Deer Falls había doce víctimas conocidas. Peter Knupp, 26 años, de Loup City, Nebraska. Lo encontraron el 3 de agosto, degollado en el porche de su casa. Las estudiantes de enfermería Angela Hawk y Beverly Nordahl, ambas de 22 años, fueron encontradas sentadas en su coche en Norfolk, Nebraska, el 6 de agosto, no lejos de un bar de carretera.

La pareja de ancianos eran Walter y Evangeline Taylor, encontrados el 16 de agosto, pero asesinados el 8 de agosto. Fueron descubiertos en su cama con las muñecas cortadas en las afueras de Sioux City, Iowa. Algunos pensaron que sus muertes habían sido un suicidio, mezclado en el sensacionalismo del momento.

El 13 de agosto, el camionero Merrill "Monty" LeTourneau, de 40 años, junto con un vagabundo no identificado, fueron encontrados a un kilómetro y medio de distancia en la autopista 30, cerca de Grand Junction.

El 18 de agosto: Jeff Booker, de 24 años, y Stephen Hill, de 25, empleados de una estación de servicio y asesinados en la misma ocasión; sus cuerpos fueron encontrados con un día de diferencia, ya que el de Stephen Hill fue localizado al otro lado de la carretera, en un descampado, con los pantalones por los tobillos y un profundo corte en la cara interna del muslo.

El 24 de agosto: Cheryl Warrens, de 34 años, camarera en una parada de camiones de Mason City, donde el acoplado de Monty había sido abandonado.

Y luego los estudiantes universitarios en Wisconsin, el 29 de agosto: Richard Covey, de 24 años, y Stacy Lee Brandberg, de 23.

Sin duda, sus nombres son familiares. Pero quizá ninguno sea más familiar que el de Marie Catherine Hale. Por la forma en que fue reproducido en los titulares y su foto publicada en las noticias de la noche, sería imposible no conocerla o no haberse formado una opinión en un sentido u otro. Asesina. Cómplice. Rehén. Seductora. Víctima. A lo largo de la investigación se la caracterizaría de todas esas maneras. Pero solo eran titulares. Eran solo suposiciones. Etiquetas sencillas para encajarla en cajones sencillos.

Marie Hale era una chica atractiva. No llegaba a los dieciséis años, más de un año menor que yo, aunque a menudo parecía mucho mayor. Era hermosa, pero no la belleza que los periódicos decían, con las halagadoras fotos que publicaban. La mayoría de los días de su encarcelamiento los pasaba de pie junto a la ventana de su celda, vestida con ropa prestada (pantalones demasiado largos que tenía que arremangar hasta el tobillo, una camisa blanca abotonada) y el pelo oscuro recogido con un lazo negro. No llevaba maquillaje y nunca lo pedía, salvo un tubo de pintalabios rojo que le regaló mi madre, para animarla, según decía, aunque más tarde comentaría que a Marie le parecía mucho más oscuro que a ella. Era tranquila y su celda estaba muy limpia, aunque nunca la vi limpiarla. Pasaba la mayor parte del tiempo mirando hacia el estacionamiento y la larga arboleda que separaba la cárcel de la carretera del condado. Cuando se movía, lo hacía a paso lento, pero con la paciencia como propósito. Me recordaba a los grandes felinos que vi una vez acechando en su recinto del zoo de St. Paul, durante un viaje familiar a la capital del estado. Inofensivos, pero solo gracias a los barrotes.

Puede parecer extraño que piense así. Yo era joven y atlético, estaba en forma porque había pasado el verano corriendo detrás de las pelotas en el campo de béisbol y repartiendo periódicos. Pero cualquier hombre del doble de mi tamaño habría sentido lo mismo. Era inquietante. Cuando se paseaba y cuando se sentaba, muy quieta y tan tranquila, con los ojos igual que la noche en que la vi cubierta de la sangre de los Carlson. Me digo a mí mismo que nunca le temí de verdad, pero al principio únicamente me atrevía a meter la mano por los barrotes cuando estaba junto a la ventana. Solo entonces parecía tan pequeña como era, solo entonces parecía tan perdida, como una niña que espera una tormenta o un relámpago.

Le hablé de ella a Percy la mañana siguiente a los asesinatos, cuando me vino a buscar para ir al colegio. Le conté cómo la había visto dentro de la sala de los Carlson. Supongo que no debería haberle dicho nada, igual que no debería haber mirado. Pero conocía a Percy desde el día en que él me vio en primer curso y decidió que sería mi mejor amigo. Podía confiar en él.

—¿Cómo está tu padre? —le pregunté mientras estábamos sentados en el estacionamiento de la escuela.

—¿Cómo está tu padre? —preguntó Percy. Luego suspiró—. Me pregunto si los perros de los demás también se convirtieron en gallinas como los nuestros. No pensarás realmente que es otro Asesinato Desangrado, ¿verdad? Quiero decir, eso sería demasiado horrible.

—¿Sería mejor si no lo fuera? —pregunté—. ¿Hubiera sido mejor para Steve y su madre si hubiera sido Bob quien lo hubiera hecho? ¿Si él hubiera estallado y tomado un hacha?

—No —dijo Percy—. Dios, las cosas que piensas...

Pero yo también me preguntaba si era realmente un Asesinato Desangrado. No había sido exactamente igual. Para empezar, nunca se había encontrado a nadie vivo en ninguna de las otras escenas del crimen. Y nunca había habido sangre. O al menos no tanta como la que cubría a Marie Catherine Hale.

—No quiero entrar —dijo Percy, mirando fijamente la escuela—. Siento que mientras no entre, nada de esto habrá sucedido.

Pero había ocurrido. Los equipos de búsqueda seguían buscando al asesino. La patrulla estatal había llegado para establecer controles de carretera y hacer inspecciones casa por casa. En la escuela podría haber sido cualquier otro día. Pero si hubiéramos mirado más lejos, habríamos visto policías, hombres y perros rastrillando los campos. Acorralándonos. Le di a Percy dos golpecitos en el brazo, salimos del coche y entramos.

Los Carlson eran una familia exitosa. No eran ricos, pero sí respetados. La granja había pertenecido a la familia durante dos generaciones y la gente del pueblo tenía al señor Carlson como un buen agricultor, con verdaderos conocimientos sobre la rotación de cultivos o con información privilegiada para obtener subvenciones federales, según a quién se preguntara. Su hijo Steve, mi compañero de clase, era muy querido. No era el mejor jugador del equipo de fútbol, pero llegó a ser titular. No era gracioso, pero se reía rápido, lo que a menudo es igual de importante. La noche previa, alguien había entrado en su granja y los había degollado uno por uno. Ya se murmuraba que fueron asesinados lo suficientemente juntos como para agarrarse de la mano.

Percy y yo caminábamos por los pasillos con la noticia de la muerte de los Carlson como una extraña onda expansiva; era fácil ver la diferencia entre los que lo sabían y los que no, y aún más extraño ver cómo llegaba la noticia: ver cómo el rostro de Joanie Burke se aflojaba y cómo se agarraba del brazo de la persona que se lo había dicho. Vi a Carol venir por el pasillo y supe que lo sabía; sus ojos estaban húmedos y enrojecidos.

—Michael —dijo, y luego se quedó parada, abrazada a sus libros. Un grito sonó desde algún lugar y la despertó, sacudió la cabeza y se alejó.

Nuestra clase en la secundaria Black Deer Falls está formada por 212 alumnos. En toda la escuela, desde los estudiantes de primer año hasta los del último, hay 1169 alumnos. La ausencia repentina y permanente de Steve nos atravesó como una grieta en el hielo. Fuimos pisando con cautela hasta estar seguros de que aguantaría. Durante todo el día, estuvimos esperando a que alguno de nuestros profesores recibiera un papelito en la puerta y anunciara que todo había sido un error, que Steve estaba bien, que solo tenía gripe. Incluso yo esperaba eso.

Cuando terminó el día me sentía agotado. La gente se imaginaba que yo sabía lo que había pasado, ya que el *sheriff* Jensen era mi padre, y no me importaba que preguntaran. ¿Pero cuántas veces podía responder que no lo sabía?

—Tienes que pasar por la cárcel —dijo Percy cuando nos encontramos en mi taquilla.

—Solo quiero irme a casa.

—No, no quieres. Has tenido la nariz metida en los periódicos todo el verano y ahora que los Asesinatos Desangrados están aquí y la testigo está sentada en la cárcel de tu padre, ¿vas a decirme que quieres irte a casa?

Lo miré. Prácticamente desde el momento en que ocurrió había estado pensando en la noticia que era. Qué titular, caído de repente en el medio de la nada, en Black Deer Falls. Me pregunté cómo lo escribiría Matt McBride para el *Star*. Ojalá hubiera estado en casa de los Carlson. Empecé a pensar en preguntarle si podría ayudarle. Y cada vez que lo pensaba, me odiaba por ello.

—Mira —dijo Percy—. Ahora sé que es real. Sé que es Steve quien murió. Pero eso lo hace más importante descubrir quién fue, ¿no? Para ti. Para nosotros.

—No crees que pareceré... —dije, mientras pensaba: un entrometido, un oportunista—. ¿Como un fisgón?

—Bueno, sí, pero… —dijo, y después se encogió de hombros—. Vamos, yo te llevo.

Para cuando Percy me dejó en el estacionamiento de la comisaría de Policía, mi curiosidad había ganado. Tenía que saber si los asesinatos de Steve y sus padres habían sido realmente un Asesinato Desangrado. Parte de mí incluso esperaba que lo fueran. Y no era solo yo. Todo el pueblo se debatía entre el dolor y el deseo de que Black Deer Falls apareciera en el mapa. Entonces no sabíamos lo que significaría; estábamos atrapados en la historia, como todos los demás.

Entré a la comisaría, pensando en preguntar si Bert o Charlie necesitaban ayuda o en preguntar a Nancy si quería que hiciera algún recado. Esperaba que estuviera vacía, que mi padre y los demás estuvieran en la granja. Pero cuando llegué, mi padre estaba en su despacho, rodeado de sus dos ayudantes. De los tres, solo Charlie parecía fresco, pero siempre lo parecía, con sus espesas cejas oscuras y el pelo peinado hacia atrás. Mi padre parecía que se iba a quedar dormido de pie con una taza de café en la mano.

—Michael —dijo mi padre, y los ayudantes se giraron.

—Hola, Michael —dijo Charlie.

—Hola, Mikey —dijo Bert, antes de volver a mirar a mi padre y apartarse.

—No deberías estar aquí hoy, hijo.

—Lo siento —le dije—. Solo pensaba que te vendría bien la ayuda extra.

—No sé si hay mucho que hacer. —Se frotó los ojos—. Yo también debería volver pronto a casa para intentar dormir un poco. Supongo que puedes limpiar un poco. Dame media hora. Luego iremos juntos a casa.

Asentí con la cabeza y pronto olvidó mi presencia mientras yo me ocupaba de vaciar cubos de basura y empujar sillas. Mi padre y los ayudantes se trasladaron a la relativa intimidad de su despacho, y yo seguí por los pasillos, guardando en los armarios las cosas que habían quedado fuera y observando el peculiar silencio de las celdas de detención. Podrían haber estado vacías. Los días laborables por la tarde solían estarlo. Pero tuve la clara impresión de que no lo estaban y que los hombres encarcelados simplemente guardaban silencio, como si ellos también estuvieran atentos a cualquier cosa que pudiera explicar lo sucedido.

Cuando llegué a la puerta de nuestra antigua cocina y a la celda de las mujeres, fue casi por accidente. Al fin y al cabo, era mi vieja casa y a menudo acababa allí. Mis pies me llevaban en esa dirección si no prestaba mucha atención. Miraba hacia arriba y allí estaba la puerta. Madera marrón de un lado, pero pintada de blanco del lado que daba a la cárcel de hombres, como si el cambio de color proporcionara otra capa de separación entre las dos estructuras contiguas.

Me detuve y me quedé mirando la pintura blanca. De repente, me sentí como si volviera a ser un niño, como si mi madre estuviera dentro, de pie junto a la estufa o sentada a la mesa. Pero solo había una chica al otro lado, en la celda, y debía de haberme oído subir los escalones. Debía de estar esperando. Preguntándose qué hacía yo allí. Así que abrí la puerta.

La habían limpiado. Atrás había quedado la sangre que la cubría de pies a cabeza, se había ido por el desagüe de la bañera. Atrás habían quedado las ropas empapadas de rojo, manchadas de un color tan oscuro que apenas se reconocía cómo eran.

Marie Catherine Hale no estaba de cara a mí cuando entré; tenía el pelo suave, ahora seco, de un castaño oscuro que se aclaraba en los bordes. No se giró al oír la puerta; se limitó a mirar por la ventana hacia el estacionamiento, iluminada por un resquicio de luz que venía de la calle; más allá se veían las gruesas y anchas hileras de árboles que se interponían entre la cárcel y la carretera.

—Pronto oscurecerá —dijo—. Me preguntaba si te vería, Michael.

—Sabes mi nombre.

—Hablan mucho de ti.

Se volvió. Sus ojos eran grandes y de color avellana, salpicados de marrón, pero no del marrón rojizo que había imaginado después de verla tan empapada de sangre. Su voz era baja y tranquila. Como si estuviera haciendo negocios.

—No deberías estar aquí —dijo, y luego, antes de que pudiera asentir—: O tal vez estás pensando que yo no debería estar aquí. Pero te equivocarías—. Sonrió un poco, con la comisura de los labios—. Me llamo...

—Marie Catherine Hale —dije—. Lo sé.

—Sé que lo sabes. Pero eso es todo lo que saben. Todo lo que sabe. —Llevaba el pelo suelto ese día. Sin el lazo que usaría más tarde, para el tribunal—. Puedes llamarme Marie, sabes. No necesitas decirlo completo.

—Pero así te llamarán en los periódicos, si es que sales en los periódicos.

—Ya he salido en los periódicos. Los periodistas llegaron esta mañana. Supongo que te los perdiste, pero verás las noticias. Estoy a punto de hacer de tu pequeño pueblo

39

un lugar incómodamente famoso.

Incómodamente famoso. Me gustó su elección de palabras.

—¿Cuántos años tienes? —le pregunté.

—Cumpliré dieciséis en diciembre. ¿Tienes un cigarrillo?

Me palpé los bolsillos, aunque no fumaba.

—Lo siento.

Se apartó de la ventana con un rápido giro y recorrió la corta longitud de la celda antes de tumbarse en la cama, que era mejor que las celdas de los hombres, pero no mucho más que un catre.

—Me lo imaginaba. Tampoco me dieron uno abajo. Dijeron que era demasiado joven.

—Pareces mayor.

Frunció ligeramente el ceño.

—Sí. La gente siempre piensa que soy mayor de lo que soy.

Golpeteó los barrotes con las uñas. Cuando volvió a mirarme, un escalofrío recorrió todo mi cuerpo: ella había estado allí, había estado en aquella casa cuando ocurrió, pero iba más allá de eso. Marie Hale no era el tipo de chica con la que estaba acostumbrado a hablar. Era una chica astuta y rápida, con sus cigarrillos y esa forma de moverse, esa mirada tan directa en sus ojos. Era el tipo de chica que el hijo del *sheriff* debería ignorar.

—¿Qué te ha pasado? —pregunté—. ¿Qué estabas haciendo en casa de los Carlson?

—Es una larga historia.

—Me encantan las historias —dije—. Largas, cortas y medianas.

Sus ojos se estrecharon, enfocándome, como lo habían

hecho a través de la ventana de los Carlson. Había sido casi imposible unir esas dos imágenes, la de la chica cubierta de sangre con esta, hasta ese momento.

—¿Por eso estás aquí? —preguntó—. ¿Para conseguir una historia?

—No —dije.

Señalé rápidamente el resto de la habitación, la cocina anexa, la mesa sin adornos, con una sola silla.

—Yo vivía aquí. Ni siquiera estaba seguro de que estuvieras en la celda. Tiene que haber algún lugar más cómodo donde puedas quedarte hasta que tu familia pueda venir a buscarte.

—Mi familia —dijo, y se rio.

Mis palabras me parecen una tontería ahora, pero en aquel momento no sabía qué le hacía tanta gracia. No importaba lo que mi padre pareciera pensar, yo no podía imaginar que fuera otra cosa que una chica afortunada que había sobrevivido a un ataque horrible.

—Nadie vendrá a buscarme —dijo—. Me están acusando.

—¿Acusándote?

—Como cómplice.

—Pero es una locura.

—¿Por qué es una locura? —preguntó.

—Porque solo eres una chica —le dije. Y aunque sabía que no lo era, podría haber sido de Black Deer Falls. No era una chica sofisticada de la gran ciudad ni una rubia bronceada de California. Hablaba como nosotros. Caminaba igual que nosotros. Iba a nuestras mismas iglesias.

—¿Pero lo hiciste? —pregunté—. ¿Lo eres?

Se encogió de hombros.

—Mejor no decir nada más. —Levantó la mano derecha, como si estuviera prestando un juramento—. Todo lo que diga puede ser usado en mi contra en un tribunal. Y será mejor que te vayas de aquí. Vuelve por donde viniste antes de que te echen de menos.

Me di la vuelta para marcharme sin decir nada más, pensando que debía de estar mintiendo sobre su edad para poder darme órdenes de ese modo.

—Michael —gritó—. Cuando vuelvas, trae algunos cigarrillos.

CAPÍTULO CINCO

Los funerales

MÁS DE QUINIENTAS personas asistieron a los funerales de Robert, Sarah y Steven Carlson. Ocuparon el césped de la Primera Iglesia Bautista, que ni siquiera era la iglesia de los Carlson (eran metodistas), pero sí la única del pueblo lo bastante grande como para estar a la altura de las circunstancias. Llegó gente de todo el condado e incluso de Dakota, personas que yo nunca había visto. La cola para ver los tres ataúdes de color marfil se extendía mucho más allá del estacionamiento y duraba más de dos horas.

Fue un infierno ver esos tres ataúdes cubiertos de rosas y margaritas, cerrados tan herméticamente. Uno de ellos con Steve dentro: Steve, que hacía una semana se había cruzado conmigo accidentalmente, en el pasillo. Aquellas fueron nuestras últimas palabras, nuestra última interacción, un instante de risas y puñetazos falsos.

No tenía sentido que pudiera estar muerto. Que pudiera ser asesinado, y en su propia casa, simplemente tirado allí sin luchar. Ninguna de las víctimas parecía haber opuesto resistencia.

—No entiendo cómo ha podido pasar algo así —susurré, y mi padre me apretó el hombro.

—Yo tampoco. Pero no deberíamos hablar de ello aquí.

Mi familia ya era señalada porque mi padre era el *sheriff.*
Todos los ojos estaban sobre nosotros cuando nos acerca-
mos a los ataúdes.

Excepto los ojos de la pequeña Patricia. La pequeña superviviente se retorcía en los brazos de su tía, en primera
fila, y sus dedos regordetes se agarraban al ala ancha del
sombrero negro de luto de su tía. Parecía tan ignorante.
Tan feliz. Me pregunté qué habría visto en su casa aquella
noche, qué recordaría, si cuando creciera tendría su propia
historia que contar.

Aparté la mirada para ver a Matt McBride. Estaba allí
cubriendo los funerales y me había estado observando
mientras yo miraba a Patricia, así que me escabullí de mi
familia y me dirigí hacia él.

—Hola, señor McBride.

—Hola, Michael. —Me estrechó la mano—. ¿Cómo
estás?

—Estoy bien, señor. ¿Cómo está usted? ¿Está su esposa...?

—Allí, hablando con el hermano de Bob Carlson, Neil.
—Sonrió—. Creo que no quiere que la vean conmigo cuando tengo esta cámara colgada del cuello.

Alzó la cámara. Lo había visto antes de que empezara el
servicio, haciendo fotos de los ataúdes cubiertos de flores.
Y otra vez, fotografiando a los dolientes en la fila. Otros
periodistas de fuera del pueblo habían sido detenidos en la
puerta. Pero el señor McBride conocía a los Carlson y estábamos acostumbrados a verle fotografiando en los eventos
y en la feria del condado.

Recuerdo que pensé en lo cómodo que parecía. Lo pro-
fesional. Él sabía que yo quería ser periodista algún día. Se
lo había dicho una tarde del último verano, cuando estaba

repartiendo periódicos para él, y estuvo hablando conmigo durante un buen rato, aunque ya se iba de la oficina. Estábamos delante de las oficinas del *Star*, frente a las ventanas con el nombre escrito en pintura dorada descascarada, y me dejó que le preguntara todo lo que se me ocurriera.

—Supe que estuviste en la casa esa noche, en uno de los grupos de búsqueda —dijo—. Lo siento, debe de haber sido duro.

Asentí y me miró con simpatía.

—Bueno, Michael —dijo—. No te retendré. Pero si necesitas algo, estaré por aquí.

Después de los funerales, Percy y yo fuimos al muelle del extremo sur del lago Eyeglass, un escondite difícil de encontrar, usado por los estudiantes de los cursos superiores y algún que otro grupo de chicos a la caza de ranas o tortugas. Ya no se usaba mucho para pasear en bote o pescar: el agua estaba llena de maleza y nenúfares. Puede que antes el lago Eyeglass fuera claro como un par de lentes, como decía su nombre, pero eso fue hace mucho tiempo, y mi padre y sus ayudantes suelen considerar demasiado engorrosa su vigilancia.

Percy puso el auto de cara a la carretera y el freno de mano para que no acabáramos en el lago después de unos tragos. Luego nos bajamos y yo me apoyé en el parachoques mientras él sacaba dos cervezas del baúl.

—Cuidado con el óxido —me dijo, mientras destapaba la lata, y me moví unos centímetros para evitar manchar mis pantalones buenos.

Después de unos tragos, Percy dijo:

—Nunca había visto tanta gente en una iglesia, o tantas caras desconocidas.

—Yo tampoco.

—¿Hablaste con ella?

—¿Con quién?

—No te hagas el tonto.

—Marie Catherine Hale —dije—. Sí, la vi.

—¿Y cómo es?

—No sé. Una chica.

Tiró algo al agua, una piedra quizá o la boquilla de su cerveza.

—He oído que la acusan de los asesinatos, pero no puede ser.

—No está bien. No exactamente. Quieren que denuncie a su cómplice. El verdadero asesino. Pero aún no lo ha hecho.

El verdadero asesino. El hombre que había cometido las muertes. Nadie creía que pudiera haber sido ella. Era una chica y las chicas no matan. Era pequeña, mientras que Monty LeTourneau era grande. Era débil, mientras que Steve y su padre eran fuertes. Pero nadie tenía ningún problema en creer que ella había colaborado.

—Tu padre debe de estar enloqueciendo —dijo Percy—. ¿Ya ha hablado con el juez Vernon?

—Nadie sabe qué hacer —dije. La verdad era que mi padre, el fiscal e incluso el juez no sabían qué hacer. Los Asesinatos Desangrados habían cruzado fronteras estatales y tenían múltiples víctimas, aparentemente al azar. Nunca se habían encontrado con algo así.

—¿Qué significa eso para la chica? ¿No la pondrán en la silla?

—Minnesota no tiene silla eléctrica —dije. Lo sabía porque le había hecho la misma pregunta a mi padre.

Además, en la época en la que servíamos la pena capital, preferíamos la horca—. Pero Nebraska tiene silla eléctrica y ahí es donde empezó todo.

Percy se quedó mirando el agua oscura.

—Parece estúpido por su parte no entregarlo. Parece peor que estúpido, dejarlo libre, y que siga matando.

—Al final lo atraparán.

Nunca había habido más de un Asesinato Desangrado en la misma ciudad. Pero por si acaso, mantuvimos nuestros ojos en los árboles. Entonces Percy arrojó su cerveza al lago.

—¿Por qué has hecho eso?

—No lo sé. —Se metió la mano en el bolsillo—. Este día hace que no me den ganas de beber, ni de pensar en esos ataúdes y en toda esa gente...

Toda esa gente. Por un lado, era conmovedor que unos desconocidos vinieran a sentir la pérdida de nuestra comunidad. Por el otro, nos robaban nuestra intimidad. Pero todos los asistentes habían estado debidamente sombríos y comedidos. Y sí, algunos se habían quedado mirando los ataúdes demasiado tiempo, pero bueno, era de esperar ¿no?

Di un último trago y arrojé mi cerveza al lago junto a la de Percy. Los funerales fueron un acontecimiento y no porque hubieran venido tantos desconocidos. Fue un espectáculo porque era un espectáculo. La muerte de los Carlson había sido un espectáculo.

—Y esa bebé —susurré.

Pensé en sus bracitos de querubín. La imaginé sentada en el suelo de la sala de la granja de los Carlson, a pocos pasos de sus padres y de su hermano muertos. Imaginé a Marie Hale de pie en la misma habitación, roja de pies a cabeza.

La viuda Fern Thompson había sido quien telefoneó a Charlie a la oficina del *sheriff.* Ninguno de nosotros había conocido a su marido, se había trasladado a Black Deer Falls después de que él muriera y había comprado una pequeña casa con sus ahorros y la pensión del servicio de él. Tenía más de sesenta años, no tenía hijos y vivía un poco recluida; de vez en cuando las señoras de nuestra iglesia se reunían e iban a su casa a llevarle el almuerzo.

Cuando llamó a la oficina del *sheriff,* le dijo a Nancy que algo andaba mal en casa de los Carlson. Las luces seguían encendidas y el gato había estado maullando para que lo dejaran entrar. Y oía llorar al bebé. Charlie había estado dando vueltas por la comisaría de Policía aquella noche, como le gustaba hacer cuando Nancy estaba trabajando (todo el mundo sabía que le gustaba, con sus rizos rubios y su sonrisa de labios rosados; a la mayoría de nosotros también nos gustaba), así que dijo que iría a la granja a echar un vistazo. Fue Nancy quien insistió para que llamara a mi padre por radio y fuera con él. Charlie había intentado negarse, no había razón para molestar a mi padre con algo así, pero Nancy había insistido. Había algo en la voz de Fern Thompson que no le gustaba.

Fern vigilaba constantemente a los Carlson. Les avisaba cuando el perro de la familia corría hacia los pantanos o cuando John P. entregaba el correo y no cerraba bien el buzón, como hacía a veces también en nuestra casa, y las cartas se desparramaban por el césped. Los investigadores se aferraron a eso: que los hábitos de la viuda Thompson no eran algo que cualquier asesino de paso pudiera conocer. Era una prueba más, dijeron, de que el asesino no era de Black Deer Falls. Como si hubiéramos tenido alguna duda.

—Salgamos de aquí —dijo Percy—. ¿A dónde vamos?

—Al parque. Todo el mundo va a ir allí a tomar una copa por Steve.

—Pensé que no estabas de humor para beber —dije—. ¿Quién es "todo el mundo"?

—Todos los que se puedan escabullir de sus padres. Y te quieren allí, hijo del *sheriff*.

Abrió su puerta y se inclinó para abrir el lado del pasajero.

—Así que la chica —dijo mientras salíamos del rellano—, ¿es guapa?

—¿Qué?

—Dicen que es guapa. Pelo negro, ojos azules, labios rojos, rojos...

—Su pelo es castaño —dije—. Y sus ojos son color avellana. Y tiene quince años.

—Casi dieciséis. No creo que acabe de empezar la secundaria.

—¿Eso es todo en lo que piensas? Típico Valentine.

Me reí y cuando Percy intentó golpearme en las costillas el auto retrocedió bruscamente hacia el lago lleno de juncos. Percy, que tenía experiencia en castigos y era muy bueno limpiando las pizarras y las ventanas de las aulas, siempre estaba bromeando sobre su futuro romántico y sus muchas esposas. A veces eran cuatro. A veces eran seis, como Enrique VIII. En cualquier caso, tenían que ser más de tres, para superar a su viejo.

Fue un corto trayecto en coche hasta el parque y cuando llegamos el Sol acababa de ponerse.

"Michael Jensen", dijo alguien, y me tiró una cerveza. Pasó rápido y no pude ver quién era. La voz sonaba como si fuera Joe Conley o Morgan Todd, ambos jugadores de fútbol americano como Steve y para mí casi indistinguibles, más allá de los diferentes números en sus espaldas.

"Gracias por la invitación", murmuré mientras la abría. Habían encendido una hoguera, pero la mantenían con poco fuego por si pasaba uno de los ayudantes del . Gracias al resplandor anaranjado pude distinguir sus caras: todos eran del equipo de fútbol americano. Supuse que me habían invitado para protegerse; si los pillaban, al menos tendrían al hijo del *sheriff* como escudo. En cuanto a Percy, siempre era bienvenido por sus payasadas y porque solía ser el que más cerveza conseguía.

Nos quedamos de pie y bebimos por Steve. Desapareció una cerveza y luego dos, y tres, y Percy hizo su truco habitual de prender fuego a sus zapatos. Los más cercanos a Steve, los que él habría llamado sus mejores amigos, no estaban allí esa noche y me alegré. Era demasiado pronto.

—¿La has visto? —me preguntó Joe Conley—. La casa, quiero decir.

—¿Por qué la habría visto? —repreguntó Percy. Su voz generalmente afable sonaba clara y alerta, y me di cuenta de que había bebido menos de lo que parecía.

—Solo pensé que podría. Su padre es el *sheriff,* y trabaja en la cárcel. Solo pregunto…¿A quién han enviado para limpiarla?

—A nadie —dije—. Charlie y Bert ya han pasado por

allí para tomar fotos, pero mi padre dice que seguro que el FBI quiere investigar antes.

—El FBI —dijo Morgan, y silbó—. En Black Deer Falls. ¿Quién iba a pensar que la mayor ola de asesinatos del siglo acabaría aquí?

—¿Quién dice que se acabó? —agregó otra persona—. ¿Crees que la chica lo hizo sola?

—Nada de esto tiene sentido —dijo Joe, y se secó la cara—. No me lo creo. Una parte de mí piensa que esos ataúdes estaban vacíos. Ojalá lo estuvieran. —Me miró—. Si fuéramos a casa de Steve, ¿quién estaría allí para detenernos?

—Hay un coche patrulla de la policía estatal estacionado desde el amanecer hasta el anochecer.

Ya había anochecido.

CAPÍTULO SEIS

La granja de los Carlson

SABÍAMOS QUE ERA una mala idea. Pero algo se había apoderado de nosotros mientras mirábamos el fuego: la pena y la cerveza se habían combinado con borrosos sentimientos de conmoción y la frustración contenida de un largo verano de sueño ligero y puertas cerradas. Ninguno de nosotros dijo que no debíamos ir. Nos metimos en los coches y condujimos hacia el norte por el largo tramo del condado 23.

El viaje no duró más de quince minutos y el último tramo fue por rutas secundarias sin asfaltar. Justo antes de llegar vimos una hilera de faisanes que cruzaban a la luz de nuestros faros: unas cuantas hembras y un macho, con las plumas de la cabeza de color verde oscuro centelleando, y Percy se detuvo bastante antes del comienzo del largo camino a casa de los Carlson. Joe estaba con nosotros en el coche de Percy, y el resto de los chicos nos seguían en dos autos más.

—No hay señales de la policía —dijo Percy—. Tal vez deberíamos pasar y echar un vistazo.

Joe exhaló y se revolvió en el asiento para mirar a su alrededor. Carretera arriba había un buzón rojo con el nombre de los Carlson escrito en pintura blanca. Era un lugar bonito, siempre lo había pensado, una casa blanca con tejado de dos aguas, contraventanas grises y enclavada en un bosquecito de arces.

—Podrían haberse quedado hasta tarde, detrás de los graneros —siguió Percy, y señaló con la cabeza hacia dos grandes graneros rojos con ribetes blancos, pero que en la oscuridad solo parecían sombras gigantescas.

—No seas gallina —dijo Joe, y como yo no dije nada, Percy puso el auto en marcha.

Nos detuvimos junto al porche, como si fuéramos a ver a Steve o a levantarlo para ir al autocine de Pelican Rapids, dos cosas que nunca habíamos hecho.

Nos quedamos mirando la casa. Ya parecía embrujada, aunque no por fantasmas. No pensaba que al entrar descubriríamos el espectro de Steve y sus padres asesinados. La casa estaba embrujada por la experiencia. Había quedado manchada por el horror que tuvo lugar entre sus paredes y, aunque estaba vacía, nunca volvería a sentirse vacía del todo.

—Ay, demonios —dijo Percy de repente—. ¿Qué?

—La viuda Thompson seguro que nos ha visto. Probablemente esté al teléfono con el despacho de tu padre ahora mismo.

—Tal vez no —dijo Joe—. Tal vez todavía está con el resto, en una de esas cenas.

Miré atentamente la casa de Fern Thompson. Alguien la habría pasado a buscar y llevado al funeral. Pero también podrían haberla dejado en casa de nuevo, cansada y con una cazuelita de comida para poner en su refrigerador. Si estaba en casa, por supuesto que nos habría visto. Era vigilante antes y lo sería aún más ahora, y me entristeció pensar en lo asustada que debía de estar, viviendo tan cerca de algo así, y en lo sola que se sentiría sin poder seguir mirando la vida de los Carlson. Abrí la puerta del auto y salí.

—¿Qué estás haciendo? —exclamó Percy, y salió detrás de mí. La señora Thompson sabía quién era yo. Esperaba que entendiera que no estábamos allí para espirar, sino porque necesitábamos ver; que nos comprendiera, a pesar de que nosotros mismos no nos comprendíamos del todo.

—Fern Thompson es una buena mujer —le dije a Percy—. Adoptó al gato de Steve cuando ninguno de los parientes parecía quererlo. Me lo dijo mi padre.

—Oh —dijo Percy—. Eso fue bueno por su parte. Y es bueno pensar... que ambos siguen teniendo compañía.

Se volvió hacia la casa de la señora Thompson e hizo un pequeño gesto, usando aquel encanto Valentine que, tuve que admitir, le permitía salirse con la suya más de lo debido.

Me volví hacia la casa de los Carlson. Me pregunté cuánto tiempo seguiría teniendo ese nombre. En la memoria de Black Deer Falls, probablemente para siempre. Pero era un bonito lugar, en un bonito terreno. Sería una pena que se quedara vacía, que se desmoronara poco a poco, que sus vigas se cayeran, que el polvo y las telarañas se apoderaran de las estanterías y los rincones. No se merecían esto, pensé, y me refería a cada uno de ellos: Steve y su familia, la casa, su gato y su viejo perro sabueso.

—¿Estáis seguros de querer hacer esto? —Percy preguntó mientras Joe salía del coche y los otros llegaban y apagaban sus luces. Pero nadie respondió. Ya estábamos allí.

Entramos por la puerta trasera.

—Santo cielo —dijo Percy, examinándola—. Ni siquiera tiene cerradura.

—Muchas puertas no tienen cerradura —dijo Joe.

—Puede que antes no —lo corrigió—. Pero después de este verano...

Se interrumpió. Desde que empezaron los asesinatos se habían añadido muchos cerrojos. Pero nadie imaginó que los necesitaríamos. Entramos en la casa y Percy y otros chicos encendieron sus mecheros. Dejamos que Joe nos guiara por el vestíbulo y luego por la cocina, con la despensa a la derecha. Estaba recién limpiada (los armarios cerrados y la vajilla guardada, un par de saleros y pimenteros con forma de botellitas de leche descansaban junto al horno) y tuve la sensación de que alguien lo había ordenado todo. Tal vez Bert, después de hacer las fotos y procesar la habitación. Me lo imaginaba haciendo eso, recorriendo la cocina y arreglando cosas que habían sido derribadas.

—Esto se siente raro, como irrumpir en la casa de alguien —dijo Percy, y de inmediato hizo un gesto de dolor—. Bueno, sé que estamos haciendo eso, pero ya sabes lo que quiero decir.

—Sí. Sé lo que quieres decir.

Estábamos entrando en la casa de alguien. Salvo que esas personas estaban muertas. Supongo que no debería habernos sorprendido que la casa siguiera llena de recuerdos de sus vidas (fotos familiares, una pila de ropa limpia doblada en el último peldaño de la escalera), pero así fue.

Estábamos caminando entre los últimos ecos de los Carlson y cada nuevo recuerdo personal nos hacía pensar en el pasado, mientras lo que surgía de la oscuridad hacia la luz de nuestros mecheros nos hacía sobresaltar.

—No deberíamos estar aquí —susurró alguien—. Es desagradable.

—Entonces no deberías haber venido —dijo Joe.

—No, me refiero a que la casa se siente de una manera... errónea —susurró.

Era cierto. La casa empezaba a perder su aspecto acogedor. Había estado casi cerrada desde que sacaron los cadáveres y los olores hogareños de la cocina y la ropa fresca y el perfume de la madre de Steve habían empezado a asentarse en las alfombras. Empezaba a oler como la vieja granja que era. Intenté no respirar demasiado hondo, temeroso de percibir el olor a sangre seca o podredumbre. Imaginé que podía olerlo, aunque sabía que la sangre de la escena del crimen había estado principalmente sobre Marie y que los cadáveres de Steve y de sus padres no habían permanecido ahí más de unas horas. Percy entró en el pasillo, con pasos ligeros como los de un gato. Extendió la mano y tocó una tela de encaje que había debajo de un jarrón lleno de flores secas, con cuidado de mantener la llama de su encendedor a una distancia segura.

—Podría ser cualquiera de nuestras casas —dijo.

Nos miramos incómodos. Aunque el encaje y el jarrón pintado no se parecían en nada a lo que había dentro de la casa de Mo y Jeannie, sí podría haber sido cualquiera de nuestras casas. Cualquiera de nosotros podría haber muerto aquella noche.

Atravesamos el vestíbulo y Percy apoyó la mano en la

barandilla, levantando el pie para apoyarlo en el escalón inferior, junto a la pila de ropa doblada.

—Bueno —dijo Percy mientras la escalera crujía—, no hay necesidad de subir, ¿verdad?

Miré por encima de su hombro, a través del amplio espacio abierto que daba a la sala. Joe ya estaba allí, con el mechero inclinado hacia el suelo. Estaba limpio, salvo por las líneas marcadas con tiza.

Pasé junto a Percy y entré en la habitación donde habían muerto los Carlson.

Su salón era solo un poco más grande que el de nuestra casa. Había una chimenea en el extremo sur y sobre ella un reloj de madera oscura. Ya no funcionaba y se había parado a las 10:22. Habían cortado la electricidad de la casa, pero no sabía cuándo, así que no había forma de saber si el reloj se había parado intencionadamente después de los asesinatos.

Joe señaló al suelo y preguntó:

—¿Qué te parece?

Me encogí de hombros. No podía encontrar más sentido que los demás a las marcas y números que los investigadores habían hecho con tiza. Pero, mirándolos fijamente, había algo inquietante sobre la sensación de impermanencia, como si todos los asesinatos pudieran ser arrastrados lejos con el viento o lavados de nuestras manos.

—No hay mucho aquí —dijo Joe, decepcionado. Se volvió hacia el sillón. Estaba intacto. Sin manchas, ni tampoco la más mínima torcedura.

—Espera —dijo Percy—. ¿No dijiste que esa chica llegó empapada de sangre? ¿Como cubierta de sangre?

—Sí.

—¿Y dónde está? ¿Dónde está el resto?

Miramos a nuestro alrededor. Me enfureció de repente pensar que Steve y su familia habían muerto en esta habitación estéril y preservada. Que habían muerto sin luchar, sin gritar, con la señora Thompson acomodada en su mecedora justo al otro lado del camino de entrada.

—Y es raro que este suelo esté desnudo —dijo Percy—. ¿Había alfombra? ¿Quizás Bert y Charlie la arrancaron?

—No, antes había una alfombra aquí —dijo Morgan. Se abrió paso y se agachó—. Debajo del sillón. Hay algo debajo del sillón.

Nos arrodillamos y tiramos: una gran alfombra enrollada. Bert, Charlie o mi padre debieron sacarla para poder marcar el suelo con tiza. Nos miramos a los ojos y la desenrollamos sobre la madera.

Había sangre en la alfombra, aunque no de tres cuerpos. En cambio, había varios charcos pequeños, lo bastante juntos como para que pudiéramos imaginárnoslo todo: cuál procedía del primer cuerpo, cuál del segundo y del tercero. Podíamos imaginar cómo habían yacido, cada uno lo bastante cerca del otro como para tocarse.

—Dios santo —dijo Percy—. Deberíamos salir de aquí.

—No te descompongas—le advertí. Ya lo había visto vomitar por un ciervo, un año atrás, cuando disparó a un animal más joven de lo que pensaba. Una cervatilla, esencialmente, que justo había perdido sus manchas.

—No voy a vomitar—dijo, pero respiraba con dificultad como si estuviera a punto de hacerlo—. ¿Qué diablos es eso en el medio?

Me incliné para mirar el centro de la alfombra, donde muchas salpicaduras rojas formaban un círculo irregular. Allí la sangre había sido pisoteada. Y también había manchas similares cerca de donde sangraron los cuerpos. Tragué saliva.

—Esa es la chica.

Era donde Marie se había parado mientras goteaba toda la sangre de su pelo y su ropa.

—Algo no está bien —dijo Joe—. ¿Cómo quedó cubierta de sangre? El resto está demasiado limpio…

Señaló la alfombra mientras su voz se hacía más fuerte, indecentemente fuerte, en medio del silencio.

—¡Debe de haber más! ¿Dónde está?

—Calma...

Había estado cubierta de la sangre de todos ellos; lo había visto con mis propios ojos. Me quedé mirando las pequeñas manchas donde Steve y sus padres habían muerto, donde cayeron y yacieron. ¿Cómo había llegado toda esa sangre? Espesa y húmeda, la sangre empapaba las raíces de su pelo, rojo hasta las puntas. Suficiente para saturar su ropa, desde la camisa hasta las medias. Como si se la hubieran echado desde arriba con un barril.

Caminando por la alfombra desenrollada, intentando imaginar los últimos momentos de Steve y sus padres, casi había olvidado que había alguien más allí, hasta que Percy gritó: "¡Jesús!" y me agarró por el codo.

—¿Qué? —grité sin dejar de susurrar.

Tenía el brazo estirado. Su mechero temblaba.

—Había una cara en la ventana.

Miramos, pero lo que había visto ya no estaba. No había nada más que oscuridad y las sombras de los arbustos de lilas de la señora Carlson.

—No veo nada —dijo Joe.

—Estaba allí, eso estaba allí —dijo Percy. Dijo "eso" y

no "él" y, por alguna razón, hizo que se me erizara la piel de la nuca.

—¿Dónde? —pregunté.

—¡Justo... allí!

—¿De pie o agachado? ¿Un hombre? ¿Una mujer? ¿Tal vez Fern Thompson?

—No era Fern Thompson —dijo, y me miró. Pero no podía explicar de quién se trataba. La cara simplemente había estado allí, estaba seguro. Pálida, bien cerca, y mirándonos fijamente. Y luego ya no. No tuvimos mucho tiempo para reflexionar, porque en ese momento oímos el ruido de unos neumáticos crujiendo en el camino.

—Oh, mierda —dijo Morgan.

—Rápido, ayúdame a enrollar esto.

Joe se agachó sobre la alfombra. Apagamos los mecheros y nos apresuramos a enrollar la alfombra, conteniendo la respiración para no captar el débil olor a sangre.

—Supongo que la vieja viuda Thompson no fue tan comprensiva como esperabas.

Nos pusimos en pie justo a tiempo para oír cómo se abría la puerta trasera y que Charlie gritara:

—¡Percy Valentine, Michael Jensen! —No pude evitar fijarme en cómo cambiaba su tono entre nuestros nombres: no se sorprendió por Percy y se decepcionó por mí. Cuando nos vio, sacudió la cabeza, con las manos en las caderas y los pies abiertos como un pistolero a punto de desenfundar—. Y el resto de vosotros. Vamos, muchachos.

—Sí, señor —dijimos, y salimos rápidamente.

—¿Qué demonios estabais haciendo allí? No tocaste nada, ¿verdad?

—No, señor.

Mientras subíamos al auto de Percy para seguir a Charlie a la comisaría de policía, Percy preguntó:

—¿Cuánto tiempo nos dio la viuda Thompson antes de llamarte?

—¿La viuda Thompson? —Charlie entornó los ojos, confundido—. Acabo de ver el guardabarros trasero de vuestros coches cuando he pasado por la carretera.

Miré a través del patio hacia la casa de la señora Thompson. Puede que no nos hubiera llamado, puede que ni siquiera nos hubiera visto llegar, pero ahora nos estaba mirando. Podía verla claramente tras el encaje amarillento de sus cortinas. Tenía al gato de Steve, que más tarde supe que se llamaba Señor Rayitas, acurrucado en sus brazos.

—¿Estás solo tú, Charlie? —pregunté, aunque únicamente veía un coche patrulla—. ¿Bert no ha venido?

—Solo yo.

—Entonces, ¿quién estaba en la ventana? —susurró Percy.

CAPÍTULO SIETE

En la comisaría de Policía

ENTRAR EN GRUPO a la comisaría de Policía fue de lo más vergonzoso que he tenido que vivir. Charlie me hizo ir primero y debí de ofrecer un aspecto lamentable: la cabeza gacha, arrastrando los pies. No nos había esposado ni nada parecido, pero parecía que sí. Nunca me había sentido tan humillado y nunca había sentido tanto rencor por nadie como por Joe Conley y los demás, aunque supongo que eso era un poco injusto.

Mi padre estaba allí; sabía lo que habíamos hecho. Esperaba que su cara se pusiera roja. Pero se limitó a apartarme y susurrar:

—Supongo que sabes por qué esos chicos te han invitado a ti y a Percy.

No fue una paliza, supongo. Pero fue casi peor. Sabía que nos habían utilizado. Y que nosotros debimos darnos cuenta.

—Sus padres vienen a buscarlos —dijo mi padre mientras permanecíamos alineados contra la pared y la ventana de su despacho.

—Entonces, ¿no estamos en problemas? —preguntó Morgan.

—Supongo que tendrás problemas de sobra, pero no con la ley. Fue una estupidez, chicos. Estúpido e irrespetuoso. El FBI enviará a sus investigadores por la mañana, y después enviaré a Charlie y a Bert a deshacerse de todo lo que hay allí: la alfombra, las marcas de tiza. —Mi padre me miró con el ceño fruncido—. Cualquier cosa que haga que alguien se quede boquiabierto.

Al final de la fila, algunos de los chicos volvieron a llorar y yo estuve a punto de decir algo. No había sido por esa razón, al menos para ellos. Había sido por Steve.

—*Sheriff* Jensen, señor —dijo Joe Conley—, mi padre está de turno en la fábrica de semillas.

—No te preocupes, ya hemos llamado. Está de camino.

—¿Va a dejar su turno?

Percy y yo nos miramos. En el colegio todos sabíamos que el padre de Joe era malo como una serpiente. Que, a pesar de la estatura y complexión atlética de Joe, a veces aparecía en los vestuarios con las costillas magulladas y extrañas marcas en la espalda.

—¿Puede llamarlo y decirle que no venga? —preguntó Percy—. Mi viejo también tiene que venir de allí y podríamos llevar a Joe a su casa.

—Percy —dijo mi padre—. Cállate.

Después nos dejó, supongo que para que nos sintiéramos mal, todos ahí de pie esperando a que nos cayera el hacha. Nos fuimos uno a uno, con un gesto de dolor al ver la cara de nuestros padres y sintiendo envidia por los que habían sido recogidos por sus madres, aunque la madre de Jake Clapper le dio un buen golpe con el bolso.

Muy pronto, solo quedábamos Joe, Morgan, Percy y yo.

—Ey —me susurró Percy.

—¿Qué?

—Deberías decírselo a tu padre. Lo de la cara.

La cara que había visto en la ventana de la granja Carlson.

—¿Estás seguro de que no fue Charlie? —le pregunté.

Sacudió la cabeza.

—No pudo ser. Ya se había ido cuando oímos llegar a Charlie. Y no parecía él. No tenía sombrero.

—Bueno, ¿a quién se parecía?

Pero no podía decirlo. Se lo pregunté a menudo durante las semanas siguientes, pero al final ni siquiera podía estar seguro de si lo que había visto era una persona.

Respiré hondo y me acerqué a mi padre.

—¿Qué pasa, Michael?

—No creo que hayamos sido los únicos en casa de los Carlson esta noche. Percy dice que vio a alguien más. Parado afuera, mirando hacia adentro a través de la ventana de la sala.

Se puso de pie y se frotó los ojos y la frente. Seguía agotado, y yo me sentí más culpable que nunca.

—¿Pero nadie más en la casa? —preguntó.

—No que hayamos visto.

—De acuerdo. Enviaré a Charlie a echar un vistazo, y Nancy —la llamó desde el despacho—, ¿puedes llamar a la patrulla estatal y ver si nos echan una mano con una vigilancia de veinticuatro horas en la casa de los Carlson?

—Lo haré.

Se volvió hacia mí.

—¿Algo más?

—No, señor —dije, y volví a mi sitio contra la pared.

—Siento haberte metido en esto, Jensen —dijo Joe.

—No me has metido en nada —le dije. De todos modos, iba a ser peor para él.

Pasó otra hora hasta que apareció el padre de Joe. Entró con aspecto irritado, pero en cuanto vio a mi padre, le dio la mano y se disculpó por todo el lío. Incluso le dio las gracias por ser tan comprensivo, ya que Joe estaba destrozado por lo de Steve. Hablaron de cosas triviales durante unos minutos, riéndose entre dientes de sus hijos delincuentes, el padre de Joe movía la cabeza amablemente, con sus hombros grandes y anchos todavía musculosos, como si hubiera jugado al fútbol toda su vida. Esa amabilidad era lo que lo hacía peligroso. Si hubiera sido un borracho y un desastre como Mo, ninguno de nosotros habría tenido miedo de señalarlo. ¿Pero decir que el padre de Joe era cruel? ¿Quién nos habría creído?

Mientras él y mi padre hablaban, al otro lado de la comisaría se abrió la puerta de la sala de interrogatorios y Marie Hale salió con Edwin Porter, nuestro abogado de oficio. Todos nos quedamos mirando y el señor Porter intentó meterle prisa, pero Marie le puso la mano en el brazo. No sabía qué iba a pasar mientras ella permanecía allí, frente a nosotros. Temía que Joe y Morgan, y tal vez incluso el señor Conley, empezaran a gritarle, exigiendo que dijera lo que sabía. Tal vez eso es lo que habría pasado, si no hubiéramos quedado tan pocos para entonces. En lugar de eso, el señor Conley rompió la quietud acercándose a su hijo y agarrándolo por el cuello.

Los ojos de Marie se entrecerraron cuando los Conley

salieron de la comisaría, como si ella supiera que algo no iba bien. Me pregunté qué más había oído, cuánto sabía sobre por qué estábamos allí y qué habíamos hecho. No habíamos oído ningún sonido desde el interior de la sala de interrogatorios, pero yo había estado allí y sabía que no estaba insonorizada.

El señor Porter intentó guiar a Marie hacia las escaleras que conducían a su celda, pero ella se resistió un poco y miró por las ventanas que daban al estacionamiento. Entonces sus ojos se entrecerraron de nuevo, me miró e hizo un gesto con la barbilla. Supe inmediatamente a qué se refería. El padre de Joe no se había molestado en esperar a que llegaran a casa. Lo había llevado a un lugar oscuro junto al edificio.

Me aparté de la pared y me acerqué a la ventana. Pude verlos, solo sus siluetas contra la pared.

—¡Papá!

Lo llamé y me miró. Luego salió por la puerta, con Charlie no muy lejos.

—Quedaos dentro, los demás —ordenó Charlie. Señaló al señor Porter y a Marie—. ¡Y llévala de vuelta a su celda!

Nancy se puso en pie detrás del mostrador de recepción y se apresuró a ayudar, con un juego de llaves tintineando en sus manos.

—Vamos, cielo —dijo, y no pude distinguir si se dirigía a Marie o al señor Porter, un hombre pequeño con calva y algunos mechones de pelo oscuro. Los condujo por la comisaría hacia las escaleras y Marie me miró por encima del hombro.

—¿Qué crees que está pasando allí fuera? —preguntó Percy. Se había hecho el silencio después de los gritos iniciales de mi padre. Luego empezó de nuevo y oímos una nueva voz.

—Oh Dios, es Mo —Percy gimió—. Va a empeorar las cosas.

Pero no lo hizo. Aunque Mo a veces podía complicar las cosas, también tenía un don para resolverlas, y en dos minutos él y mi padre volvieron a la comisaría de Policía con Joe caminando junto a ellos. Joe lloraba y tenía la nariz y los labios ensangrentados. El señor Conley arrancó el coche y se marchó.

—Deberían haberlo arrastrado hasta aquí y metido en una celda —dijo Mo con rabia.

—La próxima vez —dijo mi padre—. Si es que hay una próxima vez. Por ahora...

—Puede quedarse con nosotros —dijo Morgan—. Estamos acostumbrados.

—¿Te parece bien, hijo? —asintió mi padre.

—No sé qué retiene a mi madre —dijo Morgan—. Mi padre tiene el coche, pero ella normalmente puede pedírselo a nuestro vecino.

—Percy y yo os llevaremos —dijo Mo—. Vosotros venid conmigo en la camioneta y Percy puede seguirnos en ese coche oxidado que tiene.

—De acuerdo —dijo mi padre—. Llamaré a la señora Todd y le diré que te espere.

Poco después de que se marcharan, mi padre rompió el silencio y me condujo al auto para volver a casa.

—Gracias por hacerlo, papá —dije mientras conducíamos—. Fue...

Busqué la palabra adecuada. Valiente. Heroico. Bueno.

—No fue nada —dijo en voz baja. Luego sacudió la cabeza y me dio unas palmaditas en la rodilla—. No quería decir eso. No fue nada. Fue solo otra cosa mala, mala.

—Pero papá...

—No pasa nada. Sé que no podemos arreglarlo todo. Pero estaría bien, ahora mismo, arreglar solo una cosa.

Aquella noche, mucho después de que el resto de mi familia se hubiera dormido, me quedé despierto en mi dormitorio pensando en la casa de los Carlson. Las habitaciones vacías, como si el tiempo se hubiera detenido. Los charcos oscuros de sangre empapando la alfombra. Y aquel extraño círculo rojo del tamaño de una chica. Cada Asesinato Desangrado provocaba más preguntas que respuestas. Pero estas eran preguntas sobre gente que conocíamos. Imaginé a Steve, tendido con la garganta cortada frente a su madre y su expresión de incredulidad mientras ambos morían. Imaginé a su padre, tratando de proteger a todos. Excepto que no parecía que lo hubiera hecho. Se había tumbado junto a ellos y su sangre había formado una mancha similar y silenciosa. Cuando por fin me dormí, en mis sueños estaba dentro de aquella casa.

Solo que el padre de Steve era mi padre. Y mi madre y Dawn estaban de pie en la sala de los Carlson sobre aquella alfombra manchada. En el sueño no podía salvarlos. En el sueño, estaban de pie, pero ya estaban muertos.

CAPÍTULO OCHO

Monstruos

COMO CASTIGO POR lo que había hecho, pasé mucho tiempo barriendo y haciendo tareas en la cárcel ese fin de semana. Después de un tiempo, Bert y Charlie dejaron de tratarme como si estuviera metido en problemas y las cosas volvieron a la normalidad. Lo bastante como para que a Nancy, nuestra recepcionista, no le pareciera extraño pedirme que subiera a ver a Marie.

—¿Para qué? —le pregunté.

Nancy se encogió de hombros.

—Se ha enterado de que estabas aquí y ha preguntado por ti. No le veo mucho inconveniente, siempre que no te quedes mucho tiempo.

Miré por la ventana. Pronto anochecería. La madre de cualquiera querría que sus hijos volvieran a casa antes de que oscureciera.

Atravesé el edificio, dejé atrás los despachos vacíos y el pasillo que conducía a las celdas de los hombres, también vacío, como si incluso los borrachos se contuvieran a causa de los asesinatos. Subí los escalones que conducían a la celda de las mujeres y mi vieja casa con su puerta pintada de blanco. Se me ocurrió que Marie y yo éramos casi las dos únicas personas dentro de todo el lugar.

Fue irresponsable por parte de Nancy dejarme ir. Ni siquiera le había pedido permiso a Charlie. Pero Nancy era lo suficientemente guapa como para ser famosa y, por lo tanto, muchas cosas se hacían como ella quería. Por no hablar de que, después de su tragedia personal (Nancy había perdido a su hija pequeña y a su marido en un incendio hacía unos años), ni siquiera mi padre tenía valor para regañarla.

Llamé a la puerta de la cárcel de mujeres. Al no obtener respuesta, la abrí un poco y dije: —¿Marie?

—¿Sí?

—¿Puedo pasar?

Empujé la puerta un poco más, lo suficiente para ver su espalda. Estaba sentada en la cama, llevaba otro par de vaqueros azules y posiblemente la misma camisa blanca que la última vez.

—Esta no es mi habitación, Michael —dijo—. Es una cárcel. No necesitas pedir permiso.

Dudé. Cuando quedó claro que era incapaz de moverme, ella dijo:

—Además te pedí que vinieras. Así que pasa.

Volvía a llevar el pelo suelto, peinado hacia atrás. Tenía una rodilla en alto y las manos cruzadas con los dedos entrelazados. Miraba por la ventana, aunque desde aquel ángulo solo se veían algunas copas de árboles y algo de cielo. Entré en la habitación y giré torpemente, intentando decidir si me quedaba de pie o me sentaba en la silla de la cocina.

—Ya no hueles a cerveza —me dijo—. Como la otra noche.

—Oh —dije, y me limpié el pecho como si el olor todavía estuviera allí y pudiera limpiarlo—. Lo siento.

Se encogió de hombros.

—Estoy acostumbrada. Puede que incluso me recuerde a casa.

—¿Dónde está tu casa?

—Nebraska —dijo ella—. Ya lo sabes.

Pero para entonces Nebraska era solo una suposición. Nadie había sido capaz de localizar a una chica llamada Marie Catherine Hale y no se había denunciado la desaparición de ninguna chica que coincidiera con su descripción, aparte de unas cuantas fugitivas cuyas familias sacudirían más tarde la cabeza cuando les enseñaran la foto de Marie, decepcionadas y también aliviadas.

Se dio la vuelta en la cama y el movimiento apenas provocó una arruga en el delgado colchón, cuyos bordes estaban cuidadosamente doblados con lo que mi madre llamaba "esquinas de hospital". Marie me miró de arriba abajo.

—Aunque ninguno de los tipos que he conocido andaba por ahí con corbata y oliendo a cerveza.

Recordé lo que llevábamos puesto esa noche: nuestra ropa de iglesia para asistir a los funerales.

—Ese día eran los funerales.

—Ah —dijo.

No preguntó por los funerales de los Carlson en todo el tiempo que estuvo con nosotros. Podría haber parecido macabro, si lo hubiera hecho. Perverso. A veces, durante nuestras conversaciones, me preguntaba si se daba cuenta de ello y la omisión era deliberada.

Sin embargo, me preguntó si los conocía.

—Seguro que sí —dijo—. En un pueblo pequeño y amable como este.

—Los conocía. Steve estaba en mi curso en el colegio.

—¿Cómo era?

—¿Steve? Era simpático. Jugaba al fútbol... uno de los extremos, creo.

—¿Y lo conociste mucho tiempo?

—Desde primer curso por lo menos.

—¿Qué más?

—¿A qué te refieres?

—¿Qué más puedes contarme sobre él?

—No sé si debería.

Y en ese punto no había mucho más que contar. Aún era demasiado pronto para que la gente de Black Deer Falls nos hubiéramos minado los recuerdos unos a otros, para revisar cada una de nuestras interacciones con los Carlson y rebuscar entre sus cosas hasta que todos nos sintiéramos mejores amigos. Y estar allí con Marie me parecía mal. Hablar de la vida de Steve con la chica que había sido encontrada cubierta con su sangre y la de sus padres. Aunque era difícil creer que ella tuviera algo que ver. Cada vez que la miraba, mi cerebro luchaba con su imagen de la misma forma que lo habría hecho cualquier jurado: ella no podía haberlo hecho. Ella no lo haría. Era demasiado pequeña. Demasiado joven. Demasiado guapa. Y era una chica. Solo tendría sentido si tuviese un cómplice. Después de atraparlo, podríamos verla como quisiéramos, como la rehén asustada o como una Bonnie contemporánea que sedujo a un Clyde y lo incitó.

Marie suspiró. Estiró los brazos por encima de los hombros y algo me hizo apartar la mirada, como si fuera demasiado íntimo. Volví a pensar que estábamos solos y que pocas veces había estado a solas con una chica, excepto en las citas del autocine o en un café.

—No trajiste cigarrillos, ¿verdad?

—Se me olvidó. La próxima vez, lo prometo.

—La próxima vez —dijo ella en voz baja—. ¿Para qué te he hecho venir entonces?

La miré mientras metía las rodillas bajo la barbilla y se abrazaba las piernas. ¿Cuántas veces había visto a mi hermana pequeña, Dawn, sentada en la hamaca del porche de la misma manera, con el ceño fruncido, los ojos entrecerrados, pensando en esas cosas desconocidas en las que debían pensar las niñas? Pero Marie Hale tenía muchos más secretos que Dawn. Había tantas cosas que quería preguntarle. ¿Cómo ocurrieron los asesinatos? ¿Por qué no había señales de lucha? ¿Por qué fueron elegidos los Carlson? ¿Dónde estaba la sangre?

Siempre, siempre, la misma pregunta: dónde estaba la sangre.

Parecía imposible que ella pudiera saberlo.

—¿Crees en monstruos, Michael?

—¿Monstruos? No desde que tenía siete años.

—Siete. Eso es desde bastante mayor, supongo. Pero tampoco está bien. En el fondo, todos creemos en monstruos.

Su mirada se desvió hacia la ventana.

—Antes de que esto termine, no creerás el tipo de cosas que oirás sobre mí. Aun así, Steven será el protagonista.

Se centrarán en él. No en su padre ni su madre, solo en él. Tan joven y apuesto. Y esa pequeña bebé, tan trágicamente abandonada —resopló—. Como si hubiera sido mejor que... —Marie se detuvo. No le gustaba hablar de la bebé. Nunca quería oír hablar de Patricia, excepto una vez, semanas después, cuando preguntó si la tía que la adoptó la quería de verdad—. ¿Tu amigo Steven tenía muchas citas? ¿Salía mucho?

Pensé que era una forma extraña de decirlo; los chicos no "salían".

—Tuvo citas con algunas. Con chicas guapas, la mayoría.

—¿La mayoría? —preguntó—. ¿No son las únicas que hay por aquí?

Deslizó las manos por las piernas y jugueteó con los puños enrollados de los vaqueros que llevaba puestos. Parecía nerviosa... no, nerviosa no. Inquieta. Como si necesitara toda su compostura para permanecer en aquel catre. Ojalá hubiera fumado; le habría dado un cigarrillo para calmarla.

—No importa de todos modos —dijo—. Con quién salía. Lo averiguarán todo. Dónde iban. Lo que hacían en la parte de atrás de los autos, porque hasta las chicas buenas hacen algo. Tal vez mantengan los detalles fuera de los periódicos. Pero lo insinuarán. Como hicieron con esas dos enfermeras. Solo una pequeña nota de que eran clientas del bar de carretera y tenían muchos conocidos allí. Conocidos. Malditos periodistas.

Sorprendentemente, escupió al suelo.

—Así que has ido leyendo los periódicos.

—Por supuesto. Pero no son solo los periodistas. Es todo el mundo. Si la víctima es joven o apuesta, dicen que es una tragedia. Qué pérdida. Así es como empieza. —Ladeó la cabeza, coqueta—. Luego cambian de opinión. No lo suficiente como para ser... difamatorio. Lo suficiente para que la gente se pregunte: ¿qué podría haber hecho una criatura tan hermosa como para merecer eso?

—Nadie podría merecer eso —dije en voz baja.

—Lo sé—. Suspiró y bajó los pies—. Pero eso no impide que se lo pregunten. ¿Has oído hablar de Mercy Lena Brown?

Negué con la cabeza.

—Era una chica de Exeter, Rhode Island, que vivió en el siglo XIX. Murió a los diecinueve años y, poco después, sus vecinos se convencieron de que salía de su tumba y le iba chupando la vida a su hermano. Así que la desenterraron y la descuartizaron. Le cortaron la cabeza para que no volviera a levantarse; quemaron su corazón en la plaza del pueblo y alimentaron a su pobre hermano con las cenizas.

—Eso es... —dije mientras mi mente luchaba por recordar lo poco que sabía de Nueva Inglaterra. ¿No habían sido los juicios de brujas de Salem no mucho antes? ¿No era toda la región propensa a ataques de histeria, en los que a cada ciudadano se le otorgaba una antorcha y una horca al alcanzar la mayoría de edad?—. Eso es macabro. Y ridículo.

—Supongo—dijo Marie—. Pero no para ellos.

En ese momento, nunca había oído hablar de Mercy Brown. Sonaba inventado. Una leyenda popular. Pero no lo era. Fue una de las muchas exhumaciones causadas por el miedo en Nueva Inglaterra, que incluso se extendieron hasta el Medio Oeste. Cuando estaba investigando, encontré algunas referencias a exhumaciones en Minnesota.

—Murió de tuberculosis —dijo Marie—. Un médico lo dijo cuando la abrieron, pero a nadie le importó. De todos modos, alimentaron a su hermano con su corazón tuberculoso, y lo hicieron con el permiso de su padre.

Sonrió un poco al decir lo último.

—¿Se salvó? —le pregunté—. ¿El hermano?

—¡No, no se salvó, Michael! —Sacudió la cabeza—. Se reunió con ella en el cementerio, menos de seis meses después. Por supuesto, lo dejaron entero.

Los dos nos reímos un poco. Me daba vergüenza haber preguntado.

—Sabes —dije— Steve no era realmente mi amigo.

—Me lo imaginaba. Vosotros dos... no parecíais muy compatibles —Se echó hacia atrás y estiró el cuello—. El fiscal de Nebraska está en camino —dijo, y levantó la nariz como si pudiera captar su olor—. Supongo que allí también van a acusarme. Deben de estar buscando mis pisadas y mis huellas por todas partes. Resolviendo el rompecabezas.

—¿Por qué no les dices quién estaba contigo? —pregunté—. ¿Por qué no lo delatas?

—Porque —dijo simplemente—, no serviría de nada.

Después de eso volví abajo. Nadie me vio regresar de la celda de mujeres o, si lo hicieron, no dijeron nada, tal vez para ahorrarse el dolor de cabeza de decírselo a mi padre.

Me acerqué a Charlie, que estaba sentado en su escritorio haciendo papeleo y fingiendo no mirar a Nancy.

—¿Charlie?

—¿Sí, Michael?

—¿Volviste anoche a la granja Carlson para echar un vistazo?

—Justo después de que tú y tu padre os fuerais a casa. No encontré nada, ni huellas de neumáticos, ni pruebas de que alguien hubiera estado manipulando las puertas.

—¿Ninguna huella entre las plantas?

—Ni una. Y revisé toda la casa, no solo donde dijiste, junto a la ventana de la sala. Incluso desperté a la pobre Fern Thompson para preguntarle si había oído algo, así que no te lo agradecerá.

—De acuerdo. Gracias de todos modos —dije en voz baja.

Me fui a casa esa noche, y no pensé más en "la cara en la ventana" de Percy. En aquel momento, fue bastante fácil creer que todo había sido fruto de su imaginación.

CAPÍTULO NUEVE

El fiscal de Nebraska

EL FISCAL DE distrito Benjamin Pilson llegó a Black Deer Falls el 24 de septiembre, seis días después del asesinato de Steve y sus padres. Medía un metro ochenta y ocho, tenía la espalda erguida y un corte de pelo elegante, y arribó en con el objetivo de hacerse cargo de una investigación que él consideraba pobremente conducida por las autoridades locales de un pueblito. No estaba del todo equivocado: mi padre y sus subordinados no habían avanzado con Marie, y la evidencia de la casa de los Carlson no había ofrecido nuevas pistas sobre el asesino o sus métodos, pero cualquiera hubiera pensado que Pilson era el investigador federal a cargo, por la forma en la que irrumpió en la comisaría de Policía, encorbatado y por la manera en la que apretó la mano de los policías. No le prestó mucha atención a Bert, pero fue abiertamente simpático con Nancy, se reclinó sobre su escritorio y elogió el broche de oro que ella usaba cada miércoles. En cuanto a mí, que barría silenciosamente en el fondo, fui invisible. No fue hasta más tarde cuando me encontró una utilidad, lo cual me hizo entender la clase de hombre que era realmente Benjamin Pilson .

Mi padre lo condujo a su despacho, pero no cerró la puerta. Fue sencillo acercarme con mi escoba y escuchar a hurtadillas lo que estaban diciendo.

Resulta que venía a intentar llevarse a Marie.

—Nos gustaría juzgarla en Nebraska.

—No lo dudo —respondió mi padre—. Y estoy seguro de que así lo harán, al final. Pero según entiendo es aquí donde tenemos la mejor oportunidad: un sospechoso en la escena del crimen, cubierto de sangre, y una habitación llena de huellas digitales y de pisadas.

—Es cierto. Usted y sus oficiales se merecen más que una cerveza fría. Espero que me permita comprarle una en representación de los ciudadanos de Nebraska.

—Gracias —dijo mi padre—. Estoy seguro de que Charlie y Bert no dirán que no.

—¿Fueron ellos los primeros en llegar? —preguntó Pilson.

—Charlie y yo. Aseguramos a la señorita Hale y a la menor superviviente y realizamos la inspección inicial de las premisas.

—Debe de haber sido angustiante. ¿He oído que conocía a las víctimas?

—Las conocía. Y no me cuesta decirle que fue lo más difícil que me ha tocado hacer en mi vida.

Pilson hizo una pausa.

—Entonces, usted y...

—Oficial adjunto Charles Morris —completó mi padre—. Acompañados al poco tiempo por la policía estatal de Minnesota.

Se hizo una pausa. Por el tono de voz de mi padre supe que estaba perdiendo la calma.

—Me hubiera gustado que encontraran el arma homicida —dijo Pilson al fin.

—A mí también —contestó mi padre—. Pero nadie lo hizo.

—Escuché que tuvo problemas el otro día. Unos chicos locales que comprometieron la escena del crimen.

La escoba se me quedó congelada en las manos.

—No sé qué fue lo que escuchó, señor Pilson, pero la escena ya había sido procesada. Y no sé qué clase de apuro tiene. Nebraska tendrá su turno, al igual que Wisconsin e Iowa.

—Wisconsin no puede ubicar a la chica en la escena. Ni siquiera una pisada. Y hablé con el fiscal de Iowa esta mañana, estará feliz de continuar su investigación mientras yo tomo las riendas primero. No estoy tratando de sonsacar nada, solo quiero trabajar en conjunto con ustedes...

—Desde Lincoln.

—Sí, desde Lincoln.

Escuché cómo crujía la silla de mi padre al apoyar su espalda contra el respaldo.

—Me parece que preferimos tenerla con nosotros.

Se hizo una pausa y Pilson preguntó:

—¿Qué consiguieron de ella? ¿Un nombre? ¿Un motivo?

—En cuanto a nombres, solo el suyo.

—Marie Catherine Hale —dijo Pilson—. No tuvimos suerte al rastrearlo. Pero lo seguimos haciendo. Probablemente sea de Nebraska, después de todo, ya que allí es donde empezó todo.

Tenía razón en eso, aunque en ese momento no lo supiera realmente. Estaba pensando en la primera víctima conocida por entonces: Peter Knupp, de Loup City.

—Me gustaría conocer a la prisionera —dijo Pilson.

—Por supuesto.

Me alejé rápidamente mientras mi padre se ponía de pie para conducir al señor Pilson a la sala de interrogatorios. Esta vez, Pilson advirtió mi presencia y luego de una evaluación rápida me guiñó el ojo.

—Bert —dijo mi padre—, ¿traerías por favor a la señorita Hale para que hable con el fiscal de distrito de Nebraska?

Bert se levantó y la trajo, y de su camino a la sala Marie me miró. Luego Bert la hizo entrar.

—Bastante guapa la muñeca, ¿eh? —dijo Pilson.

—Es apenas más mayor que una niña —respondió mi padre.

—¿Se veía traumatizada? ¿Asustada? ¿Dio alguna explicación a su participación?

—No habló mucho de nada.

Pilson entró y cerró la puerta.

Me gustaría haber podido escuchar, pero los ojos de todos estaban en la sala de interrogatorios. Y, de todas formas, no tardaron mucho en escucharse los gritos de Marie.

—¡No puedes hacer eso, basura inmunda! ¡No hice nada! ¡No fui yo!

Crucé miradas con Nancy, que se había llevado una mano a la boca. Marie había estado tranquila y silenciosa desde la noche de los asesinatos. Un minuto más tarde, Pilson salió y se acomodó la corbata mientras Marie seguía gritando y maldiciéndolo.

—¿Qué demonios hizo? —preguntó mi padre.

—Ya se va a calmar —respondió Pilson. Estiró la mano

y mi padre, siempre cortés, se la estrechó—. Nos veremos en St. Paul en unos días. Ya concerté una audiencia especial con la corte del distrito.

Echó una mirada a la sala de interrogatorios y a la chica que gritaba en su interior, y luego dijo:

—Tendrá paz y tranquilidad cuando me la lleve a Lincoln.

Salió del edificio dando zancadas, y dejó que mi padre limpiara el desastre que le había provocado.

—No se está quieta —llamó Bert desde la sala, mientras trataba de calmar a Marie—. ¡*Sheriff*!

Mi padre buscó las esposas.

—No hacen falta, Rick —objetó Nancy.

—Es solo por un minuto. No podemos dejar que se lastime.

Entró en la sala y los escuchamos forcejear; los chillidos de Marie y la voz de mi padre, siempre firme, diciéndole que no le iba a hacer daño. Pronto todo volvió a la calma, salvo por la respiración de ella (y la de Bert).

—¿Qué fue lo que te dijo —le preguntó mi padre— que te indignó tanto?

Me acerqué tanto que podía verla, las manos esposadas contra la mesa, de pie, con los brazos estirados como un caballo tratando de liberarse. Me miró a los ojos.

—¡Quiere acusarme de homicidio doloso!

—Pero no mataste a nadie —dije yo—. ¿O sí?

—¡No!

En ese momento no sabíamos que en Nebraska una persona podía ser culpable de homicidio incluso si no tuvo la mano en el cuchillo o el dedo en el gatillo. Ni tampoco sabíamos que una condena así podía resultar en pena de muerte.

Pensábamos que Pilson solo estaba haciendo humo.

—Si eres inocente, sería mucho más fácil ayudarte si nos cuentas qué fue lo que ocurrió —dijo mi padre—. Tan solo explícanos, punto por punto. Incluso si no puedes decirnos su nombre.

Marie cerró los ojos y sacudió la cabeza con fuerza.

—Quiere matarme —repetía—. Quiere matarme.

—Tienes que defenderte. O no podremos ayudarte.

Marie abrió los ojos.

—Se lo diré a él —dijo, y me señaló con la cabeza.

—¿Qué? ¿A Michael?

—Sí. Michael. Le contaré todo. Pero solo a él.

CAPÍTULO DIEZ

La corte del distrito

PENSÉ QUE HABÍA oído mal. Marie Catherine Hale, la única testigo y cómplice presunta de la ola de asesinatos que había paralizado al país entero, me había elegido para contar su historia.

—Definitivamente, no —me dijo mi padre cuando llegamos a casa.

—Pero ¿por qué no? —pregunto mamá.

Mi padre y yo nos dimos vuelta. No la habíamos visto esperándonos de pie, en la cocina, con los anteojos que solían colgarle del cuello esta vez al final de su nariz y el pulgar como señalador de la novela que estaba leyendo.

—¿Qué? —preguntó mi padre—. ¿Y cómo es que ya lo sabes?

—Nancy me llamó desde la comisaría. Dice que Michael es el único con el que la chica está dispuesta a hablar.

—Nancy. —Mi padre se puso las manos en las caderas y sacudió la cabeza, como si pensara en regañarla, pero sabíamos que nunca haría tal cosa. Miró a mamá—. No puedes querer que haga eso.

—¿No dijiste anoche que no estabas llegando a ningún lado?

—Ese no es el tema —dijo, y agregó en un murmullo, mirándome de reojo—. Las cosas que tendrá que oír... es solo un chico.

—Tengo diecisiete —dije.

Me miraron a la vez y yo miré al suelo.

—No estuviste dentro de la casa —siguió mi padre—. No viste los cuerpos.

—Tampoco tendrá que hacerlo, ¿o sí? Solo escucharla. —Si aceptamos, se considerará una confesión y estará expuesto a la investigación entera. Las evidencias de sangre. Los informes de autopsia. Las fotografías de los Carlson y el resto de los asesinatos, también.

Mamá empalideció. No había pensado en eso. Honestamente yo tampoco. Pero mentiría si dijera que no quería hacerlo. Quería ver y quería escuchar y quería ser el primero en saberlo todo. Incluso entonces sabía que la confesión de Marie iba a ser la historia del siglo, la entrevista que cualquier periodista del país habría matado por hacer.

—Linda —dijo mi padre—. No querrás que vea todo eso, ¿no es cierto?

No me atreví a mover ni un músculo mientras mamá pensaba, con miedo de parecer demasiado joven y que ella dijera que no. Con miedo de parecer demasiado entusiasmado y que dijera que no por alguna otra razón.

—Si es lo que ella quiere —dijo mamá—, y si el juez dice que está bien, ¿entonces quiénes somos para decir que él no puede? ¿O no merece confesarse, si tuvo parte de todo esto? ¿Y Bob y Sarah y Steven… no se lo merecen, también?

Mi padre hundió los hombros.

Después de eso, que los otros oficiales lo aceptaran fue fácil. El señor Porter revisó la solicitud y, después de determinar que no violaba ningún derecho de Marie, aceptó representarla en la audiencia en la corte del distrito que el fiscal Pilson había pedido. Nuestro fiscal también dio su aprobación, y, algo sorprendente, también lo hicieron los fiscales de Iowa y Wisconsin. No los conocía y nunca había visto sus fotos, pero en mi imaginación se parecían bastante al señor Porter: con una calvicie incipiente, ojeras y carentes de sueños de gloria judicial.

Pero la realidad es que ninguno de ellos quería a Marie. Lo querían a él. Aquel al que los equipos de búsqueda y la patrulla estatal todavía buscaban. Aquel que todavía podía seguir matando.

Cuando el señor Pilson oyó hablar de la confesión, lo minimizó y lo consideró una broma. Aunque después se supo por una mujer que trabajaba en el hotel de St. Paul, donde se hospedaba, que el fiscal golpeó el teléfono hasta hacerlo añicos.

Benjamin Pilson no iba a dejar que los caprichos de una niña derrumbaran sus planes. Era de los que preferían que los sospechosos confesaran o ardieran en el infierno, muy asentado del lado del castigo en el debate pena-versus-rehabilitación. No pestañeaba ante la juventud de Marie, ni por su sexo, ni porque fuera imposible de creer que ella había cometido esos crímenes horrendos. Quería llevarla a Nebraska encadenada. Quería arrastrarla ante el jurado. Quizás también quería asegurarse la reelección en su cargo.

El día de la audiencia de Marie, fui en el coche patrulla con mi padre mientras ella iba en otro auto, conducido por Charlie con mi madre y el señor Porter como compañía. El camino hasta St. Paul llevó varias horas, y para cuando llegamos ya había sudado mi camisa elegante de los domingos. En la audiencia se iba a decidir si Marie se quedaría en Minnesota o si sería llevada de regreso a Nebraska. Decidiría si mi parte en la historia estaba comenzando o si Marie y los Asesinatos Desangrados desaparecían de Black Deer Falls tan abruptamente como llegaron.

Mi padre encontró al fin un lugar para estacionar el coche. Al salir miré el tribunal del Condado de Ramsey: una torre de piedra caliza dorada, con filas de ventanas como lazos de plata. Había una multitud de periodistas y autos negros entre nosotros y la entrada.

—¿Qué estoy haciendo aquí, papá? —pregunté. No tenía experiencia en interrogatorios; ni siquiera había escuchado una confesión. Solo era un futuro periodista que había entregado diarios y charlado con el editor de un diario local.

—No tienes que hacer esto, Michael —me dijo mi padre—. No tienes que hacer nada.

Pero sí tenía que hacerlo, ¿o no? Por Steve y su familia, y por las otras víctimas que no había conocido. Marie Catherine Hale tenía que hablar. Quien fuera que había trazado ese sendero sangriento a través de cuatro estados seguía suelto, y ella era la única persona con vida que sabía quién era.

Respiré hondo y caminé hacia la multitud que cubría la calle e incluso la sobrepasaba, inundando la vereda que daba al rio Misisipi, hacia la isla Harriet. La ciudad olía a tuberías y, un poco más allá, a algo que se freía en manteca y al aroma de una hamburguesa. Me rugió el estómago, pero no podría haber probado ni un bocado. Había demasiados periodistas. Cuando llegamos a la entrada, las puertas de los coches se abrieron y nos rodearon como mosquitos voraces. Pilson dijo que sería una audiencia tranquila. Pero pronto aprendí que Benjamin Pilson adoraba la prensa.

—¿Es cierto que estaba sola y cubierta de sangre?

—¿Los cuerpos estaban sin sangre, como los chicos de Wisconsin?

—¿Estaban atados? ¿Qué pasó con el bebé?

Los flashes de las cámaras se encendían justo después de cada pregunta, como si estas no fueran importantes y solo una forma de sacudirnos, de extraernos las más perfectas expresiones de horror. Luego, tan rápidamente como llegaron, desaparecieron, empujándose para volver a la calle.

Marie había llegado.

Los diarios todavía no habían publicado fotos de ella (no podían, ya que no habían podido verificar su identidad) de modo que el país solo había podido imaginar su retrato. ¿Era hermosa? ¿Fea? ¿Pobre? Nadie podía decirlo. Pero eso cambió. La foto que todo el mundo terminó asociando con Marie Catherine Hale fue tomada ese día, mientras caminaba al juzgado.

Se veía diferente en su ropa de juicio: una falda de longitud media, cinturón, blusa blanca con mangas largas y un suéter verde oscuro sobre los hombros. Llevaba el cabello atado hacia atrás con lo que se volvería su lazo negro característico, y la ayudaban a avanzar un ayudante de Edwin Porter de un lado y mi madre del otro. Mamá estaba preparada para la tarea, usaba una mano para alejar periodistas y con la otra sujetaba con firmeza el flaco codo de Marie,

91

que se estremeció y se quiso cubrir para protegerse de los flashes. Más tarde, las fotos mostrarían a una chica muy hermosa, algo reacia, con un peinado a la moda y bien maquillada. Varios captaron su mirada melancólica en dirección al río. Hacia días mejores, pensaron algunos. Hacia un posible escape, pensaron otros. Pero la fotografía que quedó instalada fue la de la sonrisa, de un solo lado de la boca. Fue solo un instante: un periodista le dijo algo tonto y ella sonrió. Pero ese instante la condenó en la mente de muchos como la asesina que sonreía mientras la gente yacía muerta. En las fotos sus labios se veían oscuros. Por lo general los describían como carmesíes.

—¿Dónde consiguió el pintalabios? —pregunté.

—Se lo dio tu madre —dijo mi padre, algo aturdido—. La maquilló antes del viaje, pero no sabía que tenía un pintalabios como ese.

Dentro del tribunal nos sentamos detrás de nuestro fiscal, el señor Norquist, que venía en representación de los intereses de la gente de Minnesota; mera formalidad, ya que ya había accedido a la solicitud de Marie. El abogado de Marie, el señor Porter, estaba junto a él. Y Marie ocupaba la última silla.

—¿Estás bien, Michael? —me preguntó el señor Norquist.

—Sí, señor.

—Bien. No debes decir nada más que "Sí, su señoría" si el juez te pregunta algo.

Hizo un gesto con la cabeza en dirección a Benjamin Pilson, que entró y se sentó del lado opuesto con una sonrisa, una línea que le atravesaba la cara de lado a lado.

Fue una audiencia cerrada, estábamos apiñados, y todo

lo informal que fue posible. Pero para mí fue bastante formal. Y después del zumbido aplastante de la calle y el vestíbulo, a mis dedos les urgía aflojar el nudo de la corbata.

—Entonces —dijo el juez, entrelazando los dedos—. Todos ustedes están aquí para pelearse por quién acusa primero a esta chiquilla.

—Eso es… una exageración, su señoría —dijo el señor Norquist—. En nuestros estados solo queremos llegar al fondo del asunto.

—Está bien. —El juez examinó los papeles—. Iowa y Wisconsin están de acuerdo con que Minnesota pruebe primero. ¿Pero no usted, señor Pilson?

—Así es, su señoría.

—¿Y por qué? Nebraska ni siquiera es el estado donde ocurrieron la mayor cantidad de asesinatos. —Ese honor dudoso le correspondía a Iowa—. ¿Para qué trasladarla de vuelta? ¿Simplemente porque allí comenzó todo?

—Sí, su señoría. Y porque, dado que es en Nebraska donde todo comenzó, estamos seguros de que Marie Catherine Hale es de nuestro estado. Que es una hija de Nebraska.

—Una hija de Nebraska —musitó el juez—, sujeta primero a la disciplina de Nebraska.

Pilson le entregó al alguacil de la corte un puñado de fotos. El juez las estudió mientras Pilson las describía al detalle.

—Peter Knupp. Residente de toda la vida de Loup City, Nebraska. Solo veintiséis años. Trabajaba como maquinista en el turno noche y hacía poco había comprado su primera casa. En la mañana del 3 de agosto fue encontrado en el porche de esa misma casa, acostado, desangrado como un cerdo.

Cortes en su garganta y en el interior del muslo. Angela Hawk. Veintidós. Encontrada junto a su buena amiga Beverly Nordahl, de la misma edad. Las encontraron sentadas en los asientos del conductor y pasajero del coche de la señorita Hawk, con las gargantas cortadas.

El juez apretó los labios y bajó las fotos.

—Ya escuchamos todos esos hechos. Hemos leído sobre esos actos viciosos y viles, y estamos de acuerdo en que fueron viciosos y viles. ¿Eso es lo único que está tratando de proponer?

Nuestro fiscal, el señor Norquist, se puso de pie.

—Su señoría, el hecho es que Marie Catherine Hale fue arrestada en Minnesota. Cubierta de la sangre de las víctimas. Y es en Minnesota donde ella accedió a confesar su nivel de involucramiento. ¡Para darles a esas familias el consuelo de la verdad y proveer al país con respuestas sobre la… imposible naturaleza de esos crímenes!

El juez hizo silencio. El señor Norquist había dicho la palabra mágica. Respuestas. Respuestas eran aquello que requeríamos, mucho más que justicia. ¿Por qué no se habían defendido? ¿Cómo lo había hecho? ¿Y dónde, dónde estaba toda la sangre?

—He sido informado de que hay amplia evidencia que liga estos nuevos crímenes con los anteriores —dijo el juez—. ¿Sabemos si están conectados? Al fin y al cabo, se encontró más sangre en esta joven que en todos los otros asesinatos juntos.

—Sus huellas dactilares y de pisadas fueron identificados en otras escenas del crimen —afirmó Pilsen.

—¿Pero no hay evidencia de alguien más? ¿Un perpetrador más grande y fuerte?

—No, su señoría.

—Y ahora la joven desea relatar los eventos a un joven.

—Miró sus papeles—. ¿Michael Jensen?

—Lo cual es un pedido ridículo —comenzó Pilson, pero el juez lo silenció.

—Creo que es momento de escuchar a la joven en cuestión. ¿Señorita Hale?

Marie levantó la vista.

—¿Sí, señor?

—¿Por qué querría realizar su declaración de esa manera?

Ella miró al señor Pilson.

—Él quiere que diga que los maté, cuando no lo hice.

—¿Y tiene entendido que todo lo que diga durante la investigación puede ser usado en su contra en un proceso judicial?

—Sí, señor.

—¿Y tiene entendido que este acuerdo que se le está ofreciendo no ofrece protecciones contra procesamientos adicionales, es decir, sin acuerdos, y puede conducir a condenas de acuerdo con lo que se desprenda de sus declaraciones?

Marie volvió a dudar, esta vez por más tiempo.

—Solo quiero contar mi historia. ¡Y que él no pueda matarme por algo que no hice!

—¿Matarla? —preguntó el juez, y miró a Pilson.

—Su señoría, en el estado de Nebraska no se necesita ser el perpetrador de un crimen para ser condenado de homicidio doloso. Y la condena puede resultar en una sentencia de pena capital.

El juez parpadeó.

—¿Pena capital?

Todos nos quedamos en silencio. Marie era tan joven. Y era una chica.

—Sí, su señoría —dijo Pilson—. Y solo para que no haya futuras confusiones de parte de la señorita Hale, quiero que se sepa que el estado de Nebraska tiene derecho a la justicia en representación de aquellos jóvenes cuyas vidas fueron cruelmente segadas.

El abogado de Marie, el señor Porter, se puso de pie rápidamente, lo que hizo chirriar la silla contra el suelo de mármol.

—Su señoría, ¿estamos discutiendo la ejecución de una joven que está completamente dispuesta a cooperar ...?

—Porque le conviene —dijo Pilson—. Solo está cooperando porque le conviene.

—Tiene quince años —dijo el señor Porter.

—Casi dieciséis. Según la fecha de nacimiento que declaró. Aunque no la hayamos podido confirmar, o encontrar documentación de una persona que se llame Marie Catherine Hale en ningún estado... —contestó, y hojeó sus papeles como si de pronto pudiera hallar algún documento—. Y, sin embargo, el estado de Minnesota está dispuesto a aceptar cualquier cuento que esta presunta asesina quiera contar, cuando está siendo acusada de participar en la masacre voluntaria de quince individuos, incluyendo a un padre, una madre y a su hijo, mientras la hija menor observaba.

»He oído que Minnesota es una región conocida por su amabilidad, pero quizás "amable" es la palabra equivocada en este caso. Quizás la palabra es "necia".

Mi padre soltó un resoplido suave, indignado. Esperaba que el juez recordara al señor Pilson que estaba frente a un juzgado de Minnesota. Pero en cambio se giró hacia Marie.

—Señorita Hale.

—¿Sí, su señoría?

—¿Entiende que tiene derecho a una defensa y que no está obligada de ninguna manera a admitir cualquier involucramiento o crimen antes de su juicio?

—No quiero que haya juicio.

—¿Quiere decir que desea declararse culpable y renunciar a su derecho a ser juzgada por sus iguales?

—No, señor. Solo quiero contarle a Michael qué fue lo que ocurrió.

—¿Señorita Hale, ¿cuánto conoce exactamente a Michael Jensen?

—Es el hijo del *sheriff*. Estaba allí cuando me arrestaron. Y me visitó un par de veces.

—¿Le hizo alguna promesa? ¿La forzó de alguna manera?

—No, señor.

—En cuanto a usted —se dirigió hacia mí—, señor Jensen. ¿Está dispuesto a comprometerse a registrar la declaración de la señorita Hale, sabiendo la responsabilidad terrible que conlleva?

—Lo estoy, su señoría.

—Su señoría —dijo Marie—, lo único que pido es quedarme en la cárcel de Black Deer Falls y contarle mi historia a quien yo elijo. No deseo nada más.

El juez la miró, con tristeza, como si pensara que estaba cometiendo un error.

—¿Por qué no contársela a un adulto? ¿Al señor Porter o incluso a esa buena señora detrás de usted? —dijo, señalando a mi madre.

—Porque, señor —respondió Marie—, sé que soy joven, pero he andado lo suficiente como para saber que no puedo confiar en los adultos.

—Eso no es cierto, querida.

—Solo quiero hablar con Michael.

—¿Pero por qué?

—Porque es el único que va a creerme.

El juez esperó un tiempo largo, hasta que estuvo seguro de que no podría convencerla.

—Consejeros, aproxímense.

Pilson y el señor Norquist se acercaron, con el pobre señor Porter intentando alcanzar a este último. Luego me dijo que negoció todo lo que pudo. Que nada convencía al fiscal de Nebraska salvo conseguir un pez más grande: si ella delataba a su cómplice y resultaba condenado, el señor Pilson solicitaría al gobernador que le perdone la vida a Marie.

—Marie Catherine Hale —dijo el juez—. Es decisión de esta corte que se le conceda su solicitud. En Minnesota fue arrestada y en Minnesota se quedará.

Pilson puso mala cara.

—El estado de Nebraska solicitará que le sea permitido nombrar a sus propios investigadores para verificar las declaraciones que haga la acusada.

—Gaste el dinero de sus contribuyentes de la manera que considere pertinente, señor Pilson.

El señor Porter se aclaró la garganta:

—Y si la confesión de la señorita Hale lleva a la captura o

arresto del perpetrador principal, solicitaremos indulgencia en la sentencia.

—Señor Porter, eso es una discusión para otro día.

El juez golpeó su martillo y el señor Porter se empequeñeció. Durante todos los años que fue nuestro fiscal, lo vi frente al juez Vernon muchas veces. Pero ese día parecía sacudido, como si nunca hubiera llevado un caso.

Mientras caminábamos al exterior del edificio, muy por detrás de Marie y la plétora de periodistas, escuché a Pilson llamarme por mi nombre.

—Joven Michael Jensen —dijo, y me dio la mano.

—Sí, señor.

—Gracias por venir hoy, hijo —sonrió. Era cordial y no expresaba rencores—. Supongo que nos veremos de nuevo en Black Deer Falls.

Se alejó. Volvimos a pasar junto a él frente a la fachada del tribunal, rodeado de periodistas.

—¿Regresará a Black Deer Falls? —pregunté.

—Para cuando todo termine, supongo que será casi un residente legal —bromeó el señor Porter, y mi padre se rio. Luego el abogado me miró con lástima—. Bromas aparte, sabes que esto es solo el comienzo. Y no es solo justicia lo que pende de la balanza. Es también la vida de Marie Hale. Nada de esto será fácil. O rápido.

Tenía razón sobre eso. Marie Catherine se quedaría con nosotros hasta el invierno, cuando fue transferida a Lincoln para su juicio y ejecución.

—¿Te preocupa algo más, Ed? —preguntó mi padre—. Pareces intranquilo.

—Supongo que lo estoy. Hay algo con Marie. Algo que no me cuadra para nada.

—¿Y qué es eso?

—En ningún momento ha dicho que se arrepentía.

CAPÍTULO ONCE

Un entrevistador no cualificado

PARA CUANDO REGRESÉ al colegio al día siguiente, el rumor sobre la confesión ya se había extendido a lo largo de Black Deer Falls. Desde el funeral y nuestra pésima idea de hacer allanamiento de morada en la casa de los Carlson, mi nombre había estado circulando en susurros frenéticos, y yo me quedé pensando en lo que Marie había dicho, cómo se había dado cuenta de que Steve y yo no éramos amigos. Sabía que no éramos compatibles: Steve el atleta americano y el hijo del *sheriff* apegado a las reglas, que leía demasiado y no le importaba mucho si su equipo de béisbol no pasaba de fase.

Antes de Marie, la gente del pueblo sabía quién era yo, pero aun así era invisible. Después de que el tribunal decidiera que podía entrevistarla, fue como si me hubieran pintado de rojo. Mi profesor de Literatura, el señor Janek, me observó desde su escritorio durante los primeros cinco minutos de clase, como si esperara que le presentara un certificado que me eximiera de estar ahí. Cuando no lo hice, se levantó y avanzó a través de la lección a trompicones, haciendo chirriar la tiza contra el pizarrón y mirándome cada vez que pasaba, como si fuera mi culpa.

En los pasillos, entre clase y clase, caminaba en una burbuja de silencio. Excepto por Percy.

—Entonces —me dijo, apoyado contra mi taquilla—. ¿Cuándo comienzas?

—Iré a verla después de clase. Pero no sé si dirá algo importante, o si se supone que...

Me detuve. Se me ocurrió por milésima vez que no tenía ni la menor idea de cómo continuar.

—¿Nervioso?

—Sí. De verdad.

Mi padre me había asesorado un poco, repasando los hechos del caso y advirtiéndome para que no le dictara en qué dirección seguir. "No le pongas ideas en la cabeza", me dijo. "Solo déjala hablar". Trajo un mapa de los Estados Unidos y marcó con tinta roja las ubicaciones de los asesinatos. Junto a la fecha y el trayecto probable de los asesinos a lo largo de las autopistas de Nebraska a Iowa, a Wisconsin y de regreso hacia nosotros. "Si hay inconsistencias, no las señales. No la confrontes. Podemos analizar juntos todo el material una vez que hayas terminado".

—¿Qué cosas escuchaste por el pueblo? —le pregunté a Percy.

Se encogió de hombros.

—Jeannie dice que en la iglesia se está formando una coalición de mujeres, pero no pueden decidir si es para echarla del pueblo o para protestar por haberla encerrado en primer lugar.

—¿Todavía tiene la escopeta junto a su puerta?

Asintió. Mis padres todavía usaban el segundo cerrojo y encerraban a Dawn dentro de casa mucho antes del anochecer. No había terminado para nosotros. Las miradas que se posaban en mí no eran solamente de curiosidad: querían que hiciera algo. Estaba acostumbrado a que vieran a mi padre de esa manera. Nunca me había dado cuenta lo pesado que puede ser.

—El fiscal de Nebraska quiere matarla, Percy.

Mi amigo parpadeó.

—Pero no lo hará —dijo—. Es decir, encerrarla para siempre sí, seguro. Pero es una chica. Nadie va a ejecutar a una chica, sin importar lo que haya hecho.

—Quizás. —Miré el reloj encima de nuestros casilleros—. No sé cómo hablarle. No sé qué decir.

—¿Qué quieres decir?

—Quiero decir que ella ha tenido una experiencia…

Pero no podía encontrar la manera de expresar lo que quería. Que algo le había pasado a Marie Hale, algo que nunca nos había sucedido a nosotros. Culpable o inocente, había experimentado algo terrible. Eso la hacía diferente y la hacía intimidante, sin importar lo joven que era o si era una chica.

—Quizás debería hablar con el señor McBride —dije—. ¿Crees que le molestaría?

—¿Qué si le molestaría? —dijo Percy, y torció la cara—. Creo que se volvería loco. Ve después del almuerzo y te cubro en la clase de Historia.

Eso significaba hacerse el tonto con tanto esmero que la señorita Murray no pudiera pensar en nada que no fuera golpearle los nudillos. El bueno de Percy.

Así que durante el almuerzo crucé el pueblo en dirección al *Star*, donde el señor McBride me recibió, a pesar de que fuera hora de estar en la escuela.

—Michael —me dijo cuando asomé la cabeza en su despacho. Se puso de pie y me estrechó la mano. Nunca me trató como a un niño, no desde que le dije que quería convertirme en periodista. Me trató como si ya fuera uno, aunque en realidad fuera solamente uno de los chicos que repartían sus diarios—. ¿Qué te trae por aquí?

Me quedé paralizado durante un momento, aturdido, pero él solo sonrió, un hombre delgado de pelo castaño oscuro que mi madre juzgaba como "un poco demasiado largo pero adecuado para su profesión". Llevaba puesta una camisa gris abotonada hasta arriba y una corbata, al igual que la mayor parte de los días. Casi nunca llevaba traje. Tenía gafas de montura negra que enmarcaban sus ojos azules y lo hacían parecer inteligente. Astuto. Deseé que mis ojos no estuvieran tan sanos como para necesitar un par algún día.

—No hace falta que me expliques por qué estás aquí —me dijo—. He oído lo de la confesión de Hale.

Volvió a su escritorio y se sentó, era una invitación para que me sentara también.

—Es más bien una entrevista —dije. Y qué entrevista. Cuando la terminase, podría sumarme a cualquier carrera de periodismo del país y la universidad me la pagaría. Nada mal para un chico de Ningún Lugar, Minnesota.

El señor McBride también lo sabía, pero solo sonrió, cómodo en su silencio. Era un buen entrevistador.

—No debería ser yo —tartamudeé finalmente—. Debería ser usted. O Walter Cronkite.

—Mi nombre en la misma oración que el de Walter Cronkite. —Sonrió con todos los dientes—. Lo aprecio mucho. Pero no hay manera de saber verdaderamente si yo, o Walter, lo habríamos hecho mejor. Ella pidió que fueras tú, Michael. Y podría haber pedido a cualquiera.

Logré soltar una risa.

—Supongo que solo... que podría recibir algún consejo. Mi padre me asesoró sobre procedimientos, pero no es
lo mismo.

—Supongo que puedes intentar buscar algo en común
entre vosotros.

Lo miré y pensé en Marie la noche de los asesinatos.
Sus ojos, sobresaliendo debajo de una máscara de sangre.

—No sé si quiero encontrar algo en común.

El señor McBride suspiró.

—Yo también conocía a los Carlson, Michael. Pero Marie Catherine Hale sigue siendo una persona. Sigue siendo
un ser humano. Todo lo que tengas en común con ella es
normal y no es para sentir vergüenza.

—Quizás me preocupa no seguir siendo... objetivo.

Me observó por un buen tiempo. Probablemente se dio
cuenta que iba a hacer un desastre de entrevista. Siempre lo
consideré una especie de extranjero en su pequeña casa bien
cuidada, en el extremo oeste de la calle principal. Amistoso,
pero distante, como si fuera nuestro observador designado
y necesitara espacio para evaluarnos. Algunos lo consideraban extraño o esnob. Algunos le tenían lástima por su esposa, Maggie, que también era algo extraña: llevaba el pelo en
hermosas trenzas y murmuraba mi nombre cada vez que nos
cruzábamos, de modo que yo me preguntaba si realmente se
lo sabía. No tenían hijos, lo que algunos decían que era otra
señal en su contra, y mi madre observó que la pareja no se
hablaba mucho entre sí cuando asistían a alguna fiesta.

Pero había una fotografía de ellos en el escritorio, tomada el día de su boda. En la foto se veían felices, aunque

no podía asegurarlo. Eso lo guardaban para sí mismos y era eso, más que cualquier otra cosa, lo que los separaba de nosotros, en este pueblo que quiere saberlo todo por el bien de los demás.

—¿Qué es lo que quieres, Michael? ¿Qué es lo que buscas? Y piensa bien antes de responder.

—Busco la verdad —dije al fin.

—Eso es lo que buscan todos los buenos periodistas. Eso es todo lo hay que buscar.

CAPÍTULO DOCE

Comienza la entrevista, septiembre de 1958

ANTES DE DEJAR la oficina del señor McBride para ir a la cárcel a ver a Marie, me dijo una cosa más:

—Michael, conoce tu oficio. No depende de ti juzgarla como culpable o inocente. Solo te corresponde descubrir los hechos. Y para eso solo te ayudará estar armado con toda la información disponible.

Quizás debí haber seguido ese consejo.

Mi padre me había pasado el expediente sobre los Carlson y había enviado cartas a las oficinas de los fiscales de Iowa y Wisconsin solicitando sus archivos. Pero yo no había tenido la valentía como para mirarlos. Lo intenté: debí haberlos abierto unas diez veces. Pero no estaba listo para ver esas fotografías. No estaba listo para ver a Steve así. Supe que, una vez que lo viera, sería la única manera en la que podría pensar en él: muerto, con la garganta cortada.

Además, si soy honesto, ya me sentía un experto en los Asesinatos Desangrados tan solo por haber leído los periódicos.

Cuando llegué a la comisaría de Policía, Bert fue a buscar a Marie para llevarla a la sala de interrogatorios. Mientras esperaba, asomé mi cabeza dentro del despacho de mi padre.

—Hola, papá.

—Hola, hijo. ¿No deberías estar en el colegio?

—Supongo que sí.

—Bueno. Estoy seguro de que el director Wilkens lo entenderá. Pero si quiere que limpies las pizarras junto a Percy durante una semana, no me opongo.

—¿Eso no me restaría tiempo con la señorita Hale? —pregunté, y arrugó los ojos como si me estuviera haciendo el vivo. Pero antes de que pudiera decir algo más, Bert guio a Marie a través de la comisaría. Parecía decaída; los brazos le colgaban al lado del cuerpo y arrastraba los pies.

—Puedes ir —dijo papá.

Fui a la sala de interrogatorios.

—Dime si necesitas algo, Mikey —dijo Bert. Luego se llevó la mano a la gorra y saludó a Marie antes de salir. Se quedó del lado de afuera de la sala durante toda la entrevista.

Marie giró la cabeza hacia mí. Tenía el pelo como el día de la audiencia, atado con un lazo largo y negro.

—¿Mikey? ¿Así es como prefieres que te llamen?

—No. Definitivamente no.

Odio cuando Bert me llama así. Pero lo viene haciendo desde que tenía ocho años y no puedo cambiarlo ahora.

—¿No deberías estar en la escuela?

—Supongo.

Sonrió de lado.

—Privilegios especiales. De nada.

—¿Cuándo fue la última vez que fuiste a la escuela, Marie?

—Nunca fui a la secundaria. Tuve que dejarla. Conseguir un trabajo.

Conocía a muchos chicos que dejaron de ir al colegio, pero únicamente cuando les faltaban dos años: chicos de granjas a los que necesitaban en sus casas. Y la mayoría eran chicos.

—¿Cómo... estás, aquí?

—Estaría mejor si me hubieras traído cigarrillos. ¿Por?

—Cuando era más joven y vivía en esta planta alta, solía costarme dormir. Podía escuchar los ecos de la cárcel escaleras abajo, o los coches al arrancar en el estacionamiento.

Marie encogió los hombros.

—A mí me gusta. Es bonito, de hecho, saber que hay alguien despierto y prestando atención—. Estiró los hombros y reclinó un poco la cabeza. Decía que dormía bien, pero se la veía cansada—. Cuando era más joven, también me costaba dormir. Pero solo por la clase de chica que era.

—¿Y qué clase de chica eras?

—La que ya sabía en ese momento que la oscuridad era un mundo completamente distinto. Que absorbía la luz como una galleta en el café.

Me senté frente a ella. Sus ojos grandes de color avellana parecían muy viejos para esa cara. Puede parecer que estoy mintiendo al respecto, inventando cosas después de los hechos. Pero siempre pensé eso sobre Marie. Que el trauma la había envejecido. Que le sacó la vida y le dejó a cambio otra cosa.

En la mesa entre nosotros apoyé varias hojas. Entre mis dedos, mi pluma más confiable.

—Bueno —dijo Marie—. Veo que estás entusiasmado.

Iba a dejarla sobre la mesa, pero ella sacudió la cabeza. Me había imaginado las cosas de otra manera. Me imaginé gritándole preguntas y ella quebrándose y confesando entre lágrimas. ¿Pero confesar qué? Cualquiera podía ver que no era una asesina. Nadie salvo Pilson, y él solo quería alguien que pagara por lo hecho: no para recibir justicia, sino por los titulares y su foto en el periódico.

—¿Cómo te metiste en todo esto, Marie?

Hizo un gesto vago y miró por encima de mi hombro.

—De la misma manera en la que todas las chicas se meten en esta clase de problemas —dijo, y volvió a dirigirme la mirada—. Un chico.

—¿Un chico? ¿Cuál?

Mi pluma se quedó suspendida en el aire, a mitad de camino.

—¿Qué le pasó al que vino contigo la otra noche? —preguntó—. El que recibió la golpiza en el estacionamiento.

—¿Joe? Se está quedando con amigos. Está a salvo.

Marie resopló.

—No es cierto.

—Quizás su padre va a corregirse por fin, ahora que el mío está involucrado.

Pero apenas lo dije sabía que no era cierto. Marie suspiró.

—Bueno, ¿por dónde quieres empezar?

—¿Qué tal por el nombre del chico?

Sacudió la cabeza.

—Entonces, ¿alguna confirmación? ¿La persona que mató a los Carlson y a esos estudiantes, Stacy Lee Brandberg y Richard Covey, Cheryl Warrens —solté el nombre de la camarera de la parada de camiones, una víctima que raramente era mencionada— es exactamente la misma?

Marie se quedó en silencio y arañaba la parte superior de la mesa. Parecía bastante molesta.

—¿Era la misma persona?

—Sí —dijo al fin.

—¿Y quién era?

—Un hombre.

—¿Un hombre? Acabas de decir un chico.

Encogió los hombros como si no hubiera diferencia.

—¿Me dirás su nombre?

—No.

—¿Por qué no?

—Porque no tendría importancia. Era solo un apodo que usaba.

—¿Entonces no sabes su verdadero nombre?

Nadie se iba a poner contento con eso. Era la información que más querían. Pero igual ella nos podía decir suficiente como para atraparlo.

—¿Qué más me puedes contar?

—No mucho. Era apuesto.

—¿Apuesto de qué manera?

—Como una estrella de cine.

—¿Era alto? ¿De pelo oscuro o rubio?

—Alto no --dijo—. Pero podía serlo cuando lo deseaba. ¿Conoces a esa clase de persona? Con presencia. —Sacudió los dedos—. Y listo.

—¿Lo conociste bien?

—Llegué a conocerlo.

—¿Lo conociste durante toda tu vida?

Marie volvió a suspirar y yo empecé a entrar en pánico.

Quizás la entrevista tampoco estaba saliendo como ella lo esperaba. Quizás se había arrepentido del acuerdo.

—¿Y la sangre? —pregunté—. ¿Cómo quedaste cubierta de toda esa sangre?

—No quiero empezar así —dijo Marie frunciendo el ceño.

—Está bien. No hay problema. Podemos empezar por donde tú quieras.

—No sé por dónde quiero empezar.

Pero teníamos que empezar por algún lado. Después de todo, lo que para mí eran solo palabras para ella eran mucho más: imágenes y sonidos, gritos y manchas rojas. Eran recuerdos. Luego pensé en la granja de los Carlson. La pila de ropa recién lavada. La alfombra enrollada y manchada con el charco de sangre. Pensé en ese extraño círculo rojo que ella había dejado. Nunca había dejado de pensar en eso o en ella, pringosa y empapada de pies a cabeza. Parecía como si hubiera atravesado una fuente, como si la sangre la hubiera cubierto por completo. Pero estuve en esa casa. Vi las paredes inmaculadas.

—Voy a tener que saber lo de la sangre, en algún momento.

—Pero no ahora.

—¿Por qué? No estoy para juzgarte, Marie.

—Quizás no, pero ya lo harás.

A pesar de su pose de chica dura y su gesto hosco, estaba asustada. Yo también. Ella había visto cosas que yo no podía imaginar. Había hecho cosas. Cosas horribles, sí, pero yo nunca había hecho nada. Nunca había estado fuera de Minnesota, salvo durante vacaciones familiares.

Estiré la mano sobre la mesa y la apoyé sobre las suyas. No era algo que haría normalmente; me tomó tres citas con Carol para lograr eso mismo el último invierno. Marie me miró con curiosidad. Era guapa, y lo sabía. Dio vuelta a su mano y entrelazó los dedos con los míos. Se sentían pequeños y fríos.

—El arma —dijo—. ¿Todos están preguntado sobre eso, ¿verdad? Era una navaja de afeitar.

Retiré la mano y escribí. La seguridad de mi caligrafía era un consuelo. Había tomado cursos en la escuela durante los últimos dos años. También Percy, de hecho, aunque solo se inscribió para estar cerca de las chicas que estudiaban para secretarias.

—¿Siempre fue con la misma navaja? —pregunté. Consideraba que las navajas de afeitar eran peligrosas, pero no una herramienta para matar a alguien, algo que necesitaba cuidado constante, como un escalpelo o un rifle de caza. Objetos así tienen voluntad propia; están diseñados para cortar, lastimar y cargan con ese propósito en su interior, como una frecuencia de radio. Después de haber leído sobre el estado de las víctimas en los periódicos de ese verano (cortes profundos en el cuello, las muñecas, el interior de los muslos), ya había llegado a una conclusión similar. Pero cuando Marie me lo confirmó, la imagen de una navaja apareció en mi cabeza: real y peligrosamente liviana. Prácticamente podía escuchar cómo se abría.

—Casi siempre la misma —respondió Marie en voz baja.

—Pero ¿qué pasó con la sangre?

Una vez vi a mi padre hacerse un corte en la barbería, apenas un rasguño. Pasó un instante antes de que empezara a sangrar, como si el corte hubiera sido tan rápido que sorprendió a la piel. Pero esos fueron directos a las venas. Debió de haber sido demasiado. Debió de haber sido un desastre.

—Se la bebió.

Dejé de escribir.

—¿Qué quieres decir con "se la bebió"?

Pero antes de que pudiera responderme, el señor Pilson entró en la comisaría de Policía como una tromba y empezó a quejarse en voz alta sobre alguna clase de recurso o moción. Tanto él como mi padre alzaron la voz, el fiscal trató de meterse en la sala de interrogatorios, pero el cuerpo de Bert se lo impidió.

—¿Qué está haciendo aquí? —gritó Marie.

—Está todo bien, Marie.

Me puse se pie. No sabía a quién estaba tratando de tranquilizar. Luego las voces se calmaron, y Bert dejó entrar a Pilson.

Mi padre tuvo que ponerle la mano en el pecho para frenarlo, lo más cerca que pudo sin llegar a tocarlo. Lo vi usar ese truco antes, cuando trataba de acorralar a Fred Meeks, el granjero, que entonces era uno de los juerguistas más beligerantes.

—¿Por qué está el chico solo, sin representante?

—Eso es lo que ella solicitó —dijo mi padre, y Pilson lo miró con mala cara.

—Quiero estar aquí en cada entrevista.

—Entonces no quiero hablar —respondió Marie.

—Señor Pilson, vayamos a mi despacho. Estoy seguro de que Michael está haciendo buenos avances.

—Buenos avances —resopló.

Honestamente, yo pensaba lo mismo, hasta que Marie mencionó lo del asesino bebedor de sangre.

—¿Cómo se llama entonces nuestro asesino, Michael? Pensé en una lengua limpiando la sangre de la navaja. Limpiándola como un gato, una y otra vez, hasta que quedara impecable. Pero no podía haber sido de esa manera. Tendría que haber sido recolectada y bebida de un cuenco o un vaso, como leche roja, y la idea me revolvió la panza.

—¿Y bien?

—No me lo ha dicho.

—Y no lo voy a hacer —agregó Marie, y hubiera deseado que se mantuviera callada. Si mencionaba lo de tomar sangre estábamos terminados. Pilson regresaría al juzgado y nos suspenderían entre risas.

—¿Entonces para qué sirve? —preguntó Pilson.

—¿De qué sirve un nombre? —respondió Marie.

—Para poder encontrarlo. Para que podamos atraparlo.

—Ni siquiera has podido encontrarme a mí y estoy sentada aquí enfrente.

—Eso es porque sospecho que nos has dado un nombre falso…señorita Hale.

Marie tragó saliva y lo miró con rabia. Aunque la tomaran por mentirosa, no parecía ser muy buena. Parecía incapaz de poner cara de póker.

—Bert —dijo mi padre—, por favor, escolta a la señorita Hale de regreso a su celda.

—Sí, Rick, ya mismo.

Pasó entre los dos y la hizo levantarse. Por la mirada que Marie le echó a Pilson, no me habría sorprendido que le sacara la lengua.

—¿Sabes que no puedes confiar en ella, verdad, hijo? —me dijo Pilson cuando Marie ya se había ido—. Solo está comprando tiempo, sabes.

—No lo sé —dije—. No todavía.

Se giró directamente hacia mí, con la cara transformada, sin ira.

—Sé que no parece más que una chica, pero Marie Catherine Hale es una joven mujer. Una manipuladora. Dirá lo que sea para ganarse tu simpatía. Llorará, te intentará cautivar con la mirada. Una chica así está predispuesta a la mentira por su propia naturaleza. No es una persona creíble.

—Sí, señor —dije. Y de inmediato él se fue de la comisaría.

Bert bajó las escaleras.

—¿Qué pasó? ¿Qué quería, cómo consiguieron que se fuera?

—No es la última vez que lo veremos por aquí —dijo mi padre.

Y así fue. Benjamin Pilson reservó una habitación en la pensión de la señora B, en la esquina de la calle 9 con Pine. Es más agradable que el motel de carretera, donde se suelen quedar las patrullas estatales. La señora B sirve un buen desayuno cada mañana y un almuerzo los sábados, abierto al público. Las otras cuatro habitaciones suelen estar vacías, y varias señoras de la iglesia usan la sala para actos y eventos sociales. Me gustaba imaginar al señor Pilson inclinado sobre el escritorio en su habitación decorada de encaje, revisando sus notas y expedientes del caso mientras el círculo de damas luteranas se ríe y chismorrean mientras tejen en el piso inferior. Se quedó con nosotros durante semanas enteras. Dios sabe qué estaba pasando en Nebraska mientras él no estaba. Escuché a mis padres hablando de Pilson un par de veces, y decían que el caso se había transformado en una obsesión para él, que había hecho que su carrera entera dependiera de ello.

—Michael.

Me alejé de la pared y miré a mi padre.

—¿Sí, señor?

—Escucha al señor Pilson con cautela.

—Sí, señor.

—Tiene su carrera, pero yo también tengo la mía. He interrogado a muchas personas. Solo unos pocos eran verdaderos mentirosos. Los otros... —Mi padre se frotó los ojos. Había sido otro largo día, en una larga fila de días largos —. Quiero decir que un montón de personas creen que saben algo, o que saben lo que vieron. No son mentirosos. Simplemente están equivocados.

CAPÍTULO TRECE

Una historia imposible

LE DI A Marie unos días para tranquilizarse después de esa entrevista inicial. Y también me los di a mí. Las palabras de mi padre se me aparecían junto a las de Pilson. *No puedes confiar en ella. Es una mentirosa por naturaleza. No es una mentirosa. Simplemente está equivocada.* ¿Pero qué tan equivocada podía estar? ¿Cómo podía equivocarse cuando dijo que él se bebió la sangre?

No podía hablarle a mi padre sobre eso. Si lo hacía, apenas empezadas las entrevistas, suspendería todo el acuerdo. Pero sí le conté lo de la navaja. Le pasó la información a Pilson, pero ninguno de ellos estaba impresionado. ¿De qué servía un arma homicida sin el arma homicida? Era solo otro fantasma y uno que cualquiera podía adivinar.

Visualicé esa primera entrevista en mi cabeza una y otra vez. Tantas, que ahora el verdadero recuerdo ya no existe. No puedo recordar qué gesto tenía cuando me dijo cuál era el arma, si torció los labios al decir navaja de afeitar o si escupió las palabras como si le dejaran un gusto agrio. No recuerdo su tono de voz cuando dijo "se la bebió", o si hubo alguna pausa antes de responder. No recuerdo si sonaba como si se lo estuviera inventando sobre la marcha.

Por supuesto, sabía que tenía que ser así. Porque lo que estaba diciendo que había matado a toda esa gente, a Steve y a su familia... era un vampiro.

Un vampiro. Con capa y murciélagos, como Bela Lugosi. Cuando finalmente regresé a la comisaría de Policía, me las arreglé para entrar sin que nadie me viera. Mi padre no estaba, Charlie tampoco estaba a la vista y el mostrador de recepción estaba vacío. No tenía ganas de esperar, así que subí hasta la celda de Marie, esperando con cada escalón que se echara atrás con lo que me había dicho. Que se retractase o que incluso lo ignorara por completo. Si hubiera abierto la puerta y la hubiera encontrado sentada, sonriendo, sin recordar lo que había dicho, yo le habría seguido el juego.

—¿Dónde estuviste? —me preguntó al abrir la puerta. Parecía nerviosa y aliviada de verme.

—Mi padre quería que no me acercara hasta que se arreglara todo con el señor Pilson.

—¿Y lo arreglaron?

—No exactamente. Esto es solo una visita, no una entrevista.

Me miró las manos, vacías. No había llevado ni papel ni pluma. Y estábamos en el piso de arriba, solos, salvo por los barrotes. De pronto, ese calabozo parecía menos una celda y más como la habitación de una chica, donde yo tenía el acceso prohibido.

—¿Por qué dijiste lo que dijiste? —pregunté.

—¿Qué parte?

Puse mala cara y se empezó a reír.

—Perdón —dijo—. No quería contártelo así. Ni siquiera sabía que iba a contártelo. ¡Pero esa expresión en tu rostro!

—¿Entonces era una broma? ¿Se supone que es gracioso?

—No. —Dejó de reír y ladeó la cabeza, como si yo la aburriera—. No es gracioso. Pero algunas cosas sí son graciosas, a pesar de lo no graciosas que son.

"¿Y esas estudiantes de enfermería?", quería decirle. "¿Y los chicos de Wisconsin, muertos en el suelo? ¿Ellos también eran graciosos?" Pero eso la habría alejado.

—No esperaba que me creyeras de inmediato —dijo, y encogió los hombros—. Sé cómo suena.

Como si hubieras visto demasiadas películas, quise decir. Como si estuvieras loca. Pero en vez de eso le hice una pregunta.

—¿Puedes probarlo?

—Ver para creer —suspiró—. Y no puedo mostrártelo exactamente. Aunque sí, creo que puedo. Después de que te lo cuente todo. Quiero decir, la verdad es la verdad.

La verdad es la verdad. ¿Pero cuál es la verdad sobre los vampiros? ¿Cuáles son los hechos dentro de la ficción? No tenía mucho sentido seguir adelante si esta era la historia que tenía pensado contarme. Pero no quería dejar de hacerlo. Así que pensé en lo que me dijo el señor McBride, en qué consistía mi trabajo. Todavía había un asesino suelto y la historia de Marie era la única que teníamos.

—Está bien —dije.

—Está bien —dijo ella, y sonrió.

—Te van a encerrar en algún manicomio, sabes. Quizás a mí también.

—Tú estarás bien —respondió—. Eres el hijo del *sheriff*.

—¿Por eso me elegiste? Es la razón por la que muchos lo hacen.

—¿Por tu camisa planchada y tu cara bonita? Seguro. Y por cómo ayudaste a tu amigo esa noche, cuando su padre perdió los estribos. Y porque estabas allí —dijo, y se encogió de hombros—. Es como dijiste: me habrían llevado con los locos. Cualquier otra persona no me hubiera dado ni una oportunidad.

Nos miramos el uno al otro durante un largo rato, ella sentada en su cama y yo cerca de la puerta. No sabía qué íbamos a ser cuando terminara la entrevista: enemigos o aliados. No sabía si Marie seguiría viva. Si estaría libre o en prisión. Me di la vuelta para irme.

—Vas a volver, ¿no? —preguntó.

—Sí. Voy a volver.

Para el lunes siguiente, mi padre y los fiscales alcanzaron un acuerdo con Pilson, así que las entrevistas pudieron continuar. Cuando me enteré, me sentí aliviado, pero sobre todo entusiasmado. Se me hacía casi imposible prestar atención en clase, aunque a ninguno de mis profesores pareció importarles, como si la investigación fuera más importante que mi educación. Solo una profesora dio su opinión: la señorita Murray. Era evidente que de todo el equipo docente era la menos afectada por los Asesinatos Desangrados y la habían oído más de una vez criticar a varios por chismear sobre la muerte de los Carlson. La gente del pueblo empezó a llamarla "la arrogante soberana", ya que había que tener mucho descaro para mirarnos desde arriba después de una tragedia así.

Los otros profesores no me molestaban. Nunca me pusieron mala nota por entregar tarde un trabajo. Ninguno me elegía en clase para dar la lección. Incluso el señor Harvey, mi entrenador de béisbol y profesor de educación física, solo tenía cosas buenas que decir sobre mí cuando las entrevistas empezaron. Por supuesto, eso fue antes de que supiera que renunciaría al equipo. Cuando finalmente se enteró, se enfadó tanto que casi golpeó una pared, aunque nunca supe por qué. Nunca fui un jugador sobresaliente y ya debía saber que solo me sumé porque Percy estaba en el equipo.

Creo que adivinó que Marie me iba a alejar. Desde el comienzo, la gente de Black Deer Falls la culpaba por el cambio brutal que había traído al pueblo, y no estaban nada dispuestos a darle nada a cambio, y menos al tranquilo hijo de su admirado *sheriff.*

El lunes regresé a la cárcel para continuar con las entrevistas y Marie ya me estaba esperando, con las manos cruzadas sobre la falda, sin esposas, mientras mi padre estaba inclinado frente a una grabadora, cuadrada y gris. Ocupaba casi todo el espacio al final de la mesa.

—¿Qué es eso? —pregunté.

—El acuerdo con el señor Pilson —respondió—. Si no puede estar en la sala, quiere que todo quede grabado. Este adminículo grabará todas las conversaciones y yo se las llevaré todas las noches.

—¿Todas las noches?

—O todas las semanas. Cuando tenga hueco en mi agenda —exclamó mi padre, y sonrió. Apretó un botón con su dedo índice, y dijo—: Seis de octubre de 1958, dieciséis cero siete pm. Entrevista a Marie Catherine Hale. Grabada por el *sheriff* Richard Jansen, que ahora deja la sala. Entrevista a cargo de Michael Jensen.

Se enderezó y me hizo un gesto de asentimiento antes de irse y cerrar la puerta.

—¿Estás de acuerdo con esto? —le pregunté a Marie. Tenía el pelo atado con el lazo negro y la blusa ceñida en la cintura, bajo el arremangado suéter verde oscuro.

—Él lo va a escuchar de todas maneras —dijo Marie—. Más tarde o más temprano, todos lo van a escuchar.

Luego su expresión se transformó con un gesto de picardía y, estirándose, apagó la grabadora.

Yo salté en mi silla.

—Creo que no puedes hacer eso.

—¿Y cómo lo sabrán? ¿Está mal que una parte de mí quiera contarte mentiras y sandeces solo para que el señor Pilson tenga que escucharlo durante horas y horas?

Sonreí.

—Quizás se quede dormido y tenga que escuchar todo de nuevo.

Marie se rio. Luego volvió a estirarse y apretó de nuevo el botón.

—¿Seguimos dónde nos quedamos? —Me aclaré la garganta. La grabación me molestaba más de lo que parecía molestar a Marie. Me hacía estar muy consciente de mí mismo y algo paranoico: las grabaciones eran una táctica de siniestros gobiernos extranjeros. Pero, supuse, solo era siniestro si no sabías que te estaban grabando.

—Supongo.

Acomodé mi papel y pluma. Aunque las conversaciones quedaran grabadas, quería tener mis propias notas, y la grabadora tampoco podía captar todo: la actitud de Marie, sus tics nerviosos y sus gestos, si parecía triste, aburrida o conflictuada.

—Donde lo dejamos —murmuré. Pero no sabía dónde. O sí lo sabía, pero la frase "Cuéntame más sobre ese vampiro" no podía salir de mi boca.

—¿Tu madre es quien te plancha tan bien las camisas? —preguntó Marie—. ¿O lo haces tú?

—Mi madre lo hace.

—Me gusta tu madre. Me encontró esta ropa para el juicio y me dio el lápiz labial. ¿Tienes una hermana menor, ¿no?

—Sí. Se llama Dawn.

—Qué bonito nombre.

—¿Tienes hermanas, Marie? ¿Hermanos?

Sacudió la cabeza.

—Solo mi madre y yo. Hasta que él apareció.

—¿Él? Quieres decir, ¿el asesino?

—No —dijo Marie, y puso los ojos en blanco—. Quiero decir, él. Mi padrastro.

La palabra pareció dejarle un mal gusto en la boca.

—¿No te caía bien?

—No.

—¿Por qué no?

—Porque era horrible.

—¿De qué manera era horrible?

Marie se acomodó en su silla.

—¿Sabes qué? Sería mucho mejor si pudiéramos hacer esto en mi celda, en vez de en esta sala pequeñita.

—Quizás podríamos mover la grabadora a la mesa de la cocina. Yo tendría que quedarme del otro lado de los barrotes.

—Pero te podrías sentar más cerca, si quisieras.

Estaba jugando conmigo, seduciéndome. Poniendo caritas, como Pilson me había advertido.

—¿En qué sentido era horrible tu padrastro? ¿De qué manera lo era?

Marie resopló.

—De la misma manera en la que muchísimos hombres lo son.

—¿De la misma manera que el padre de mi amigo Joe? —pregunté, pero Marie miró hacia un rincón y no respondió.

—Está bien, entonces... ¿qué puedes contarme sobre el primer asesinato? El de Peter Knupp. —Cuando dije su nombre, me miró y volvió la mirada como si no fuera de su interés.

—¿Lo conocías antes del asesinato? ¿Fue elegido al azar? ¿Durante un robo, tal vez? Estaba solo en su casa...

Marie suspiró, pero más allá de eso no respondió.

—Le cortaron el cuello y el interior del muslo. Murió desangrado.

—Sí, Michael —dijo por fin—. El señor Pilson nos recordó todo esto en la audiencia.

—Bueno, ¿qué piensas al respecto? ¿Estabas ahí? Fue la primera víctima, no debió de haber sido fácil...

—No fue la primera víctima.

La miré a los ojos, sus ojos seguros de color avellana.

—La primera víctima no ha sido encontrada.

Me empezó a latir el corazón. Otro cuerpo, otro Asesinato Desangrado. Uno que nadie había descubierto o simplemente que nadie había conectado al caso. Una docena de preguntas me atravesaron la cabeza, tantas que no podía pensar con claridad.

—¿Quién?

—No quiero hablar de esto.

—Pero estamos aquí para hablar de esto.

—Pero no así.

—Marie, quieren ejecutarte.

—Bueno, pero no pueden, ¿no es cierto? ¡Porque no lo sabía! ¡No sabía qué era ni qué iba a hacer! Pensé que solo me iba a llevar con él. ¡No sabía que iba a matarla!

—¿A quién?

—A mi madre.

Los ojos se me fueron a la grabadora.

—Mató a tu madre —dije. La mató, quizás delante de los ojos de Marie.

—Y a mi padrastro. Los primeros asesinatos fueron mi madre y mi padrastro. Fueron dos.

—¿Cuándo ocurrieron esos asesinatos?

Agarré mi pluma.

—Junio —dijo con voz neutra—. A comienzos de junio. El 2, o quizás el 3.

Comienzos de junio. Peter Knupp no fue hallado hasta el 3 de agosto. Supuestamente había muerto hacía varios días, pero esto era mucho más tiempo entre los crímenes.

—¿Cómo se llamaban?

—No te voy a dar sus nombres. Te di el mío.

Quería presionarla más, pero ya no tenía fuerza. A Marie le brillaban los ojos. Estaba tratando de no llorar.

—¿Quieres parar por hoy?

—Sí. Me gustaría parar.

En cuanto le ofrecí parar, me pregunté si debería haberla presionado más. Me pregunté qué habría hecho Matt McBride. Nunca le tenía miedo a una pregunta difícil.

—Está bien —dije—. Pero la próxima vez quiero hablar más sobre el bebedor de sangre.

Marie se rio mientras se limpiaba la cara.

—El bebedor de sangre. Ese es un buen nombre. A él le gustaría.

CAPÍTULO CATORCE

Un descubrimiento sorprendente

MIENTRAS MI PADRE y los investigadores se quedaron estupefactos ante la noticia de los asesinatos de la madre y el padrastro de Marie, mi cabeza regresaba una y otra vez a la historia que ella me había contado. Mientras los demás buscaban a la pareja asesinada, rastreando pista tras pista de cuerpos hallados juntos o separados, muertos por pérdida de sangre o no, yo caminaba en un halo de confusión, tratando de entender por qué Marie me contaba lo que me había contado. Un vampiro. El no muerto que camina, pálido como la cera. Me estaba tomando el pelo. Excepto que no parecía tomárselo como una broma.

Se me ocurrió que podrían haberla engañado. Que el asesino había usado algún truco, un juego de manos y algún artilugio. En el pasado, muchos habían sido víctimas de engaños similares. Como esa gente en Exeter, en Rhode Island, que desenterró y desmembró a Mercy Brown. A comienzos de 1700, en el sudeste de Europa, los habitantes de un pueblito rural estaban tan convencido de tener un vampiro entre ellos que el gobierno tuvo que asignar investigadores oficiales y toda mención a beber sangre fue causa de arresto. Fue hace mucho tiempo, pero no hace tanto la gente estaba convencida de que un trago de aceite de serpiente curaba cualquier mal.

Siempre pensé que se trataba de personas crédulas.

Marie no me parecía crédula.

Las autoridades de Nebraska no podían encontrar los cuerpos de la madre y el padrastro de Marie. La búsqueda parecía en vano. Después de un tiempo resolvieron que debió haber mentido de nuevo, otra mentira encima del resto.

—Que lo sigan pensando —dijo Marie a medida que pasaban los días—. Que los sigan buscando.

—No quieres que los encuentren —le dije una tarde en la sala de interrogatorios—. ¿A tus padres?

—Mi padrastro no era mi padre.

—¿Entonces para qué hablaste sobre ellos?

Se encogió de hombros e hizo un gesto vago.

—Para darles algo que hacer.

Se refería a los investigadores.

—Nunca me preguntas si lo han atrapado —dije.

—Bueno, supongo que me enteraría si lo hacen. Además, sabes bien que no lo van a hacer.

—Lo haremos, si nos ayudas.

Sacudió la cabeza.

—¿Qué les podría contar, encerrada aquí? Los planes que podía tener ya deben de haber cambiado. Todos esos tipos que rastrean los campos deberían irse a casa y descansar. Dar un descanso a sus pobres perros.

Luego ladeó la cabeza y me preguntó por los labradores de Percy. Por los otros perros que había visto entre los pliegues de las cortinas de la granja Carlson. Parecía más interesada en ellos que en cualquier otra cosa, y hablamos de perros por el resto de la sesión, y de que ella nunca había tenido uno.

A veces así salían las cosas con Marie. Si le seguía hablando, había días en los que era capaz de regresar la conversación, pero por lo general, no.

—Que no te ponga nervioso —me dijo el señor McBride cuando pasé por su oficina a comienzos de octubre—. Pero que tampoco te frene. Ahora mismo tiene el lujo de la paciencia de la corte. Cuando lo atrapen, todo eso va a cambiar.

—¿Cuándo lo atrapen? ¿Lo van a forzar a hablar?

—Todo lo contrario. Una vez que lo atrapen, lo que ella tenga que decir dejará de tener importancia.

—¿Quieres venir a casa este fin de semana? —me preguntó Percy mientras caminábamos por el estacionamiento hacia su coche un día después del colegio. No lo había estado viendo mucho últimamente. Estaba con Marie en la cárcel casi todos los días después de clase.

—¿Eh?

—Mo ha comprado un nuevo equipo de caza. Podríamos probar, buscar la mejor posición para el escondite.

Percy hablaba hacía semanas de un nuevo escondite que quería construir en el bosque. Le había puesto el ojo a un ciervo macho de buen porte. Lo había visto de cerca una docena de veces el último verano y conociendo a Percy eso significaba que se había encariñado tanto con el animal que después no le podría disparar.

—Suena bien —respondí.

—¿Planeas invitar a Carol al baile de Sadie Hawkins?

—¿No es el objetivo del baile que las chicas nos inviten a nosotros?

Percy sabía esto a la perfección; había pasado la mayor parte de la semana evitando conversar con Sandy Millpoint solo para darle a Rebecca Knox la oportunidad de atreverse a preguntar primero.

—Vi a Carol mirando en tu dirección, eso es todo.

Llegamos hasta el coche de Percy y dejé mis libros en el techo mientras él se encendía un cigarrillo rápido. Carol estaba del otro lado del estacionamiento, con algunas amigas, junto a su Ford verde de cuatro puertas. Llevaba el pelo rubio fijado con un broche de perlas y se veía fantástica: pintalabios de color melocotón y ojos azules, y tan alta como yo cuando llevaba tacones. Pero ese día, al verla, me encontré comparándola con Marie: su pelo claro contra el oscuro de Marie; su elegancia alta, de piernas alargadas, contra la agilidad astuta de Marie, más pequeña. Sabía que estaba mal pensar en Marie de la misma manera en la que lo hacía con Carol. Lo supe desde el comienzo.

—Supongo que iré, si me lo pide.

Nos subimos al coche de Percy y le dio un golpecito al tablero, otro al volante, y apretó dos veces el freno, un ritual que mantenía el vehículo andando, insistía. Dejé caer mis libros sobre el saco de arpillera que había entre los dos asientos, y apoyé el brazo encima.

Percy me miró mientras retrocedía. Normalmente, esa clase de noticias sobre Carol habría dominado la conversación por el resto de la noche. Ambos nos sentíamos algo sorprendidos por que no me importara. La miré una vez más y sentí ese tirón interior cuando ella sonreía. Seguramente irían al café a comer patatas fritas y batidos. Pero yo no. Yo iría a la cárcel. Me pregunté cómo le iría a Percy, yendo sin mí. Al ser un payaso podía encajar en cualquier lugar, y con cualquiera. A veces envidiaba eso.

—Es extraño estar pensando en bailes después de todo esto —dije—. Después de lo de Steve y sus padres. Miré por la ventana y Percy me dio un codazo que, con el saco de arpillera en el medio, fue casi como una caricia.

—La vida —dijo Percy—. Siempre sigue adelante.

Y así era. Por injusto que fuera, no podíamos estar apiñados alrededor de la tumba de Steve para siempre. Miré más allá del campo de deportes, donde los terrenos de la escuela se mezclaban con los del cementerio luterano: colinas hermosas, bien podadas, con filas de lápidas y pequeños monumentos de granito, un par de estatuas de ángeles que algunas personas consideraban muy lindas, pero un poco grandilocuentes. No era el mismo cementerio donde estaban enterrados los Carlson, pero sentía como si lo fuera.

Una vez más Percy me dio un codazo a través del saco.

—Percy, ¿qué tienes en este saco?

—Pensé que era tuyo —dijo mientras yo lo levantaba, y entonces una gruesa serpiente de un metro y medio de largo cayó sobre el asiento.

Percy lanzó un grito. Giró el volante y lanzó el auto contra el arcén, a punto de arrancar el guardabarros de una camioneta estacionada. Frenó y los dos bajamos de un salto.

—Pero, ¿qué diablos es eso?

El cuerpo gris y negro de la serpiente, si es que se lo podía llamar cuerpo, se retorcía con pereza por encima del cuero gastado del asiento donde yo había estado sentado. Me abalancé hacia el auto y cerré la puerta. Percy hizo lo mismo del otro lado.

—¡Mierda! ¡Debimos haber esperado a que quisiera salir para aplastarla con la puerta! ¿Cómo llegó hasta ahí?

Para entonces, nuestros gritos habían atraído a una pequeña multitud y alguien volvió corriendo a la escuela. No pasaron ni cinco minutos hasta que llegó Bert en un coche patrulla y nos encontró sin saber qué hacer, como dos inútiles. Bajó del auto con la mano en su pistola de servicio y los ojos desorbitados como si le tuviera que disparar a alguien en cualquier momento.

—¿Qué está pasando aquí?

Percy y yo apuntamos al auto. La serpiente todavía estaba dentro. Bert se aproximó a la ventana. Luego sacó la mano de la pistola y abrió la puerta.

—¿Qué estás haciendo? —gritó Percy.

Bert se inclinó sobre el asiento justo cuando llegó el director Wilkens, trotando por el parque con una escopeta en la mano.

El policía lo apuntó con el dedo, más serio de lo que lo vi nunca.

—Aleja esa cosa ya mismo —dijo, refiriéndose a la escopeta, y luego se volvió a agachar y se volvió a erguir con la serpiente en brazos, acunándola dulcemente como si fuera un bebé—. Es solo una pitón. No va a lastimar a nadie. ¿Cómo llegó a tu coche, Percy?

—Ojalá lo supiera —dijo Percy—. Estaba dentro de un saco de arpillera. Alguien debe de haberla tirado dentro.

—¿Quién? —pregunté.

Se encogió de hombros.

—Todo el mundo sabe que mis puertas no cierran.

Bert apenas escuchaba. Sostuvo la serpiente frente a su cara y la miró a los ojos.

—Es una suerte que no muriera. Quería acercarse a vosotros porque tenía frío. No hubo suficiente sol hoy como para calentar el auto y los reptiles son de sangre fría. No pueden producir su propio calor.

—¿Cómo es que sabes tanto de herpetología? —preguntó el director Wilkens, y me impresionó que conociera la palabra; yo tuve que buscarla más tarde en la enciclopedia de mi padre. Herpetología: el estudio de los reptiles y los anfibios.

Bert alzó los hombros.

—Me gustan desde que era niño. Si nadie la reclama, me la llevaré a casa. Tengo un tanque vacío que resultaría perfecto.

Percy me miró. Nunca había estado dentro de la casa de Bert y en ese momento no lo lamenté. Bert sacó del auto el saco de arpillera y metió dentro a la serpiente con mucha delicadeza. Luego se subió al coche patrulla y se alejó con su nueva mascota.

Todos los chicos nos giramos hacia el director Wilkens, todavía con su escopeta.

—Esta clase de bromas son peligrosas —dijo en voz alta—. Si alguien sabe quién le hizo esto al automóvil del señor Valentine, lo animo a que se presente en mi oficina.

CAPÍTULO QUINCE

Policías buenos

APENAS PENSÉ EN el incidente de la serpiente al comienzo. Había demasiadas cosas en mi cabeza y al final no había pasado nada: incluso la serpiente se había transformado en la nueva mascota de Bert. Era una broma extraña, pero eso era todo, pensé. Incluso creía que no me la habían dejado a mí, sino a Percy. No había razón todavía para pensar de otro modo.

La búsqueda infructuosa de los cuerpos de la madre y el padrastro de Marie habían distraído a Pilson por un tiempo, pero no pasó mucho hasta que escuchó las grabaciones de la entrevista y me escuchó decir las palabras *bebedor de sangre*. Tuve que admitir lo que sabía después de eso. Esperaba que me sacaran del caso de inmediato. Pero, cuando se lo conté a mi padre, él asintió en silencio, como si esperara que ella dijera algo así.

Pilson, en cambio, llegó furioso como una tormenta. Estuve ahí cuando la interrogó y nunca escuché tantos gritos en el interior de esa sala, tanto de él como de Marie.

—¡Si no la cortas con esas historias absurdas, te llevaré a la rastra frente al juez!

—¡Hazlo, entonces! ¡Porque es la única historia que tengo que contar!

Me dio lástima por Pilson, al comienzo. De verdad. Incluso si lo hacía pobremente e incluso si su motivación no era muy pura, buscaba la verdad, al igual que nosotros. Si tan solo hubiera habido una manera más fácil de entenderlo... Antes, se solía creer que los cuerpos de los asesinados sangraban en presencia de los asesinos. Pero ni siquiera eso había funcionado en el caso de Marie Hale, ya que a esos cuerpos no les quedaba ni una gota de sangre.

Me quedé con mi padre cerca de su despacho, mientras Pilson probaba su método con Marie, y me acuerdo de con cuánta atención escuchaba lo que sucedía dentro de la sala de interrogatorios. Mi padre parecía listo para intervenir de un salto si las cosas iban demasiado lejos.

Le dije que quizás las entrevistas habían sido un error.

—Quizás sea cierto que solo quiere ganar tiempo. Quizás la única razón por la que me eligió es que pensó que podía convencer a alguien de su misma edad.

—¿Marie te da la impresión de ser una mentirosa? —me preguntó, y lo consideré por centésima vez.

—No, señor.

—A mí tampoco. No sabemos por lo que ha pasado. Si está escondiendo algo, no se lo oculta tanto a ti como a ella misma.

Se acercó a la puerta de la sala.

—Haz caso a todo lo que ella quiera —dijo—. Mientras nos dejen.

Cuando Pilson salió, chasqueó los dedos y nos dirigió a la oficina de mi padre. Yo levanté las cejas, pero mi padre respiró hondo y me palmeó el hombro, su manera de decir que estaba bien, que el señor Pilson estaba molesto, que deberíamos perdonarle. Entramos al despacho y cerré la puerta. Pilson tenía las manos en la cintura y miraba la pared con el ceño fruncido.

—Mirad esto —señaló al calendario de mi padre, con pinturas de ciervos de cola blanca que variaban con cada mes. El mes de octubre estaba en blanco, salvo por unos pocos compromisos anotados a mano, y las largas X negras que tachaban los días.

—La han tenido en custodia durante semanas. Semanas. Y todo lo que tienen es una historia inventada sobre una madre muerta y un montón de sinsentidos sobre un monstruo de película con capa y dientes falsos. No hay pistas nuevas. Nada. ¡Nada! Mirad esto —dijo, y golpeó las fechas tachadas—. Días perdidos.

Mi padre se cruzó de brazos. Tenía una taza de café en la mano y la usó para señalar el calendario.

—¿Sabe lo que yo siento, señor Pilson, cuando veo esas X?

—¿Qué?

—Alivio.

Pilson se dio vuelta.

—Veo días en los que nadie ha muerto —siguió mi padre—. Días en que no se han encontrado más cuerpos.

—Bueno, ¿sabe lo que yo veo? —preguntó Pilson. Arrancó el calendario de su clavo y lo lanzó a los pies de mi padre—. Veo a un asesino escapándose.

Caminó entre nosotros y dejó la comisaría sin decir nada a nadie; mi padre tuvo que levantar el calendario y hacer un nuevo agujero para el clavo. Una vez le pregunté a Marie por qué insistía en antagonizar tanto con Pilson,

139

pero solo se encogió de hombros y dijo que con un tipo como ese no había forma de ganar. Que incluso si todas las víctimas aparecieran de pronto vivas. ella seguiría siendo culpable. Culpable de hacerle perder el tiempo. Culpable de ser pobre. De ser una chica. Me dijo que desde el momento en el que lo conoció supo que lo único que quería era encontrar la manera de sentarla en la silla eléctrica. Pero quien ríe último ríe mejor, y fue Marie quien se rio al final, porque solicitó morir en la horca.

CAPÍTULO DIECISÉIS

Pilson

NO PUEDO RECORDAR si Benjamin Pilson me cayó mal a primera vista. Iba siempre bien afeitado, tenía un rostro apuesto y se movía con confianza. Era lo que cualquiera esperaría de un fiscal de distrito: quizás se vestía así por haber visto muchas películas, o quizás era que las películas lo imitaban a él. Pero sé que casi todo lo que supe de él después de esa primera impresión hacía que me cayera cada vez peor. Al final lo odiaba. Así que supongo que quizás lo odié desde el comienzo.

Acababa de comprar jarabe para la tos para Dawn en la farmacia Anderson cuando se acercó a mí en la acera.

—Michael —me dijo—. Hace tiempo que quiero invitarte a un almuerzo. ¿Dónde podemos conseguir unas buenas hamburguesas con queso en este pueblo?

Lo llevé al Sportsman's Café, a unas pocas calles de ahí. No tenía las mejores hamburguesas con queso, pero eran decentes y quedaba cerca, y no quería pasar más tiempo en su compañía que el necesario. Nos sentamos en una de las mesas de color crema y ordenó dos hamburguesas con queso y patatas fritas, una gaseosa para él y un batido de vainilla para mí. Me enojó el batido: parecía como si quisiera subrayar mi juventud. Pero quizás estaba siendo injusto.

De cualquier manera, mi madre me enseñó a ser cortés y me bebí hasta la última gota, hasta me comí la cereza.

Durante un rato charlamos sobre cosas inofensivas: me preguntó por la escuela y qué posición ocupaba en el equipo de béisbol, yo le pregunté hacía cuánto tiempo era fiscal de distrito en Lincoln. Su trato fácil parecía genuino, pero yo sabía que era algo ensayado (hacer que alguien se sienta cómodo solo para desacomodarlo al instante siguiente es algo que incluso nuestro fiscal sabía hacer), sabía lo que buscaba cuando se arremangó la camisa y se aflojó el nudo de su corbata cara.

—Tus conversaciones grabadas con Marie Catherine Hale están siendo interesantes.

—Así es.

—Personajes sombríos, monstruos con capas en la oscuridad...

Mostró su sonrisa: ¿cuán ridículos eran los cuentos de esa chica mentirosa?

—No es exactamente lo que dijo, dijo que él hacía trucos, y que se bebía la sangre.

Pilson alzó los hombros; no veía la diferencia.

—¿Cómo vas a hacer para que deje de decir cosas sin sentido?

—Mi padre dice que quizás no debería. Que debería dejarla hablar y después tratar de entenderlo.

Pilson sonrió. Era una sonrisa cruel. Sin alegría, pura condescendencia, que me hacía sentir pequeño. Se limpió la boca con la servilleta y la dejó sobre su plato, que luego hizo a un lado.

—Pero tu padre no es el entrevistador, ¿o sí? Tú lo eres.

—Sí, señor.

—Dado que el juez ha decidido poner la integridad del caso sobre los hombros de un estudiante de preparatoria.

Sacó de su maletín unos expedientes que no se diferenciaban de los que había visto en el escritorio de mi padre. Eran los archivos de los Asesinatos Desangrados de Nebraska: Peter Knupp y Angela Hawk y Beverly Nordahl. Los abrió uno por uno sobre la mesa frente a mi plato con la hamburguesa a medio comer.

—¿Ya has visto las fotos de los cuerpos de la familia Carlson? —preguntó.

—No.

—¿No piensas que deberías?

—No son parte todavía de la entrevista. Quiero que los detalles me sean frescos.

—Bueno —dijo, evidentemente sin creerme—, debes de estar cerca de estos. Así que échales una mirada.

Me lanzó una pila de fotos.

Peter Knupp estaba boca abajo. Un plano frontal de su rostro mostraba sus ojos abiertos y labios separados. No había miedo en su expresión. No comunicaba ninguna expresión, lo cual lo hacía aún peor. Pilson cambió de foto para mostrarme los cortes que lo habían matado. Heridas cortantes, profundas y limpias, abiertas a los lados para mostrar los diferentes niveles de piel, carne y vena. El corte en el muslo debió de haber sido hecho a través de sus pantalones, y los bordes de la tela estaban manchados. El corte en el cuello era corto, y más angosto que los demás, y el ángulo de la foto se concentraba más en su cara, algo que yo agradecía.

Nunca había visto un cadáver antes. No era como me lo había imaginado, y el batido de vainilla me dio vueltas en el estómago.

—¿Por qué me muestra esto? —pregunté.

—Para que lo recuerdes.

Abrió el expediente de las estudiantes de enfermería.

—Ya lo recuerdo.

—¿Entonces por qué la dejas mentir? Mira aquí.

Movió mi plato y me lanzó más fotografías, tan rápido que tuve que agarrarlas para que no se me cayeran sobre el regazo.

Angela Hawk y Beverly Nordahl estaban sentadas en los asientos delanteros del coche de Angela. Les habían cortado la garganta, y pequeños hilos de sangre escapaban del cuello. La cabeza de Beverly miraba hacia Angela, como si estuviera tratando de consolarla.

—La autopsia señala que murieron con pocos minutos de diferencia —dijo Pilson—. Parece como si las hubieran matado mientras estaban inconscientes, ¿no? Excepto que no fue así. No hay rastros de sedativos ni tóxicos, salvo el alcohol de una botella de cerveza. No hay marcas en la garganta, ni signos de asfixia. No tienen golpes en la cabeza. Y si miras de cerca, verás que los ojos de Angela están abiertos.

No quería mirar de cerca.

—Sufrieron —continuó—. Cada uno de ellos. ¿Alguna vez has visto a alguien sangrar hasta morir, Michael?

—No, señor.

—Marie Hale estuvo involucrada en esto. —Dio la vuelta a una de las fotos de Angela y Beverly para mirarla mejor—. Quizás ella estuvo dentro del auto.

—Ella no los mató —dije. Pero la sangre había abandonado mi cerebro. Podía ver a Marie, agazapada en la parte de atrás del coche. Podía verla acercándose a los cuerpos.

—Quizás no hizo los cortes —dijo—. O quizás tú quieres creer que no los hizo. Es una chica guapa, Michael.

—¿Qué tiene que ver eso con todo esto?

—Que eres un hombre joven. Y ella se está aprovechando.

—Usted no sabe eso. Quizás está confundida. Mi padre dice que...

—Tu padre no es el entrevistador más experimentado, ¿o sí? ¿Cuántos interrogatorios por asesinato crees que ha hecho?

—No lo sé —dije, aunque sabía que la respuesta era cero.

Me ardían las mejillas. De haber abierto la boca para decir algo más, habría terminado llorando. O le habría golpeado. Pero lo que terminó ocurriendo no fue nada de eso, porque el señor McBride estaba observándonos y decidió intervenir.

—Yo no estaría tan seguro —dijo—. Las cosas que nuestro *sheriff* ha visto podrían sorprenderle. Además, no me parece que tenga ninguna ventaja como para presionarlo. Lincoln será la capital de Nebraska, pero no es exactamente Nueva York. Matt McBride. Soy el editor del periódico local.

Estiró la mano y Pilson se la estrechó. Tan rápido como se soltó, tomó todas las fotos y las guardó de nuevo en las carpetas.

—Hace tiempo que quería conocerlo —le dijo el señor McBride—. Ver si le está gustando el lugar. Quizás conseguir una declaración sobre el caso para el *Star*.

—Seguro —dijo Pilson—. Un día de estos pasaré por sus oficinas.

Nunca lo hizo, por supuesto. Pilson guardaba sus declaraciones para diarios más grandes.

—Genial. Tú también, Michael. Pasa cuando quieras.

El señor McBride esperó a que yo asintiera, que le dijera que estaba todo bien. Luego se llevó la mano al sombrero y caminó a la barra en busca de una taza de café.

—¿Amigo tuyo? —preguntó Pilson, mirándole la espalda.

—El verano trabajé repartiendo su diario.

—Muy bien. —Sonrió Pilson—. Pero Michael, si hablas con él sobre este caso, presentaré cargos contra ti antes de que puedas parpadear.

—Sí, señor.

—Y no te olvides —dijo mientras juntaba sus cosas—. El hombre que mató a estas personas tiene que pagar. Y Marie Hale tendrá que pagar también, por estar a su lado y permitírselo.

¿Y si ella no podía detenerlo? ¿Y si lo intentó y no pudo?

—Necesito un nombre —agregó como si eso no importara—. Necesito un nombre, o ella morirá.

CAPÍTULO DIECISIETE

Refutaciones

NUNCA ME IMAGINÉ que tendría que refutar el mito del vampiro, pero no podía seguir dejando que Marie se saliera con la suya. Pilson tenía razón en eso, al menos. Había personas reales. Había víctimas reales. Estaba casi seguro de que Marie no estaba usando esa historia para invocar alguna clase de anulación por locura, pero, de todas maneras, si estaba determinada en continuar con su relato del bebedor de sangre, se lo iba a tener que ganar.

Así que empecé a revisar libros. Un montón de libros que tuve que esconder debajo de mi abrigo, como si fueran obscenos. Era embarazoso incluso pedírselos a la bibliotecaria de nuestro colegio, pero ni parpadeó y pensé que los rumores de que era una bruja podrían finalmente ser ciertos. De hecho, si no fuera por ella, no habría llegado a ninguna parte. Solo los investigadores conocían el detalle del bebedor de sangre por entonces, así que no podía preguntarle nada al señor McBride. Lo hice tiempo después, al final, y me recomendó un muy buen libro sobre Mercy Brown y la histeria vampírica en Nueva Inglaterra.

La siguiente vez que entrevisté a Marie estaba armado con el conocimiento de la tradición nefanda. Nos encontramos en su celda. Mi padre no tuvo objeciones, pero me sorprendió que el señor Pilson tampoco. En retrospectiva, es posible que mi padre ni siquiera le hubiese preguntado. En cualquier caso, cuando llegué tuve que cargar la pesada grabadora magnética conmigo. Tenía una forma tan extraña que casi la tiro al suelo y lo único que me salvó de pasar los siguientes años pagándosela a mi padre fue que Marie había tenido una visita: Nancy, que había dejado por un rato el mostrador de recepción. Ella y Marie se habían encariñado. Creo que Marie le recordaba a la hija que había perdido en el incendio.

En cuanto pasé por la puerta, Nancy se levantó de la silla y dijo: "¡Michael! Deja que te ayude". Se estiró hacia adelante, justo a tiempo para agarrar la grabadora que se me acababa de escapar de las manos. Luego me ayudó a cargarla hasta la mesa y a acomodarla.

—Os dejo solos —dijo—. Si seguís aquí cuando vuelva de mi pausa del almuerzo, os traeré algunas galletas y sándwiches.

—Esa cosa parece pesada —notó Marie cuando quedamos a solas—. Nancy debe ser más fuerte de lo que parece.

—Parecéis buenas amigas, vosotras.

Marie alzó los hombros.

—¿Me trajiste los cigarrillos?

—Maldición. Me olvidé de nuevo, perdón.

—Seguro.

—No, de verdad. Siempre pienso en pedirle un paquete a Percy.

—No te preocupes —dijo, y se sacó un cigarrillo de una de sus medias. Me sonrió y lo prendió con un fósforo que encendió contra la pared de cemento.

Tenía puestos los mismos vaqueros azules, enrollados hasta el tobillo, y una diferente camisa blanca. Su cabello se veía oscuro y lustroso, recogido en una cola de caballo, los extremos del lazo negro eran tan largos como los mechones.

Dentro de su celda, parecía más cómoda y en control del espacio y, a pesar de que yo había vivido varios años de mi vida en esta parte de la cárcel, al entrar en mi vieja cocina parecía más bien como si Marie estuviera recibiéndome en su casa.

—¿Dónde los consigues? —le pregunté, señalándole el cigarrillo.

—No te importa. —Exhaló—. ¿Crees que eres el único chico con el que hablo?

—La verdad es que sí. ¿Me estás guardando secretos, Marie?

—Todo es un secreto hasta que te lo cuento. Pero te lo voy a contar todo, así que supongo que no, no te guardo secretos. —Me observó durante unos segundos y luego se rio—. Relájate. Me lo dio Nancy. Qué celoso, qué celoso.

—No soy celoso —dije, salvo que sí me sentía así. Marie era mi secreto: un mundo entero separado del habitual. Me aturdió lo rápido que había empezado a pensar en ella como mía.

Aspiró una vez más y me hizo un gesto en dirección a la grabadora para que empezásemos de una vez.

—¿Cómo has estado? —pregunté, con la grabación ya en marcha.

Señaló las paredes, la cocina ordenada, el pequeño escritorio en su celda.

—Mejor aquí que en otros lugares —dijo, pero inmediatamente pareció arrepentirse—. Lo siento mucho, sabes.

Que hayas sido arrastrado a todo este desastre. Lo mismo con tu padre y tu madre.

—¿Pero también lo sientes por el resto?

Alzó los hombros.

—¿De qué sirve sentirlo? —dijo en voz baja—. Siguen muertos.

—¿Entonces por qué contarme lo que pasó? ¿Para evitar la pena de muerte? ¿Para descargar tu alma?

Se rio.

—¿Para evitar que tu cómplice lastime a alguien más? Marie echó una mirada rápida hacia su ventana.

—No va a lastimar a nadie más. No por un tiempo, al menos. Y cuando decida hacerlo, nada de lo que yo diga va a detenerlo.

—¿Porque es un bebedor de sangre?

Asintió.

—Nadie lo ha detenido antes —dijo.

—¿Nadie?

—Sigue vivo, ¿no? Bueno, algo así.

—Sabes que no es lo que dices que es. Sabes que los vampiros no existen.

—Cree en lo que necesites creer, Michael. Solo te estoy contando lo que sucedió.

—No estoy diciendo que seas una mentirosa, Marie, solo que quizás él te engañó.

—Claro. Porque soy una chica tonta. —Frunció los labios—. ¿Te parezco estúpida porque abandoné la escuela?

Hice una pausa. No, no lo parecía. Se veía astuta. Fuerte, quizás. Rápida, quizás. Pero no estúpida ni la clase de persona que sería fácil de manipular.

—Háblame de él, entonces —dije—. ¿Cómo te encontró? ¿Estabas en un cementerio? ¿Te tropezaste con su ataúd?

—Te estás burlando.

—Por supuesto que sí, mientras me cuentes cosas ridículas.

—¿Todos esos cuerpos vacíos te parecen ridículos? ¿Adónde se fue toda esa sangre, Michael, si no se la bebió?

—Quizás los movió. Quizás las víctimas fueron asesinadas en otro lugar.

Salvo que una de las víctimas, Jeff Booker, encontrado en una estación de servicio derrumbado contra la caja registradora, había sido visto con vida por un cliente treinta minutos antes de que lo encontraran muerto.

—¿Cómo podía moverse a la luz del sol? —pregunté.

—Con una sombrilla —respondió sarcástica—. No se queman con el sol, ¿okey? Y puede entrar en iglesias, aunque tampoco fuimos a ninguna. ¿Has terminado?

—¿Y tú? El fiscal Pilson no está contento con lo que me estás contando. Lo escuché hablar de ir con el gobernador, para que pidan tu extradición.

—Estoy segura de que lo hará.

Me quedé helado. No lo sabía entonces, pero Pilson ya lo había intentado. Y fallado. Los asesinatos parecían haberse detenido, o al menos frenado, y mientras nadie quería ir al fondo del asunto con Marie: sabían cómo se veía si arrastraban a una chica de quince años a la silla eléctrica, tan rápido.

—Marie, si él es lo que dices y ya ha matado antes, entonces, ¿por qué no hemos visto antes más asesinatos como este?

—Probablemente los ha habido. Solo que no los reconocieron.

—¿Estos crímenes extraños, tan macabros? —pregunté, incrédulo—. Dudo que los hubiéramos dejado sin resolver.

—Díselo a la Dalia Negra —dijo, y apagó la colilla de su cigarrillo—. O a esa gente en la casa junto al tren... la que tenía todos los espejos tapados y un cuenco con sangre y algo de panceta en la mesa.

No dije nada. Había oído hablar de la Dalia Negra, pero el otro caso me resultaba desconocido. Sin duda sonaba lo suficientemente extraño, pero busqué durante horas en el archivo del diario de nuestra bibliotecaria y nunca fui capaz de identificarlo.

—Pero —dije con cuidado—, nunca hubo otra ola de asesinatos como esta. Jóvenes... adolescentes...

—No había tenido necesidad, antes.

—¿Entonces por qué lo hizo ahora?

—¡No lo sé!

Se llevó las rodillas al pecho y tomó aire. Era difícil no gritarle, era difícil no exhibir mi frustración con un puño apretado o un crujido de nudillos. Parecer neutral cuando estaba seguro de que se inventaba todo a medida que me lo contaba.

—No tienes todo el tiempo del mundo —le dije—. Solo tienes hasta que lo atrapen. Luego no les importará cuál sea tu lado de la historia.

Se rio un poco y murmuró "todo el tiempo del mundo". Luego estiró los brazos.

—Tienes razón, Michael, sobre no tener todo el tiempo del mundo. Solo te equivocas en el cuándo. Tengo hasta que se den cuenta de que no lo atraparán. Hasta que se rindan. En ese momento es cuando vendrán por mí.

—¿Cuándo crees que ocurrirá eso?

—Mientras él los mantenga entretenidos —dijo, encogiéndose de hombros—. Tú eres el hijo del policía; deberías saberlo mejor que yo.

No sabía nada mejor que ella. Ninguno de nosotros. El pueblo de Black Deer Falls, Pilson, mi padre y sus oficiales, todos estábamos dando tumbos en la oscuridad.

—Dijiste que no necesitaba hacerlo —dije en voz baja—. ¿A qué te refieres?

Marie me miró, tratando de adivinar si se lo decía en serio. Luego giró las muñecas y me mostró sus cicatrices.

—No siempre mata —dijo—. A veces solo se alimenta.

Me incliné para ver las delgadas líneas que empezaban en la palma de su mano y seguían por el codo, hasta desaparecer en su camisa. Había tantas que su piel parecía un remiendo, de aquí para allá, algunas a lo largo de su brazo y otras en perpendicular, tantas, pero tan delicadas y rosadas que se perderían de vista si no se prestaba atención.

—Puedes acercarte, si quieres.

Me levanté y estiré el brazo hacia los barrotes. Metí las manos entre ellos y la toqué. Su piel era fría y suave, hasta que pasé mi pulgar por sobre las pequeñas cicatrices. Algunas de ellas parecían tentativas, más delgadas, poco profundas. Pero ganaban en fuerza. La más grande, escondida en el pliegue de la muñeca, parecía haber necesitado puntos.

—Tengo más —dijo.

—¿Dónde? —pregunté, pero no respondió, y recordé

dónde habían sido heridas las otras víctimas: en la garganta o en el interior del muslo. La garganta de Marie estaba intacta y se me sonrojaron las mejillas.

—Tienes buenas manos —dijo, y entonces me di cuenta de que seguía sosteniendo la suya—. Amable. No eres la clase de chico con el que le gustaría verme.

—¿Qué clase es esa?

—La buena. De buen porte. De buen corazón.

—Creí que habías dicho que el bebedor de sangre era apuesto.

Se rio.

—No. No, él era... podría haber sido una estrella de cine.

—¿Quién te hizo esto, Marie? —pregunté, y ella se soltó.

—Ya te lo dije. Fue él.

Saqué las manos de entre los barrotes y me sequé el sudor contra el vaquero.

—Debe de haber dolido.

Alzó los hombros.

—No tanto.

—¿Dónde está ahora? —Me aclaré la garganta y me volví a sentar—. ¿Sigue por aquí? ¿Podría estar escondido en Black Deer Falls? ¿Como un murciélago?

No le gustaba que le tomara el pelo y yo no sabía por qué lo seguía haciendo.

—Tal vez sí, ¡y tal vez no! —me contestó, cortante—. Que bromees no va a cambiar lo que sucedió.

No estaba avanzando. Consideré cambiar de táctica. Confrontarla, hacerla enfadar. Salvo que Pilson ya había intentado eso y fallado, y no podía imaginar que yo lo haría mejor.

—Alguien dejó una serpiente en el coche de mi amigo Percy —dije, y me sorprendí al hacerlo. La serpiente y el bebedor de sangre no habían estado conectados en mi cabeza hasta ese momento.

—¿Qué quieres decir con que alguien dejó una serpiente?

—Nos subimos a su coche y había una serpiente en el asiento, entre nosotros. Era solo una pitón, supongo, y estaba dentro de un saco de arpillera. Pero Percy casi choca con una camioneta...

—Tu amigo Percy... ¿tiene muchos enemigos?

—No —dije—. Percy es... a todo el mundo le cae bien. Incluso cuando es insoportable—. Sonreí un poco—. Fue solo una broma.

—¿Lo fue? —preguntó, como si pensara que no lo era.

—¿Marie, tú sabes dónde está él ahora?

—No. Pero siempre pensé que se quedaría para observar cómo siguen las cosas. —Me miró, seria—. No deberías andar solo, Michael.

Estuve a punto de sonreír. No me iba a esconder de un monstruo inventado. Pero algo real había matado a Steve Carlson.

—¿Piensas que irá detrás de mí? ¿O de mi familia? —pregunté. Pero no respondió. Supongo que no tenía manera de saberlo—. Marie, ¿por qué te dejó esa noche después de los asesinatos?

Marie apretó los labios.

—Porque ese bastardo quería que me atraparan.

CAPÍTULO DIECIOCHO

El bebedor de sangre

EN LA TERCERA semana de octubre, el Medio Oeste fue golpeado por una temprana tormenta de nieve. Los granjeros la odiaron, pues tuvieron que empezar a alimentar a sus vacas con heno mucho antes. Percy estaba preocupado por su ciervo, el que había rastreado todo el verano, así que una tarde nos adentramos en el bosque detrás de la granja Valentine para seguir huellas de ciervo y dejarle comida. Con eso se aseguraba de que no se alejase y de que nadie más le disparase.

—Es demasiado hermoso como para que termine contra la estúpida tapia del jardín de Martin Greenway.

—¿Pero suficientemente hermoso para la tuya? —le respondí—. Los dos sabemos que no le vas a disparar.

—Bueno, en ese caso el año que viene será todavía más grande.

—Más y más grande. Hasta que se vuelva jorobado, con artritis.

Seguí a Percy a través de los árboles silenciosos, nuestras botas pisaban la nieve suave, nieve que todavía era noble, ni dura ni costrosa de tanto derretirse y volverse a congelar. Percy me mostró las huellas que pasaban por allí y los últimos lugares donde había visto a su gran ciervo macho, en la espesura junto al pantano. Lo vi trepar árboles para cortar ramas llenas de brotes y bellotas, para que los ciervos comieran.

—Debo tenerlos bien alimentados —dijo mientras dejaba caer otra rama y luego doblaba otra para que quedara a la altura de los animales, mientras yo la ataba con cordel. Salté y agarré otra rama, acerqué las puntas tiernas más cerca del suelo.

—Sabes que los arbustos todavía están llenos de hojas que tu ciervo puede comer.

Pero Percy sonrió:

—Estoy tratando de engordarlo, hasta que no pueda correr.

—Lo estás malcriando.

Estaba un poco preocupado por Percy, para ser sincero. La temporada de caza con arco ya había empezado y, si el ciervo macho vagaba más allá del pantano de los Valentine hasta alguna propiedad ajena en busca de una hembra o algo así... le rompería el corazón.

—¿Percy, todavía piensas en los asesinatos?

Delante de mí, Percy quebró la rama de la que había estado colgando.

—Trato de no hacerlo.

—Pero lo haces.

—Claro.

—¿Alguna vez te preguntas qué pasó con toda esa sangre?

—Bueno, claro. Todo el mundo se pregunta eso .—Se giró y agregó—: ¿Por qué? ¿Tú lo sabes?

—No. Pero es tan extraño. ¿Por qué beberla? ¿Qué es lo que quería?

—¿Qué quieres decir con "beberla"? ¿La estaba bebiendo? Pensé que solo estaba... —Hizo un gesto en dirección al aire—... en algún lado.

Respiré hondo.

—¿Y si quería beberla?

Esperé a que Percy se riera. O que me empujara y me dijera que madurase. Pero solo se encogió de hombros.

—Seguro —dijo—. Como lo llaman los periódicos, los Asesinatos de Drácula.

Regresó a los árboles y al sendero de los ciervos.

—¿No piensas que es raro?

—Claro que me parece raro. Me parece todo un disparate.

Avanzamos por el sendero, bajando ramas y sacudiendo la nieve de los arbustos más altos. A pesar de ser un parlanchín, a Percy no le agradaba mucho hablar en esos recorridos: no quería espantar al ciervo. Pero yo tenía demasiadas cosas en la cabeza.

—¿Sabías que en Europa creían que la plaga era causada por el vampirismo? Enterraban a mujeres con piedras en la boca para que no se pudieran alimentar de otros cuerpos en las fosas comunes. Y las enterraban boca abajo, para que se desorientaran en el barro si trataban de salir.

Percy frunció el ceño. Aplaudió con fuerza para que se cayeran los pedacitos de corteza que tenía adheridos y se lavó las manos con nieve.

—¿De qué estás hablando?

Le conté lo que había estado leyendo: historias perturbadoras sobre bebés nacidos con los dientes completos y también sobre Mercy Brown, que su padre permitió que la desentierren para extirparle el corazón y quemarla. Cuando llegué a la parte del hermano comiéndose las cenizas, Percy maldijo en voz alta.

—¿Por qué demonios estás leyendo cosas como esa?

—Es que sigo pensando sobre la sangre. Cómo se perdió, y no sé. Me pregunto si alguien podría ser engañado para matar de esa manera. Para beberla. —Hice una pausa—. ¿Puedes imaginar algo así?

—No, la verdad es que no. Y prefiero no hacerlo. Los Crímenes de Drácula son solo un nombre que inventaron los diarios. ¿Cuánta sangre crees que hay en una persona? ¿O en esas dos chicas, las enfermeras? No se puede beber tanto... no hay manera.

Me miraba como si yo estuviera completamente loco.

—Sí —le respondí, mientras escuchaba el eco de las palabras de Marie a través de los árboles: ¿A dónde fue toda la sangre? Un suspiro, el casi imperceptible roce de sus labios contra mi oreja—. Tienes razón. Solo estaba pensando.

—Este asunto realmente te está cambiando. Estás seguro de que deberías... quiero decir, si quisieras dejarlo, tu padre lo entendería. Y todos los demás también. Y si no lo hacen, bueno, yo...

—No puedo parar, Percy.

Asintió.

—Sí, ya sé que no. La mayor historia del siglo, ¿no? Cuando termines, irás a la universidad... tendrás becas. Saldrás en el programa de Cronkite y yo iré a la casa de tus padres para ver el programa con ellos —dijo con una sonrisa. Estaba orgulloso de mí. Entusiasmado, incluso, aunque los periódicos y las becas no eran en lo que yo estaba pensando.

—Quizás puedas venir también.

—Sí. Quizás yo también vaya a la universidad. No digo que me dejen entrar. Pero intentaré conseguirlo.

—Sí.

—No hay nada aquí que no seguirá estando aquí cuando volvamos. —Miró entre los árboles—. No como si la fábrica de alimento para pájaros vaya a cerrar.

—Sí —repetí en voz baja, y Percy volvió a retomar el sendero.

Cuando lo busqué con la mirada, ya no estaba, sumergido entre los árboles. Debía de estar caminando más lento de lo que pensaba, pero no había problema: era prácticamente imposible perderse en el bosque detrás de la granja de Percy y Mo, ya que deambulaba por ahí desde que tenía nueve. Y estaban las huellas de Percy en la nieve, en busca de su ciervo.

—¿Percy? —grité, y esperé—. ¿Percy?

Quizás estaba muy lejos y ya no me oía. Cuando terminara su recorrido alimentando a los ciervos, volvería sobre sus pasos y me encontraría. Era desconcertante mirar hacia adelante y no verlo a un metro de distancia, pero no era peligroso ni tampoco tan extraño, considerando lo rápido que Percy se movía cuando quitaba nieve a las ramas. Al menos, eso es lo que me decía a mí mismo mientras estaba parado y solo en medio del bosque silencioso.

Abrí la boca para volver a gritar. Pero de repente no quería hacer ni un sonido. Sentí un estremecimiento en la nuca. Como si alguien me observara a través de los árboles.

Erguí la espalda, y mis botas hicieron crujir la nieve. Sostuve el aliento y busqué pájaros o ardillas, pero no vi ninguna. Me acordé de una historia que me contó mi padre de cuando era joven y respondió a una alerta de robo. La sensación que tuvo cuando entró por la puerta abierta y supo que la casa no estaba vacía...

—Maldición, Marie —murmuré, porque era por su culpa: me había llenado la cabeza con historias de asesinos y un monstruo de película que bebía sangre. Una hora antes me habría reído en voz alta, pero en esos árboles sentí lo que debe sentir un ciervo cuando se aproxima un cazador. Estaba esperando la emboscada y esperaba ser lo suficientemente rápido como para escapar.

Cuando la silueta oscura de Percy emergió por el sendero, salté como medio metro. La parte interior de mi abrigo estaba cubierta de sudor.

—Percy. Te perdí durante unos minutos.

—Sí. Tomé un atajo a través del pantano y regresé. ¿Qué te ocurre? ¿Te estás poniendo enfermo o algo?

—Puede que sí. Este abrigo no es bueno.

El abrigo estaba bien. En todo caso, me sentía caliente. Quería quitármelo de encima: estaba temblando. Percy ladeó la cabeza como a punto de echarse a reír. Pero de repente se quedó quieto.

—¿Qué? —pregunté.

—¿Qué es eso?

—¿Qué es qué cosa? —contesté casi gritando. Señaló por encima de mi hombro y no me atreví a girarme para ver. Percy retrocedió y pasó por mi lado para acercarse a un árbol que no estaba lejos del sendero de los ciervos.

Había un símbolo grabado en el árbol, como un sol o una flor, debajo de una larga T al revés. Estaba un poco más alto que una cabeza: cuando Percy se sacó el guante para pasar los dedos por la corteza tallada, tuvo que estirarse.

—¿Es una T o una cruz? —preguntó.

—No lo sé.

—Es un corte profundo. —Se frotó los dedos y los olió—. La savia parece fresca. ¿Pero quién diablos vendría hasta aquí y marcaría uno de nuestros árboles? Todo el mundo sabía que esa tierra pertenecía a los Valentine. Y todo el mundo sabía que, si cazabas un ciervo en la propiedad de los Valentine, eras un blanco fácil para una bala en la pierna, o eso era lo que proclamaba Mo.

—¿Esas son huellas?

Percy bajó la vista y miró la base del árbol.

—Oh sí. Y no son viejas —dijo, agachado, después miró por encima de su hombro, en silencio. Luego me miró a mí—. ¿Has visto a alguien?

Negué con la cabeza y Percy se puso derecho, se volvió a poner el guante y regresó conmigo. La sensación extraña también se estaba apoderando de él.

—Deberíamos haberlo visto en el camino de ida. A menos que lo haya hecho después de que nosotros pasamos.

—Se mordió la parte interna del labio—. Papá va a estar muy enfadado si alguien anduvo por aquí.

—Marie dijo que él sigue por aquí, o eso cree. En Black Deer Falls.

Percy me miró. Estábamos al borde de la cornisa, el miedo nos envolvía como una nube de insectos. Si dejábamos que nos poseyera, correríamos hasta la casa lo más rápido que pudiéramos, como solíamos hacer cuando éramos niños y huíamos de un puma imaginado. O podíamos hacer algo distinto. Nos habíamos asustado demasiadas veces últimamente. En la casa de los Carlson. En el arroyo con Petunia y Lulú Belle.

—Encontremos a ese bastardo.

Empezamos a caminar. Cuando estaba solo, el asesino no era más que carne y sangre, pero con Percy el miedo se transformó en enfado. Era un solo hombre, y nosotros dos. Yo era alto y atlético, Percy un poco más bajo, pero fibroso y armado con un cuchillo de caza.

Percy tomó la delantera. Era el mejor rastreador, aunque ni siquiera yo hubiera tenido problemas en seguir las huellas que rodeaban los árboles, siempre del mismo lado del sendero de ciervos. Eran grandes y profundas; a veces, cerca de un árbol, se volvían un amasijo de nieve pisoteada, y entonces encontrábamos otro símbolo tallado en el tronco. Casi estábamos por llegar al borde del patio de Percy cuando las huellas dieron la vuelta y desaparecieron.

—Diablos, ¡hemos estado yendo en la dirección opuesta!

—No es así.

Percy seguía mirando alrededor, pero yo sabía que estaba equivocado. No había más huellas en torno al primer símbolo que encontramos. Y habíamos seguido todos los rastros.

—Bueno, no puede simplemente desaparecer —dijo en cuclillas, mirando hacia los árboles en todas las direcciones—. No puede ser realmente él. ¿O sí?

Él. El hombre que había matado a los Carlson. Una vez más sentimos ese presentimiento, de que alguien nos estaba observando. Más fuerte que nunca.

—Tenemos que irnos de aquí —dijo Percy—. Y contárselo a tu padre.

—¿Contarle qué? ¿Que un vampiro nos siguió en un sendero de ciervos, talló símbolos en el tronco de los árboles y desapareció sin dejar rastro?

—Bueno, no la parte del vampiro, pero sí todo lo demás.

Nos apuramos por el sendero hasta que la casa de Percy se hizo visible. Verla nos hizo sentir seguros, aunque no fuera más que una mentira: no había nadie en casa ese día y tampoco había ninguna otra casa en varios kilómetros a la redonda.

—No se lo quiero contar a mi padre.

—Pero tienes que hacerlo, ¿no? —preguntó—. Por si llega a ser él.

Terminé diciéndoselo a mi padre, y mandó a que revisaran el bosque hasta el ocaso: Bert y también Charlie, en su día libre. Mi padre no llegó a pedir ayuda extra a la policía estatal, pero sí dejó que Mo llevara a algunos de sus amigos: Richard Wittengren y el Flaco Earl Andersen, que conocían el bosque tan bien como nosotros. No encontraron nada. Ni antiguas fogatas, ni rastros de acampadas. Ellos también perdieron el rastro después del último símbolo tallado. Mo suponía que quien haya sido debía haber cubierto sus huellas desde allí. Sacaron fotos a los símbolos y mi padre me dijo que hice bien en avisarle. Pero me di cuenta igual, por su voz, de que iba a tener que invitar a todos los hombres a una cerveza para disculparse por hacerles perder un día por culpa de su hijo asustado.

Cuando terminó la búsqueda, volví en el coche con mi padre, con los dedos ateridos de frío y temiendo que esa sensación invadiera mis pies. Lo seguí en silencio por el porche y alcé al viejo gato de Dawn. Era bueno y no me arañó, a pesar de que nunca lo había alzado antes. Incluso ronroneó contra mi pecho.

—¡Dawn!

—¿Sí? —Mi hermana bajó las escaleras a los saltos—. ¿Qué le estás haciendo a mi gato?

—No le estoy haciendo nada —Lo bajé y levantó la cola gris, indignado.

—¡No lo tires al suelo!

—No lo he tirado —dije mientras ella lo alzaba—. No dejes que salga de casa, durante un tiempo. Percy oyó algunos aullidos en el bosque. Piensa que algunos lobos pueden haber llegado con la nieve.

CAPÍTULO DIECINUEVE

Gato y ratón

EL DOMINGO MI madre decidió ir en otro coche a la iglesia. Cuando le pregunté por qué, me dijo que quería dejarle una torta de coco a la viuda Thompson, la anciana viuda vecina de los Carlson.

—Puedes venir conmigo, si quieres —me dijo cuando permanecí en la cocina.

Así que, después del rito, conduje con ella hasta la granja de los Carlson en el Condado 23. Cuanto más cerca estábamos, más me apretaba la corbata en el cuello, y me podía dar cuenta de que mamá también estaba nerviosa: no dejaba de jugar con el envoltorio de plástico que cubría la tarta, preocupada de que los palillos perforaran la protección y se arruinara la cobertura.

Estacionamos en la entrada de la casa de Fern Thompson, que en realidad era una derivación del estacionamiento de los Carlson, cerca del sendero de entrada. Salí y le abrí la puerta a mamá; ambos le echamos una mirada solemne y furtiva a la granja de los Carlson. Charlie y Bert habían pasado para limpiar todo, como mi padre había prometido, así que las marcas de tiza habían sido borradas y la alfombra manchada de sangre quemada. Pero, aunque eso había sido un intento de exorcismo, no habría funcionado.

El lugar todavía parecía vacío y habitado al mismo tiempo.

Subimos por los escalones de casa de Fern Thompson y llamé a la puerta. Mamá no esperó la respuesta para probar el picaporte y entreabrir la puerta.

—¿Hola, Fern? ¿Fern? ¡Somos Linda Jensen y Michael!

Entramos al suelo de linóleo justo cuando la viuda Thompson se levantaba de su silla. El viejo gato de Steve balanceó la cola en el aire, a unos pasos de ella. Luego saltó a la mesa de la cocina para decir hola. Mamá miró al gato, pero cuando la señora Thompson no hizo objeciones, solo dijo:

—Michael, cuida que el gato no se escape.

—Estará bien —dijo la señora Thompson—. No se irá. Ni siquiera si lo echo y le cierro la puerta. Esa es una tarta muy bonita.

—Espero que le guste el coco.

—Me encanta —dijo la viuda—. Voy a preparar café para acompañar esta delicia.

Me saludó con un gesto y le dije hola, pero supongo que mi presencia la ponía triste. Quizás le recordaba a Steve. No teníamos la misma contextura ni el mismo color de pelo, pero ser la misma edad quizás era suficiente. La viuda volvió de la cocina con tres platos pequeños y tres tenedores. Solo dos tazas para el café: yo le debí de parecer demasiado joven. Ellas se pusieron a charlar mientras yo trataba de acariciar al gato de Steve, que actuaba muy tímido. No con la señora Thompson, sin embargo, que lo levantó con un brazo y lo apoyó sobre el respaldo del sillón. Recuerdo haber deseado que el gato fuera más joven. Así viviría más y le haría más compañía.

—¿Quieres una porción grande, Linda, o una pequeña?

—Nunca le digo no a las porciones grandes. Pero no le agrego azúcar al café.

—Tu muchacho tendrá una porción grande, también. Así no me sobra tanto.

—Gracias, señora —dije, y me alejé hacia la sala mientras charlaban sobre la iglesia y sobre el *frosting* que había preparado mamá. La casa de los Carlson se veía con claridad a través de las ventanas de enfrente, justo después del pequeño jardincito y el estacionamiento de la entrada. Tan cerca que sentía que me estaba devolviendo la mirada. La noche de los asesinatos, la viuda Thompson podría haber sido capaz de ver la sala de sus vecinos. Salvo que las cortinas estaban corridas. Más temprano, esa misma noche había visto al señor Carlson yendo y viniendo del establo. Había visto todo lo que hicieron en su último día.

Cuando Bert la entrevistó, dijo que Steve llegó a casa a eso de las ocho y media, lo último que se sabía: había cenado en casa de Cathy Ferry y luego se quedó viendo algo de televisión.

—Ven y come algo de tarta, Michael —dijo mamá.

Fui a buscar mi plato y tenedor, y luego regresé a mi exploración por la sala para que ellas pudieran seguir charlando. Pero cuando mi madre pidió permiso para ir al baño, la señora Thompson me preguntó:

—Michael, ¿cómo sigue la novia de Steve?

—¿Cathy? Supongo que está muy mal. No salían desde hacía mucho y creo que no eran pareja oficial. Pero sé que a él ella le gustaba mucho.

—Esa noche no lo vi acompañándola a la casa —dijo la señora Thompson—. Supongo que debí haberme quedado dormida. Como cuando... —Bajó la vista a la torta. Luego sonrió—. Parecía una buena chica.

—Lo es —dije. Luego hice una pausa—. ¿Qué quiere decir con que nunca vio a Steve acompañándola a la casa? Cathy no estuvo en casa de los Carlson esa noche.

—¿No estuvo? —Se llevó el dedo a los labios—. Pero estoy segura de que ella... Tenía la chaqueta de Steve sobre los hombros y él los hizo entrar por la puerta de atrás.

Me quedé paralizado. La chica que había visto debía de ser Marie.

—Los hizo entrar —repetí—. ¿Quién más estaba con Steve y Cathy?

—¿Hum?

—Dijo que los hizo entrar por la puerta de atrás. ¿A quiénes?

—Oh. —La viuda parpadeó un par de veces, como si tratara de recordar. Al fin agregó—: Nadie. Solo estaban él y su novia.

Pero al comienzo no estuvo segura. Esa sensación de incomodidad me erizó los pelos de la nuca, pero la viuda era una señora anciana y quizás no se podía confiar en su memoria en muchos aspectos.

—¿Por qué no le contó a Bert o a mi padre que Cathy había estado aquí esa noche?

—Oh, bueno, no quería mencionarla. Siendo una chica joven, y tan tarde con un chico... incluso si era un buen chico como Steven. No me pareció asunto mío.

Le habría preguntado más, pero mamá regresó del baño.

Yo regresé a la ventana. Los Carlson tenían un farol sobre su estacionamiento, para iluminar el camino entre la casa y los establos. Si había iluminado lo suficiente como para que la señora Thompson pudiera ver a Steve y a Marie y hacia dónde se dirigieron, entonces debió de haber visto si había alguien más. El asesino debió de haber llegado después, cuando ella ya se había quedado dormida. Excepto que ella había dicho "Los hizo entrar". Steve los hizo entrar por la puerta de atrás. Quizás solo lo había dicho mal. Pero no me lo parecía.

—Me gustaría que alguien se mudara a esa casa —nos dijo la señora Thompson cuando nos íbamos—. Pero supongo que nadie lo hará. El próximo verano, las flores necesitarán a alguien que las riegue.

Cuando llegamos a casa, le conté a mi padre lo que la viuda me había dicho, y maldijo a Bert en voz baja y dijo que la volvería a entrevistar él mismo. Mamá solo se me quedó mirando, sin poder creer que yo hubiese interrogado a Fern Thompson cuando ella estaba en el baño.

—No estuvo bien, Michael —me dijo.

Pero no fue mi intención. Solo sucedió. Tampoco me arrepiento, porque entre lo que la señora Thompson había dicho y lo que Percy y yo vimos en el bosque, estaba empezando a sentir que alguien jugaba conmigo.

El lunes fui a la cárcel a visitar a Marie.

—¿Qué? —me dijo, y yo saqué el pedazo de papel que me había guardado en el bolsillo.

Había dibujado de una manera tosca las marcas talladas en los árboles de Percy. Nunca fui un artista y no lograba representarlo bien: tuve que dibujarla treinta o cuarenta veces. Al final mi habitación estaba repleta de símbolos, que me observaban con su furiosa tinta negra, grandes y pequeños, una y otra vez.

Marie los estudió, su mirada demorándose en la cruz invertida.

Ya había intentado explicármelo a mí mismo: era posible que Percy y yo no los hubiéramos visto en el camino de ida. Estábamos distraídos. Pudimos haber tapado otras huellas con las nuestras. Pero nada de eso me convencía. Y no podía dejar de pensar en algo que Percy me había dicho, justo antes de que me fuera a casa con mi padre: "Las marcas son muy profundas, tanto que quizás los árboles nunca sanen".

No sabía lo fuerte que se tenía que ser para penetrar tanto la corteza; solo sabía que yo no era capaz de hacerlo, ni siquiera contra un tronco en el suelo.

Marie me devolvió el papel.

—Son solo juegos.

—¿Juegos?

—Sí. Solo está alardeando. Debe ser toda una novedad tenerme encerrada. Supongo que no sospechó que llevaría tanto tiempo. Debe de estar disfrutando, sabiendo que no he logrado escaparme.

La miré en silencio. Las cosas que contaba sobre el bebedor de sangre no siempre tenían sentido; a veces hablaba de su encarcelamiento como si fuera planeado y otras como si fuera una afortunada sorpresa.

—¿Quiere hacerme daño, Marie? ¿Quiere hacer daño a mi familia?

—Es posible que quiera hacerlo. Pero no se va a atrever.

—¿Qué quieres decir?

Asumí que atacarme le significaba un gran riesgo. Pero la forma en la que lo dijo implicaba algo más. Como si ella se lo hubiera prohibido. Como si tuviera algún poder sobre él.

Eso solo se me ocurrió después. Fue al estar lejos de Marie cuando consideré lo que ella era y cuál había sido su rol en los asesinatos. Sé que todo el mundo piensa que la creía completamente inocente. Una víctima. Una rehén. Pero Marie nunca fue tan simple como eso. Víctima. Asesina. Una cosa o la otra.

—¿Le tienes miedo?

—Por supuesto que no —dijo—. ¿Por qué debería?

—Porque mata gente —dije, casi gritando, frustrado—. ¿O es que no estuvo en la casa?

Marie abrió bien los ojos.

—¿Cómo llegaste esa noche a la casa de los Carlson, Marie?

—Tu amigo Steve nos recogió. Estábamos caminando por la carretera y frenó para preguntarnos.

—¿Nos? La viuda Thompson dijo que te vio entrar con Steve. Solo tú.

—La viuda Thompson no sabe lo que vio. Yo nunca maté a nadie.

—No puedes hacer esto. Decirme que hay un asesino en mi pueblo y no decirme quién es, no decirme cómo protegerme, más allá de colgar ajo en mi ventana.

Marie se rio.

—Eso no funcionaría.

—Sé que no. Tampoco el agua bendita ni una estaca de madera. Porque es solo un hombre.

—Si es solo un hombre, ¿por qué ninguno de ellos corrió? ¿Por qué no pelearon? Nunca los ató. ¿No te parece raro que simplemente se quedaran quietos mientras él les drenaba la vida? —Marie se humedeció los labios—. Casi como si alguien los convenciese de que no estaba pasando nada.

Miré hacia nuestra vieja mesa de la cocina, donde la grabadora estaba zumbando. No había traído papel ni pluma, pero la había encendido al entrar a la habitación.

—Pero no siempre fue así —dije—. A veces intentaban huir.

El conductor del camión, Monty LeTourneau y el muchacho que hacía dedo. Sus cuerpos habían sido encontrados a menos de un kilómetro de distancia. Alguno de los dos debió de correr.

Marie alzó los hombros y yo me senté en una de las sillas de la cocina. Era extraño, pero hablar de los asesinatos me tranquilizaba. Eran tan reales como las tumbas y las fotos de los expedientes. No eran un monstruo imaginario, acechándonos en el bosque, que me dejaba serpientes de regalo en el asiento de un auto.

—¿Y Stephen Hill? —pregunté—. ¿El otro empleado de la estación de servicio que fue hallado en un campo del otro lado de la carretera? Él también tuvo que correr.

—A veces los deja correr.

—¿Por qué?

—Así puede perseguirlos.

—¿Y la forma en la que encontraron a Stephen?

Stephen Hill fue asesinado presumiblemente el 18 de agosto, en el mismo ataque que Jeff Booker, aunque su cuerpo no fue hallado hasta un día después, abandonado en un campo del otro lado de la estación de servicio. Su cuerpo estaba en un estado diferente a los demás: acostado de espaldas, con los pantalones por los tobillos, cortes profundos en sus muslos que miraban al cielo de Iowa.

—Los investigadores —proseguí, aclarándome la garganta—, pensaron que podría indicar un elemento sexual.

—Los investigadores son hombres asquerosos —escupió Marie. Se acostó en la cama y se puso boca abajo—. ¿Estás pensando en eso?

—No.

—Seguro que sí. Estás pensando en eso y en esas hermosas enfermeras. Estás pensando en las otras marcas que yo tengo. —Se apoyó en los codos—. ¿Alguna vez lo has hecho de verdad con una chica?

—¿Qué tiene que ver eso con todo esto?

Marie volvió a girarse y se sentó.

—No lo has hecho. Cuando lo hagas, sabrás que hay muchas otras cosas en las que pensar.

—Entonces estos investigadores… ¿crees que ellos tampoco se han acostado con ninguna chica?

—Me has pillado. Supongo que los hombres simplemente nunca dejan de pensar en eso, la forma en que lo buscan… —Marie se rio, pero no llegó a terminar la frase—. Mi padrastro no era joven cuando conoció a mi madre, pero cada vez que aparecía en nuestra puerta parecía que iba a ir al baile de egresados.

—¿No habías dicho que era horrible?

—No al comienzo. Al comienzo era bueno. Algo estúpido. Solía presumir de que tenía un ancestro que había sido cowboy. Uno de los más famosos. Pero mi padrastro era el hombre menos cowboy que yo haya visto. Siempre de traje. Siempre con los zapatos lustrados.

—¿Y tu padre?

—Vivíamos en terrenos ferroviarios. Era uno de esos empleados del ferrocarril. Se fue antes de que yo cumpliera siete años.

—¿Era nómada?

—No. Solamente tenía otro lugar al que ir. Era suficientemente inteligente como para no establecerse en ningún lado.

Pero tú también, quise decir. Tú y tu madre. Pero antes de que pudiera, Marie dijo:

—¿Piensas que debo morir?

—No cometiste los asesinatos —respondí en voz baja.

—Pero si los dejé morir, ¿hay alguna diferencia?

—No soy quién para decidirlo.

—Bueno, alguien tiene que hacerlo. —Se acercó y me mostró sus cicatrices—. Me corté la mano la primera vez que me vio. Creo que por eso me prestó atención. Fue en el bar de carretera en el que yo trabajaba. Estaba lavando vasos. Vidrios afilados en el agua caliente.

—¿Por qué te eligió? ¿Por qué lo seguiste?

—No sé. Dijo que me amaba. Dijo que yo era especial.

—¿Qué tenías de especial?

—No sé. Quizás creyó que me sumaría. Eso me haría bastante especial.

—¿Pero no lo hiciste?

—No, ya te lo dije. Nunca maté a nadie.

—¿Quién era él, Marie?

—Ya te lo dije.

—Pero, ¿cómo se llamaba?

—Su nombre no importa, porque no era su nombre real.

Me apoyé contra el respaldo y miré de nuevo hacia la grabadora magnética. En los meses siguientes, a veces me olvidaba de que estábamos siendo grabados. Ahora le tengo un resentimiento casi vitriólico por su intrusión mecánica en uno de los momentos más íntimos de mi vida.

—Vale, ¿entonces por qué él? No puede haber sido solo porque se parecía a James Dean.

—Nunca dije que se pareciera a James Dean. Dije que parecía una estrella de cine.

—Bueno, qué diferencia hay.

—Era carismático. Y no diría que era amable, pero sí que lo era conmigo. Y su sonrisa era…

—¿Colmilluda? —bromeé, y Marie me lanzó una mirada furiosa.

—Si tuviera colmillos, ¿para qué necesitaría la navaja? —Apretó los labios, y yo resistí la urgencia de acotar qué clase de vampiro no tenía colmillos.

—Pero incluso si había alguna clase de atracción, después de que lo viste matar, ¿cómo pudiste seguir con él? ¿Te amenazó? ¿Prometió protegerte?

—Me prometió que, cuando todo terminara, ya no necesitaría protección de nuevo.

—Porque serías como él.

—Un bebedor de sangre como él —dijo—. Se suponía que los Carlson iban a ser míos. Mi primera vez. Pero no quise hacerlo. Solo que él tenía a la bebé y no dejaba de decir…

Sacudí la cabeza y la detuve. El señor McBride dijo que la dejara hablar, pero esto no estaba bien.

—Esto es grotesco, Marie —dije—. Es indecente. Eran personas reales. Eran mis amigos. Basta con los monstruos. Dime la verdad.

Marie solo suspiró.

—Todos esos cuerpos sin sangre —dijo—. Y no quieres creer en vampiros. Aun así, crees en Dios.

—Es diferente.

—¿Cómo?

—¿Tú crees en Dios?

—Supongo —dijo en voz baja—. No le tengo miedo a Él. Pero piensa: ¿por qué esto tallado en un árbol? —Sostuvo en alto mi pedazo de papel—. ¿Y todo lo que te conté? ¿Los trucos para engañar a las víctimas y que no lucharan? ¿Y yo, cubierta de la sangre de los Carlson?

—Tiene que haber una explicación.

—Y ya te la di. No los acuchillábamos y nos íbamos para dejarlos desangrados. ¿Por qué haríamos eso?

—Estabais huyendo. Entrasteis en pánico, robasteis coches y os subisteis al coche de Steve de camino a Canadá.

—¿Y quién os persiguió a ti y a Percy en el bosque?

—Quizás no fue nadie. Quizás lo malinterpretamos.

—¿A dónde se fue la sangre? —me preguntó, y yo miré para otro lado.

—Todavía no me crees. Pero estás empezando a hacerlo.

CAPÍTULO VEINTE

Black Deer Falls, noviembre de 1958

ME ALEJÉ DE la cárcel durante unos días, casi una semana. Si Marie creía en lo que me dijo, entonces estaba engañada. Pero engañada o no, yo sabía lo que en algún momento entendería Pilson: el motivo. Había acompañado esos crímenes a cambio de lo que ella pensaba que era la vida eterna. Claro que si se estaba inventando todo a medida que avanzaba... no sabía por qué querría contar esa historia. Solo sabía que se la estaba inventando con mucho talento. Marie y los asesinatos ocupaban mi vida entera. Pasaba los días con nada más en mi mente, incluso más de una vez estuve a punto de ser aplastado por un coche al momento de cruzar la calle. Había estado hablando con Marie casi cada día desde que las entrevistas empezaron y no estaba más cerca de encontrar la verdad que antes: me había dado una descripción de la casa del asesino ("ni una cueva ni un castillo ni un agujero en el suelo, si eso es lo que estás pensando, Michael") pero sin mencionar nada que nos permitiera encontrarla. A veces, cuando hablaba sobre él, sonaba maravillada. Otras veces sus palabras eran cortantes y amargas. Una vez lo llamó bastardo, cuando la abandonó en la casa de los Carlson: "El bastardo quería que me atraparan".

Mientras tanto, la búsqueda del asesino continuaba. Las autoridades todavía estaban seguras de que lo iban a atrapar. Estaba frustrado, decían los diarios. Tenía que estarlo, cuando su huida de la granja Carlson había sido tan torpe y precipitada que tuvo que dejar atrás a su cómplice. A comienzos de mes, vino el FBI y realizó una serie de interrogatorios muy vergonzosos en los que Marie les gritó que eran unos inútiles que no servían para nada. La mantuvieron bajo las luces durante casi treinta y seis horas, pero, de acuerdo con Charlie, cuando terminó, ella salió como si hubiera dormido en un colchón de plumas. A los agentes, en cambio, parecía que les había pasado un camión por encima.

Un periodista del *Times* dijo que era como si Marie nos tuviera hechizados. Que la nación había sido cautivada por los asesinatos durante todo el verano y ahora éramos cautivos de la asesina. Fue una buena forma de decirlo. Era una buena noticia. Pero ese tipo fue un idiota. No creo que haya pisado una sola vez Black Deer Falls, y si lo hizo no pasó su tiempo hablando con nosotros.

Una tarde, de camino a la cárcel, me crucé con mi vecino, el señor Vanderpool, que había administrado una tienda antes de jubilarse unos años antes.

—¿Cómo está yendo todo —me preguntó— allí en la cárcel?

—No creo que tenga permitido contarle, señor. Si lo hago, mi padre me mandaría azotar.

—¡Y bien que haría! Pero no voy a mentir: hay muchos que habrían preferido que tu padre la transfiriera y que ese fiscal de Nebraska se ocupase del problema. Tenerla en este lugar, sin hacer nada... no nos está ayudando a superar la muerte de los Carlson.

—Sí, señor —dije, aunque pensé que precisamente era por esa razón que debía quedarse. Los Carlson eran nuestros. Si mi padre hubiera renunciado a tenerla, quizás nunca podríamos tener las respuestas que merecíamos. Lo hubieran acusado de cobarde y de evadir su responsabilidad.

—¿Cuánto tiempo más piensas que seguirá aquí?

—No lo podría decir, señor.

—Te veo yendo y viniendo de la oficina de Matt McBride en el *Star*... ¿Todo esto aparecerá en los diarios, entonces? ¿Todo lo que dice? ¿Todo lo que hizo?

Me sonrió con más aspereza, una sonrisa forzada que le recorría toda la cara.

—No estoy seguro de que salga en los diarios. No es mi historia. Es la de Marie. Yo solo la transcribo.

—La historia de Marie —dijo, y cayeron los extremos de su boca, aunque seguía mostrando los dientes—. Bueno, puedes darle prisa, ¿no? Y luego enviarla a la silla.

Se llevó la mano al sombrero y partió para su casa. Black Deer Falls no estaba cautivada por Marie.

Tampoco el resto del país. Los titulares que surgieron luego del arresto de Marie estaban en tinta negra y gruesa. La declararon la Demonio Bañada en Sangre de los Asesinatos Desangrados. Los artículos decían que era de corazón frío, una cómplice que se negó a entregar a su hombre. Y por supuesto estaba la foto. Siempre la misma foto en los peldaños del tribunal en la capital: el mismo instante en el que ella pareció sonreír, con el pintalabios carmesí de mi madre en su boca apenas torcida hacia arriba.

No sé cuántas veces volví sobre mis anotaciones, una y otra vez, preguntándome si la historia que iba a escribir mostraría un lado diferente de ella o terminaría siendo la misma.

Las palabras del señor Vanderpool resonaron en mis oídos mientras caminaba hacia la cárcel. Y luego enviarla a la silla. No sabía si iba a poder enfrentarla. Si iba a poder ver los barrotes y la puerta pintada. El pequeño cuadrado de cielo a través de la ventana. De pronto todo parecía haber terminado. Y parecía un desperdicio que ella pasara el resto de su vida en esa celda.

Logré pasar las puertas de la comisaría de Policía, pero no podía subir. Nancy me vio parado sin saber qué hacer.

—Ven conmigo —dijo—. Vamos por aire fresco.

Me llevó afuera, del otro lado del edificio, y me apoyé contra la pared de ladrillo, mientras ella se encendía un cigarrillo.

—Por aire fresco —repetí con sorna—. ¿Cuántos paquetes le has dado ya a Marie?

Me ofreció el paquete y tomé uno. Uno solo, como hacía a veces después de demasiadas cervezas con Percy.

—No se lo digas a tu padre —me dijo, mientras me lo encendía—. No deberían haberte hecho hacer esto. Es demasiado para alguien de tu edad.

—Marie es más joven que yo —dije, y ella aspiró hondo. Nancy era tan bella: pelo rubio, resplandeciente, labios color rubí—. ¿Cómo está Charlie? —pregunté, y ella me dio un empujoncito.

—Preocúpate de tus asuntos.

Fumamos durante unos minutos en el frío silencioso.

—Le has tomado cariño a Marie —dije.

—Supongo que sí. Supongo que tú también, —Dejó caer la ceniza sobre pavimento y la esparció con el tacón—. La gente debe de pensar que estamos locos. Pero es solo una niña. No quiero que le ocurra nada peor de lo que ya le ha sucedido.

—¿No crees que fue ella, entonces?

—Ella dice que no fue. Y ella no parece... —Nancy no terminó la frase—. Solo se ve perdida. Enfurecida y perdida.

Por mi cabeza pasaron imágenes de las víctimas. Esa fue la semana en la que finalmente vi las fotos del asesinato de los Carlson, si es que a eso se le puede llamar mirar. Me senté en el escritorio de mi habitación y sostuve el aliento mientras pasé rápido por las hojas. Cuando llegué a la foto del cuerpo de Steve doblado sobre la alfombra, cerré el expediente y me quedé sentado con la cara hundida en las manos.

—¿Por qué no lucharon? —le pregunté a Nancy —. ¿Alguna vez te lo preguntas?

—Quizás tenían miedo. Quizás les dijo que los iba a soltar si no lo hacían.

—Pero cuando los hirió, ¿por qué no pelearon entonces?

Nancy se encogió de hombros.

—¿Alguna vez has sentido la diferencia entre un corte profundo y uno superficial? No hay mucha, solo una sensación de pánico. ¿Te acuerdas de William Haywood, de cómo murió?

—¿William Haywood, la estrella de cine?

183

—Se golpeó la cabeza y se hizo un corte profundo y luego se sentó a beber ginebra hasta que dejó de respirar. Sentado en el suelo de su habitación, sin saber que estaba desangrándose. —Apagó su cigarrillo y levantó la colilla para tirarla en la basura—. Quizás ninguna de las víctimas lo supo, hasta que era demasiado tarde. ¿Entramos?

—Creo que me quedaré un ratito más. Gracias por el cigarrillo, Nancy.

—Solo quítate el olor antes de que tu padre te vea — dijo, y regresó adentro.

Me quedé en el frío pensando en Marie. Pensé en las cicatrices de sus brazos. Las superficiales y las profundas. Y pensé en Nancy y por qué sabía lo que se sentía,

Nancy se había mudado a Black Deer Falls cinco años atrás, desde uno de los estados pequeños del este. Al verla ahora, tan guapa, coqueteando con Charlie, uno pensaría que nunca tuvo un día triste en su vida.

El incendio que mató a su marido y a su bebé fue un accidente. Un accidente bizarro. Chispas de la chimenea que cayeron en la alfombra y cuando se despertó tosiendo salió corriendo por instinto. Para cuando se dio cuenta de qué era lo que pasaba, el fuego era demasiado intenso como para regresar. Así que solo se quedó en su patio y gritó y gritó hasta que llegó el camión de bomberos.

Nunca habríamos sabido eso, si no fuera porque cuando llegó al pueblo solía tomar tragos en el Águila Oxidada, el viejo bar del ejército, entre la carnicería y la estación de autobuses. Y cuando tomó suficiente, emergió toda la historia. Todo lo que había perdido. Todo lo que se odiaba. No era su culpa, por supuesto. Le podría haber pasado a cualquiera.

Pero hay mujeres en el pueblo que, aún hoy, se rehúsan a hablar con Nancy. Piensan que es indecente que se haya atrevido a seguir adelante. Que sonría. Que coquetee con Charlie. Yo solía pensar que solo eran gente horrible. Ahora, después de conocer a Marie, solo pienso que están equivocadas. La mujer a la que condenan ni siquiera existe. La madre, la joven esposa, murió en el incendio con su esposo y su bebé. Quienquiera que es Nancy ahora tuvo que dejar todo eso atrás.

Desde los símbolos tallados en el bosque detrás de la casa de Percy, no había habido nuevas huellas del bebedor de sangre y casi empecé a creer que me lo había imaginado todo. Pasaron semanas y Mo finalmente dejó de sentarse junto al fuego, en el patio, con una pila de latas de cervezas formando una pirámide y el rifle en brazos. Percy decía que no habían visto nada salvo palomas y ardillas desde el día de la búsqueda. También me pisoteó los zapatos con nieve porque dijo que había espantado a su ciervo.

Pero si su ciervo se había alejado, mejor por él. Ese bosque no era seguro.

Por mi parte, no tomaba riesgos. Todavía hacía que Dawn mantuviera al gato adentro, y todavía la acompañaba a casa desde la escuela.

—¿Podemos hacer una parada y comprar una soda helada? —me preguntó cuando cruzábamos la avenida principal.

—Solo tú querrías un helado en noviembre —respondí.

Dawn estaba hecha para Minnesota: durante todo el año pateaba las sábanas y mantas, desde que era una bebé.

Mamá decía que había sido imposible lograr que se dejara las mediecitas puestas.

Caminamos hacia la farmacia Anderson, donde funcionaba la fuente de sodas. Dawn quería una de chocolate con crema caramelizada encima. Yo quería un perrito caliente con extra de mostaza y una soda de cerveza de raíz con crema. Las calles estaban repletas para ser un día laborable (quizás porque había sol y parecía que hacía más calor en el pueblo, aunque no fuera así) y estaba lleno de caras desconocidas. Black Deer Falls nunca fue tan pequeño como para conocer a todo el mundo, pero últimamente la gente que no conocía sí me conocía a mí, lo que me resultaba incómodo.

—Dawn, mejor otro día, ¿está bien? —dije, y me frené.

Ella frunció el ceño, y cuando levanté la mirada a la calle, vi al señor McBride y a su esposa. Iban tomados del brazo, con las bolsas de papel del almacén bajo el brazo opuesto. La señora McBride nos vio primero y murmuró algo; luego el señor McBride nos buscó con la mirada y gritó «hola». Saludó con la mano que sostenía la bolsa de compras, y casi tiró todo en el proceso.

Saqué la mano del bolsillo y lo saludé, luego rodeé a mi hermana con el brazo para hacerla apurar el paso en dirección a casa. Me sentí mal por devolverle un saludo tan cálido con uno tan breve, pero no tenía ánimos de hablar. Pensé sobre eso en lo que quedaba del corto camino a casa, preguntándome si se lo había tomado mal o si directamente había herido sus sentimientos.

—¿Qué es eso en nuestra puerta? —preguntó Dawn.

—¿Qué?

Apuntó con su guante rojo. Algo colgaba de nuestra puerta principal, como una guirnalda durante Navidad, salvo que esto pendía hacia abajo. Tenía metro y medio de largo y se achicaba a los lados. Y estaba chorreando.

Supe lo que era antes que Dawn, pero mis piernas se siguieron moviendo hacia adelante como en un sueño, mientras trataba de entender qué era lo que hacía allí. Continué caminando, como un tonto, hasta que Dawn finalmente se llevó las manos a la cara y empezó a gritar.

—¡Dawn, Dawn! —le grité, y me agaché para tomarla de los hombros. Traté de abrazarla, pero se resistió. No dejaba de gritar. Por el rabillo del ojo vi que nuestra vecina la señora Schuman abría la puerta para ver qué pasaba. Otros se sumaron después: los gritos de Dawn debieron de oírse a dos cuadras a la redonda por lo menos. Pero en lo único en lo que yo pensaba era en que mi madre estaba adentro. Mi madre estaba adentro, y no quería que abriera la puerta.

Era una serpiente lo que colgaba de la madera blanca. La misma serpiente que alguien había dejado en un saco de arpillera en el asiento de Percy. Alguien se la había llevado y la había clavado contra nuestra puerta, justo debajo del llamador de bronce.

—Santo Dios.

Escuché al señor McBride mientras se frenaba detrás de mí. La señora Schuman venía por el otro lado, las manos en su boca abierta. La señora Spanway y las señoritas Monson (las hermanas solteronas que vivían dos casas más allá) se acercaron con los ojos desorbitados. Me revolvieron el estómago, esos ojos. Me hicieron sentir escalofríos. La serpiente era terrible, y aquí estábamos, mi familia otra vez en el medio de todo. Y entonces mi madre abrió la puerta.

—¿Qué es lo que pasa? —preguntó. La puerta, al abrirse, hizo caer el cadáver de la serpiente sobre como una cuerda gruesa. Hizo una O con la boca y gritó y dio un portazo, desapareciendo de la vista para gritar en el interior de la casa, mientras la serpiente golpeaba pesadamente el piso de madera.

—Que alguien llame al *sheriff* Jensen —dijo el señor McBride al grupo cada vez mayor de vecinos. Miró a mi hermana y puso una mano sobre su gorro tejido de color rojo—. No tengas miedo, cariño. No puede lastimarte.

Al escucharlo, Dawn se puso a llorar. Nunca les tuvo miedo a las serpientes. No era eso por lo que había gritado. Había gritado porque alguien había matado a la pobre criatura.

—Dígale que no traiga a Bert —le pedí a la señora Schuman, que estaba corriendo a su casa para llamar a mi padre—. ¡Dígale que, sin importar cómo, debe mantener lejos a Bert!

—«Era la serpiente de Bert —le expliqué al señor McBride—. Se la llevó cuando alguien dejó la serpiente en el asiento delantero del auto de Percy.

El señor McBride me guiñó un ojo y observó a la serpiente. Casi había dejado de moverse, después de haber sido perturbada, pero el movimiento había hecho toda la escena más grotesca: al deslizarse había dejado un arco de sangre.

—¿Cómo sabes que es la misma? —preguntó.

No respondí. No podía estar seguro, en ese momento. Solo sabía que lo era. Luego, el pobre Bert lo confirmaría cuando encontró su tanque vacío, aunque no pudo explicar cómo se la llevaron. No había pruebas de un ingreso forzado.

Supuso que una de las trabas de la ventana estaba forzada o que alguien había forzado la cerradura de la puerta de atrás. Pobre Bert. No la tuvo mucho, pero amaba a esa serpiente.

Mientras esperábamos a mi padre, Dawn y yo nos quedamos en el patio de entrada dándole la espalda a la puerta. Mamá eligió quedarse del lado de adentro. Creo que no quería enfrentarse a la multitud. La vi espiándonos a través de la cortina de la cocina y le hice un pequeño gesto de asentimiento. Luego abracé más fuerte a Dawn. La tenía conmigo. Mi madre no tenía de qué preocuparse.

Detrás de nosotros, escuché un clic familiar y luego el resplandor de un flash. El señor McBride estaba de rodillas en la base de nuestro porche, sacando fotos.

—No sabía que tenía su cámara —le dije.

—Le pedí a Maggie que me la trajera del auto. —Hizo un gesto en dirección al pueblo—. Estamos estacionados cerca de Pine.

Sacó un par más de fotos y cambió el ángulo, subiéndose al porche como si le hubiera dado permiso.

—¿Son para mi padre? —pregunté.

Bajó la cámara.

—Bueno, sí. Por supuesto, cuando quiera. Pero también son para el diario.

—¿El diario? ¿Usted publicaría esto, nuestra casa, en el diario?

Bajó la vista.

—Señor McBride, Dawn ya tiene problemas en la escuela por culpa del caso, y si llego a recibir una mirada sospechosa más de mis vecinos, me voy a terminar convirtiendo en sal.

—La esposa de Lot se convirtió en sal por mirar —dijo con una pequeña sonrisa—. No por ser mirada. Pero entiendo lo que dices, Michael. Sé por lo que has estado pasando.

Se colgó la cámara al hombro.

Poco después llegó mi padre. Sacó el clavo de la pared y metió a la serpiente en una bolsa para llevarla a la comisaría de Policía. Luego dispersó a la multitud y llevó a Dawn con mi madre, por la parte de atrás. Luego volvió conmigo y el señor McBride.

—¿Piensa que esto es parte de una broma, *sheriff* Jensen?

—Una broma siniestra —respondió mi padre.

—¿Demasiado siniestra para ese grupito que fue a la cárcel el otro día?

Mi padre no me había contado nada de ese grupo en la comisaría de Policía, al parecer fueron a protestar por la detención prolongada de Marie.

—Difícil decirlo —respondió, ignorándome—. Difícil juzgar los límites de cualquiera, después de todo lo que hemos visto últimamente.

El señor McBride hizo un par de preguntas más, pero mi padre ya no hizo más comentarios. Así que asintió y se llevó la mano al sombrero. "Espero que su hijita esté bien", dijo y se fue caminando hasta donde estaba su esposa, pasándole el brazo por la cintura delgada. No me había dado cuenta antes, pero la mujer parecía como congelada y casi empezaron a trotar cuando llegaron a la vereda, apurados por llegar a su auto.

—¿Quieres que limpie la puerta? —pregunté.

—Hace demasiado frío. Vayamos adentro. Voy a buscar un balde de agua y jabón para volver cuando tu madre termine de preparar la comida.

—Estaba tomando fotos —le dije cuando entramos al vestíbulo—. El señor McBride, digo. Dijo que las podías usar para la investigación.

—Yo puedo usarlas. Y así él puede usarlas.

—Dijo que él no lo haría —respondí, aunque pensándolo ahora, supongo que no dijo realmente eso.

—Escucha —mi padre me sujetó del hombro—. Me cae bien el señor McBride. De verdad. Sé que hay varios que piensan que él y su mujer son algo extraños, pero siempre los encontré agradables. Pero su obligación es con el periódico. Su lealtad es con ese periódico. Y no con lo que es decente. No lo olvides.

Antes de los eventos de ese otoño e invierno, no podría haber entendido lo que mi padre me quiso decir. ¿Cómo podía ser la obligación de decir la verdad algo menos que decente? Pero ahora lo entiendo mejor. Matt McBride publicó las fotos en el *Star* una semana más tarde. Cuando lo confronté en su oficina, dijo que las retuvo todo lo que pudo. Pero demasiadas personas lo vieron sacándolas y estaba obligado a contar la historia. Pero podría haber sido una broma, claro. O podría haber sido una amenaza y, si lo era, el público tenía derecho a saberlo. Dijo que le hubiera gustado no tener que publicarlas. O que ojalá hubiera sido otra casa. Que la serpiente no hubiera sido la misma que ya me habían dejado. Pero yo seguía enojado. Y me sentía traicionado.

—Eres un periodista, Michael —me dijo—. Entiendes estas decisiones.

Sí, las entendía. Y no dejé de sentirlo como un mentor por publicar la historia. Pero sí cambiaron las cosas entre nosotros y sé que él se arrepintió de eso, incluso si no se arrepentía de publicar las fotos. A veces las decisiones tienen un precio. Incluso las correctas.

Un día, mucho tiempo después, le dije que todavía lo consideraba un buen hombre. "Mi hermana también", le dije. "Dice que lo sabe desde el día que encontramos la serpiente. Porque cuando usted nos saludó en la calle, lo hizo con la mano que cargaba con las bolsas, aunque hubiera sido más fácil soltarse del brazo de su esposa. Mi hermana dice que lo supo desde entonces".

Recuerdo haber pensado una vez que no sabía si los McBride eran felices juntos. Recuerdo haberlos imaginado distantes. Pero no debí de haber estado prestando mucha atención.

CAPÍTULO VEINTIUNO

La tumba de los Carlson

MI PADRE PREGUNTÓ a los vecinos por la serpiente, pero nadie supo decirle cómo llegó hasta allí, a pesar de que pasó a medio día y de que mamá estuvo en casa todo ese tiempo. Estaba en la cocina, y aun así jura que no escuchó a nadie subir por el sendero, y decididamente tampoco escuchó que alguien clavara un clavo en nuestra puerta.

Me quedé con mi padre en el patio de atrás, entre la verja y los arbustos invernales. Tenía en la mano el clavo que habíamos sacado de la cabeza de la serpiente. El cuerpo se lo había devuelto a Bert, que la iba a guardar en el congelador hasta que pudiera enterrarla en primavera.

—Alguien debe haber visto algo —dije, mirando con atención las ventanas frontales de la señora Schuman, que se alineaban perfectamente con las nuestras del otro lado de la calle.

—Si alguien vio algo, nadie está hablando. —Frotó el clavo entre sus dedos. Ya no tenía sangre; parecía nuevo—. Si se rumorea sobre esto en el colegio, no dejes de avisarme.

—Deberíamos haber tomado las huellas digitales de la puerta. Pero estaba tan...

—Fue solo una broma, Michael. No iba a pedir huellas por una broma.

—¿Cómo se la llevaron de casa de Bert? ¿Cómo evitaron ser vistos?

Mi padre me observó, pensando que me estaba asustando. Le preocupaba que estuviera creyendo todo lo que me decía Marie.

—Sí que fue visto —me dijo—. El que lo vio simplemente está ocultándolo. Y no sé por qué.

—Debió de haber sido alguien de la escuela —dije—. Hay mucha gente en el pueblo, supongo.

Lo miré con atención. Para entonces mi padre caminaba ligeramente encorvado, como si estuviera listo para desviar cualquier cosa que le tiraran. Dawn, que siempre había adorado ir a la escuela, ya no quería ir por las cosas que decían los otros niños de nosotros. Y Steve y sus padres yacían helados en cajas bajo el suelo.

—Vamos a estar bien —dijo mi padre—. Esto pasará y todo volverá a ser como antes.

Salvo que ese era el problema. La hostilidad se había apropiado de Black Deer Falls tan rápido y con tanta facilidad que era difícil simular que no estaba ahí desde el comienzo.

De camino a la cárcel, me crucé con Charlie a bordo de su coche patrulla. Me hizo un gesto con la cabeza, pero estaba serio. No iba a ver a mi padre; estaba de guardia y custodiando la casa.

Había pensado que las entrevistas eran mi puerta de entrada a cualquier carrera de periodismo en el país, pero mi ambición empezaba a parecerme bastante tonta. Me sentía completamente humillado y debía de parecer un idiota: persiguiendo símbolos en el bosque, leyendo sobre vampiros.

Mi familia estaba siendo acosada. Para cuando llamé a la puerta de la cárcel de mujeres, estaba enojado y abrí de un portazo.

—Ya no tiene gracia —dije—. ¿A qué está jugando?

Marie se puso de pie con los puños cerrados. Miró hacia la puerta, que todavía rebotaba contra la pared.

—¡No lo sé! Estoy atrapada aquí, por si no lo has notado.

—¡Y estarás atrapada aquí el resto de tu vida si no comienzas a decirme la verdad!

—No pueden mantenerme encerrada por siempre. No cuando no he hecho nada.

—Incluso si no los mataste, estabas allí.

—¡Solo porque me obligó! Porque dijo que era necesario si yo quería... —se interrumpió abruptamente. Yo estaba enfadado, pero ella también. Lo podía notar por cómo le brillaban los ojos y la manera en la que su pecho subía y bajaba.

—Sí, querías ser como él —dije, asqueado.

—¿Qué te ha pasado? —preguntó—. Quiero decir, escuché lo que le pasó a la serpiente de Bert... pero podría haber sido cualquiera.

—Pero no fue cualquiera, ¿no?

—Ya te lo he dicho, no lo sé.

—A veces deseo que nunca hubieras aparecido aquí.

—¿Solo a veces?

—Te odian, sabes. Todo el mundo. Y nos odian también a nosotros, a mí, a mi padre, a mi madre, a mi hermanita, todo porque piensan que somos... que somos...

—Pensarán lo que quieran pensar. Pero no saben.

—Saben lo que trajiste —dije—. Todo este desastre.

Marie se relajó. Sacó otro cigarrillo de su manga y lo encendió, a pesar de que había estado fumando uno justo antes de que yo entrara. Todavía podía olerlo en el aire viciado.

—No me odia todo el mundo —dijo, y exhaló el humo—. Nancy no me odia. Tú tampoco.

—¿Qué harías —siguió— si alguien te dijera que puedes vivir por siempre?

—Eso no es posible.

—¿Y si lo fuera? ¿Qué harías? ¿Qué darías?

—Nada. Solo quiero la vida que Dios me dio.

—Solo porque Él te dio una buena vida —susurró.

—Marie, yo solo quiero que tú... —me detuve. Allí parado, mirándola fumar, la ira desapareció. No podía decir las cosas que quería. Quería cosas que no me podía admitir ni a mí mismo. Y quería que ella fuera inocente.

—Solo quiero que digas la verdad. Quiero que él vaya a la silla eléctrica, como le corresponde. Si se acerca a mi familia, lo llevaré yo mismo.

—No hagas eso —dijo Marie.

—¿Por qué no? No estoy asustado por un cuchillo, Marie. No estoy asustado por una navaja de afeitar.

—¡No seas estúpido, Michael!

Marie era fuerte, mucho más que la mayoría, chicos o chicas. Pero ella estaba tan frustrada conmigo que apenas podía hablar.

—Mira, no quiero que te pase nada, ¿está bien?

—Nada me va a pasar, a mí —dije, y me fui.

Esa noche, Percy me obligó a salir. Lejos de mis anotaciones, lejos de Marie. "Deja todo y toma un par de cervezas con nosotros", dijo. "Algunos vamos a ir al lago. Va a estar bien".

Condujimos por los caminos que bordeaban el lago Eyeglass y nos detuvimos cuando llegamos a la fila de coches estacionados junto a uno de los bordes. Nos bajamos y caminamos hasta el muelle.

—No parece una fiesta pequeña —dije.

—Nunca dije que lo fuera.

El camino estaba lleno de nieve, y el aire era limpio y fresco. La luz naranja de la fogata que alguien había encendido se reflejaba en los árboles y la Luna se reflejaba en la nieve mostrando la sonrisa feliz en el rostro de Percy. Era una noche cálida, rozando los cero grados. Puede no sonar a mucho, pero cuando la temperatura cae con frecuencia a los números negativos, cero grados se siente como un bálsamo.

Habíamos llegado tarde, o eso parecía, aunque no debían ser más de las diez de la noche. Cuando llegamos a la fiesta, Percy me pidió un par de dólares y se alejó; cuando volvió tenía dos paquetes de cervezas bajo el brazo. Abrió dos latas y me puso una en la mano. Para ponernos al día.

No sé quién organizó la fiesta. Nunca pregunté. Percy siempre parecía saber esta clase de cosas, qué se hacía y quién iba a ir. Vi a un par de chicos de nuestro equipo de béisbol, y sobre todo a los que jugaban fútbol americano. También estaban algunas de las chicas: Sandy Millpoint, Jackie y Violet Stuart, Rebecca Knox y alguna de sus amigas, junto al fuego, muy guapas con las bufandas tapándoles las orejas.

Hice lo que me pidió Percy y me tomé un par de cervezas, y luego un par más. Ayudé a los chicos a descargar más leña. A nadie parecía importarle que yo estuviera allí, y si alguien me miraba raro, después de la cuarta cerveza ya no lo advertí. Canté la canción de la escuela junto con el resto, pero en general me mantuve alejado y dejé que Percy los entretuviera. Había bebido bastante, pero siempre volvía conmigo.

—¿Todo bien? ¿Te falta cerveza?

—No, estoy bien.

—Jackie Stuart parece tener frío. Quizás podrías ir a abrigarla un poco.

—Creo que Morgan ya está haciendo un buen trabajo.

Hice un gesto en dirección a un coche estacionado cerca del camino, con los focos prendidos y la ventana trasera toda empañada, y Percy puso cara de decepción, como si no hubiera sabido que ella estaba en el coche.

Al poco tiempo se hizo muy tarde, todas las chicas se fueron a sus casas y los chicos se quedaron bromeando en el hielo. Patinando, tirando bolas de nieve, pero todos estaban demasiado borrachos como para hacerlo bien. Yo estaba bastante borracho también, así que cuando el fuego se apagó y alguien dijo que tenían una idea, Percy y yo no hicimos preguntas.

Nos subimos a los coches y condujimos por el camino lleno de nieve, muy rápido y muy ruidosos. Había un buen grupo, pero no puedo decir quiénes con certeza. Morgan, seguro. Él y Paul Buell iban en el coche de Percy. Pensé que había visto a Joe Conley, pero creo que ya se había ido a su casa para entonces.

No había casas en los alrededores, así que encendimos las radios y bajamos las ventanas. Uno de los chicos en el coche frente al nuestro se bajó los pantalones y nos mostró el trasero por la ventana de atrás; Percy sacó la cabeza por la ventana del conductor y aulló a la Luna. Cuando frenamos estábamos sin aliento de tanto reírnos. Creo que ni siquiera Percy sabía a dónde nos había conducido. Pero estábamos en el cementerio metodista.

El cementerio metodista no era muy grande y estaba bastante alejado. El estacionamiento solo tenía espacio para cuatro autos. Durante los funerales había que estacionar junto a la zanja, al lado del camino.

—¿Qué estamos haciendo aquí? —preguntó Percy.

Pero yo creo que él ya lo sabía. Era donde estaban enterrados los Carlson.

Algunos de los chicos abrieron la cancela de hierro. Estaba un poco fuera de eje e incluso, aunque hubiera tenido un cerrojo, podríamos haberla saltado. No me di cuenta cuando dejamos el lago, pero los únicos que habían venido con nosotros eran amigos de Steve. Su mejor amigo, Rudy Bartholomew (al que todos llamaban Bart o Rudy Bart cuando llegaba al campo de fútbol), me lanzó una cerveza y me dijo que lo siguiera.

—¿Quieres que vayamos a casa? —me preguntó Percy.

Miré a los chicos. Todavía se reían, quizás algo mareados. No quería irme a casa. Sentía que debía estar ahí, que debería haber ido hacía tiempo.

Nos guiaron por el cementerio, a través de las pequeñas colinas y las lápidas, la mayoría pequeñas, algunas antiguas y torcidas, parcialmente hundidas en la tierra. Habían aparecido algunas nubes y el cielo estaba más oscuro que en el lago. Me metí la lata de cerveza en el bolsillo de mi abrigo y me levanté el cuello. Más adelante, los chicos estaban gritando. Gritaban "¡RUDY BART!" todos a la vez, como cuando entraba al campo de juego en los partidos. "¡RUDY BART!", como se canta "¡FIR-MES!" en el ejército.

Percy se tropezó con algo y soltó un insulto.

—¿Alguien tiene luz? —preguntó, y más adelante uno de ellos encendió una linterna.

—¡No grites en el cementerio! —susurró alguien entre gritos, y los escuchamos reírse.

—Esto no me suena bien —dijo Percy—. Volvamos.

—¿Y Morgan y Paul?

—Pueden amontonarse en los otros coches. Estarán bien.

Pero era demasiado tarde. Se habían parado frente a un terreno liso, bajo un par de árboles sin hojas. Las tumbas de los Carlson.

Las lápidas no se parecían a las demás. El pueblo había realizado una colecta y comprado tres por separado: grandes monumentos rectangulares de granito blanco. Estaban en fila: Bob, Sarah y Steve en el medio; contra la nieve, el blanco del granito se veía sucio y gris.

Me acerqué, los pies se me hundían en la nieve. Era diferente verlos así que durante el funeral. Enterrados bajo toda esa tierra y toda esa nieve, descansando bajo lápidas tan pesadas, los Carlson parecían un recuerdo.

La primera lata de cerveza me dio en la espalda, entre los omóplatos. La siguiente me dio en el lado de la cabeza, junto a la oreja. Apenas si sentí el frío de la nieve en las manos cuando me caí.

—¡Ey! —gritó Percy.

El golpe de la oreja me hacía retumbar la cabeza, pero llegué a ver cómo dos de los chicos sujetaban a Percy desde atrás. Le retorcieron tanto los brazos que quedó de puntillas.

—¡Parad, no es divertido!

—No tiene que ser divertido —dijo Paul, y me tiró otra lata. Estaba abierta, llena hasta la mitad. Me dio en el pecho y me salpicó cerveza hasta el mentón.

—Ey, soltadlo —dije, y me puse de rodillas. En la niebla etílica, pensé que estaban yendo a por Percy. Pero solo lo estaban reteniendo.

Un par de latas más me golpearon en la cara. O quizás alguien me golpeó. Nunca antes había estado en una pelea real y supongo que esa tampoco lo fue. Solo supe que me salía sangre y que tenía un mal sabor, y que el labio partido me ardía. Sabía que había bebido demasiado y pensé que si me acostaba durante un rato lo que fuera que estaba sucediendo terminaría.

—Ya basta —dijo Rudy—. Es un desperdicio de cerveza.

Las latas y los golpes se detuvieron. Solo quedó Rudy, de pie, con la pistola de su padre.

—¡¿Más vale que os vayáis de una vez! —gritó Percy—. ¡Es un Jensen y os vais a meter en graves problemas!

Pero eso ya lo sabían. Lo sabían desde antes de empezar.

—Tú planeaste esto —dije, y Rudy me apuntó a la cabeza.

—Cállate —me dijo—. Hace tiempo que te lo mereces.

Yo estaba de rodillas en la nieve, junto a las lápidas de los Carlson, gritando y preguntando qué iban a hacer, advirtiéndoles que se fueran. "Vas a dejar que ella se salga con la suya", me dijeron. "Eres un traidor."

—No lo hagas —dije—. Rudy, no lo hagas.

—Te crees tan inteligente —me dijo. Luego me gritó en la cara, y cerré los ojos.

Sabía que querían hacerlo. Que iban a perder los estribos y apretar el gatillo. Supe que matarían a Percy, también.

—Apuntadlo con la linterna —gritó Rudy. Luego apuntó con el arma a Percy, que había empezado a gritar pidiendo ayuda.

—¡Déjalo en paz! —grité, y me enderecé, todavía de rodillas en la nieve.

La pistola me volvió a apuntar, Rudy vino hacia mí y apoyó el cañón contra mi frente. Cerré los ojos una vez más.

—Apuntadlo con la linterna —lo escuché decir—. Apuntadlo...

Se detuvo.

—¿Qué es eso? —escuché preguntar a alguien.

—No sé —dijo Morgan.

—¡Dame la luz!

Abrí los ojos y miré a Percy mientras el haz de la linterna se movía a mis espaldas. Los que lo tenían agarrado le habían aflojado los brazos y Percy estaba casi hundido en el suelo. No parecían muy seguros.

—¿Qué es? —preguntó Paul. Se acercó a Rudy junto con Morgan. Estaban detrás de las lápidas y la linterna apuntaba más allá de la de Steve.

—¿Qué es eso? —preguntó Morgan—. Dios mío, ¿qué es eso?

Los que lo sostenían a Percy lo soltaron mientras la linterna apuntaba caóticamente hacia los árboles, como había hecho Mo, la noche de la búsqueda, y Percy se arrastró hasta mí.

—Vayámonos de aquí —susurró—. ¡Vamos!

Intentó ayudarme a levantarme, pero Paul y Morgan empezaron a gritar.

—¡Vayámonos de aquí, Rudy! ¡Vamos!

Se fueron corriendo y se llevaron la linterna con ellos, dejándonos a Percy y a mí en la oscuridad. Unos minutos más tarde escuchamos sus coches arrancando y el ruido de los neumáticos mientras salían del estacionamiento.

—¿Estás bien? —me preguntó Percy—. Dios, estás sangrando.

—Estoy bien.

—Dios mío, salgamos de aquí.

Pero yo estaba mirando la lápida de Steve a la escasa luz de la luna. Habían visto algo. Algo que los había espantado.

—Espera.

—¿Que espere? ¿Para qué?

—Percy, dame tu mechero.

Se quejó, pero me lo entregó y rodeamos la tumba. Abrí el mechero y se prendió la llama.

—Santo cielo —murmuró Percy.

El mismo símbolo que había sido grabado en los árboles había sido tallado en la parte de atrás de la lápida de Steve.

Acerqué más la llama. Esta vez no era el único símbolo. Había docenas, grabadas en el granito, tan apretados que se mezclaban entre ellos, grandes y pequeños, algunos tan superficiales que podrían haber sido hechos con un cortaplumas, otros tan profundas que era una sorpresa que la lápida entera no se hubiera hecho pedazos.

Moví el mechero hacia los árboles, como Rudy había hecho, y Percy se sobresaltó. Quien quiera que las hubiera hecho, ya no estaba allí. Las marcas habían llevado tiempo y podrían haber sido hechas cualquier noche. De todos modos, esperaba ver esa misma cara pálida...

—Ey —dijo Percy—. ¿Podemos irnos ahora? ¿Podemos irnos, por favor?

—Sí, vayámonos.

Nos alejamos de las tumbas y caminamos hasta salir del cementerio, pero no cerré el encendedor hasta que estuvimos en el interior del coche.

Pasamos la noche en casa de Percy, en su habitación, con las luces encendidas, y fingimos leer cómics después de lavarme toda la sangre de la cara.

—¿Qué le vas a decir a tu padre? —me preguntó Percy.

—La verdad, supongo. Solo que... no toda. Estábamos festejando en el lago y decidimos visitar el cementerio. Vimos las marcas en la lápida y nos empezamos a pelear.

—¿Con quién?

—Con todos. Estábamos todos enojados. Pasó todo muy rápido.

—¿Vas a dejar que se salgan con la suya? Morgan, Rudy Bart y todos...

—No pasó nada —dije.

—Tenían un arma.

—No la iban a usar.

Pero sí que la iban a usar. Y él lo sabía, también. Podía verlo en su cara.

—Supongo que tuvimos suerte que el asesino decidiera marcar la lápida de Steve —dijo—. Es muy extraño tener que decir eso.

—Sí —contesté. Pero sabía lo que Percy quería decir.

El bebedor de sangre, o quien fuera que hubiera tallado la lápida de Steve, nos había salvado por accidente. Los siguientes meses pensé mucho en eso. Me preguntaba si había otros símbolos esperando ser encontrados.

—Bueno —dijo Percy, suspirando—. ¿Quieres pegarme en el ojo? Mo lo va a hacer de todos modos, cuando se entere que te golpearon y yo salí sin un rasguño.

Mo nunca haría eso, por supuesto. Pero le dije a Percy que lo golpearía antes de ir a la escuela, si eso le hacía sentir mejor.

CAPÍTULO VEINTIDÓS

Cortes duraderos

PERCY Y YO denunciamos la profanación de la tumba de Steve con mi padre, y no pasó mucho hasta que aparecieran las fotos en las portadas de los diarios. La foto que tomó el señor McBride fue reimpresa a nivel nacional y la cacería interestatal se volvió a concentrar en Black Deer Falls. Durante los siguientes días el pueblo volvió a estar infestado de patrullas y agentes federales, llamando a puertas e inspeccionando áticos y depósitos. También inspeccionaron cada centímetro de nuestros cementerios, en busca de más marcas.

Cuando fui a la celda de las mujeres, Marie estaba de pie, mirando a través de la ventana. Observaba las patrullas extra que iban y venían por el estacionamiento.

—Tontos —dijo—. Venir hasta aquí con todas las armas desenfundadas, como si no supieran que esa lápida pudo haber sido marcada en cuanto la pusieron.

Es lo que yo había pensado, pero en vez de eso dije:

—Debes de estar contenta. Los tiene entretenidos.— Los titulares eran todos sobre el asesino y por un tiempo ella sería olvidada. Le había comprado tiempo—. ¿Por qué haría eso? —seguí—. Pensé que él quería que te atraparan, que todo esto terminara.

—Dije que no esperaba que se tomara tanto tiempo. En cuanto a lo que quiere... no siempre lo sé.

Se giró y me vio la cara, llena de magulladuras y con el labio roto.

—¿Qué te ha pasado?

—Unos chicos de la escuela.

Se acercó a los barrotes y los aferró con fuerza.

—Cuéntame.

Lo hice, como si fuera todo una broma. Como una riña pasajera.

—Solo estaban molestando —dije.

—Te apuntaron con un arma a la cabeza.

—No fue así. Estoy bien. Percy también.

—Son unos matones —escupió. Soltó los barrotes y se clavó las uñas en las palmas. Se detuvo y luego volvió a hacerlo—. Rudy Bartholomew —dijo—. Morgan Todd.

Repitió los nombres que yo le había dicho y se clavó las uñas.

—Marie.

—No quiero hablar hoy, Michael.

—Marie—. Las uñas, manchadas de sangre, habían lastimado la piel—. Marie, detente.

Abrí la puerta que llevaba al resto de la cárcel y llamé a Nancy.

—Está todo bien —dijo Marie.

Me fui cuando subió Nancy. Luego me contó que Marie aceptó sacar el brazo entre los barrotes y se dejó limpiar las heridas. Y Nancy aprovechó para cortarle las uñas, hasta el mínimo.

—¿Hizo eso? —preguntó Percy cuando se lo conté—. Dios.

Estábamos sentados en el estacionamiento de la escuela, el lunes después del incidente del cementerio. Como era habitual, no teníamos prisa por entrar. Mi cara seguía magullada y el labio, roto. Habíamos visto entrar a Morgan y él nos había visto a nosotros. Parecía algo asustado y quizás algo arrepentido. Percy dijo que no lo suficiente.

—¿Está...? —preguntó, y giró el dedo contra su sien para preguntar si estaba loca.

—No —dije—. Solo estaba enfadada.

Pero su reacción me había perturbado a mí también. Nunca había visto a nadie comportarse así.

—Bueno, no es la única —dijo—. Recibirán su merecido.

—No. Déjalo ya, Percy.

—No puedes estar hablando en serio.

—Lo hago.

Pero por dentro, estaba hirviendo. Si pudiera haber hecho desaparecer a mis compañeros en un parpadeo, lo habría hecho. Morgan. Rudy Bartholomew. Incluso Carol. Esos chicos habían hecho lo que hicieron porque estaban enfadados. Porque estaban asustados, por el asesino y por Marie. Pero fueron capaces de golpearme porque para ellos yo era Marie. Yo era un extraño. Nunca encajé del todo. Nunca encontré mi lugar, salvo con Percy.

—No me voy a quedar aquí, Percy —dije—. Cuando esto se termine, después de la graduación, me voy.

—Ya lo sé. Siempre lo supe. —Miró las ventanas, a los últimos alumnos apurándose por entrar, abrigados y con los libros apretados contra el pecho para esquivar el viento helado de la mañana—. Antes solía enfadarme, ¿sabías?

Siempre tuviste un pie en la puerta. Hacia cosas más grandes y mejores. Mejores que esto. Mejores que yo.

—Mejores que tú no.

—Bueno, este pueblo soy yo —dijo, señalándose—. ¿Cómo se suponía que iba a sentirme? Pero ahora pienso que realmente me voy a ir contigo. Ahora es como si Black Deer Falls no fuera un buen lugar, después de todo.

»A él debe de gustarle —agregó después, y yo sabía que no estaba hablando de Morgan ni de Rudy—. Le debe de gustar lo que nos hizo.

A veces era difícil que Marie hablara de los asesinatos. Se ponía a hablar de otra cosa o a soñar despierta. O preguntaba por Percy o Nancy o Dawn. Otras veces era fácil. Yo preguntaba y ella respondía.

—Mi madre y mi padrastro. Peter Knupp. Las estudiantes de enfermería. Los Taylor. El camionero y el que hacía dedo. Cheryl, la camarera en la parada de camiones. Los estudiantes, Stacy Lee y Richard. Y los Carlson.

—Ellos son todos, entonces —dije—. ¿No queda ninguna víctima sin encontrar?

—No —dijo, y miró mis bolsillos vacíos. Otra vez me había olvidado de llevarle cigarrillos.

—¿Entonces los Taylor fueron asesinados justo después de las enfermeras? —pregunté para clarificar. Como vivían solos y aislados, los cuerpos de los Taylor no fueron hallados hasta después del descubrimiento de las siguientes víctimas: el camionero Monty LeTourneau y su acompañante a dedo sin identificar.

—Sí. Fue el 8 de agosto.

—¿Estás segura?

—Segura. Era muy cuidadoso con las fechas. Yo pensaba que era tonto: cuando tienes toda la eternidad, ¿qué importan las fechas? —Marie puso los ojos en blanco—. Pero él decía que era precisamente por eso.

—¿Y fue después de matar a los Taylor en su casa cuando os cruzasteis con Monty LeTourneau y su pasajero?

—Monty primero. Y él recogió al que hacía dedo después.

—¿Quién? Monty o...

—El bebedor de sangre —dijo, y los ojos se le agrandaron al reírse—. ¿Qué? Tú le pusiste ese nombre.

—Está bien —dije—. ¿Qué pasó con el pasajero? ¿Cómo fue que su cuerpo y el de Monty LeTourneau terminaran tan lejos uno del otro?

—Porque corrieron.

—Como Stephen Hill. ¿Por qué ellos sí y los otros no?

—Quizás se lo permitió. No lo sé. —A veces, Marie tenía un tic nervioso y se pasaba los dedos por las puntas de su largo pelo castaño—. Stephen Hill le gustaba. Stephen Hill era apuesto. Más que él, incluso.

—¿Por eso estaba desnudo?

Marie sacudió la cabeza.

—Eso fue solo un juego.

—¿Qué clase de juego?

—Como el de un gato con un pajarito —dijo, y levantó la vista. Parecía algo enojada, frustrada conmigo.

—¿Y a él le gustaba? ¿Que corrieran?

—Y que gritaran. Al comienzo estaban en silencio. Peter Knupp, los Taylor. Las enfermeras fueron como dos ratoncitos indolentes. Pero para cuando llegó a Cheryl...

—Cheryl era la mesera en la parada de camiones donde

211

el acoplado de Monty LeTourneau fue hallado abandonado—, Cheryl gritó tanto que me dolían los oídos.

Por un instante, a Marie se le nublaron los ojos, y nos quedamos sentados en silencio. En la grabación ese momento dura cincuenta segundos.

—No parecía tan malo, ¿sabes? No al comienzo. Algunos de ellos incluso sonreían. Peter Knupp sonrió hasta caer muerto.

—Sonreían —repetí, y lo anoté.

—Escucha —dijo Marie—. Te voy a contar esto, pero necesito que no te rías. Necesito que creas que todo lo que digo es cierto, incluso si solo lo crees hasta que termine de hablar. ¿Entendido?

—Entendido. No me voy a reír.

Cuando Marie vio la foto de la lápida de Steve, no estaba sorprendida. Pero nadie sabía cómo interpretarlo. Al final dijeron que no tenía explicación. Que era una broma imposible de explicar. Pero yo ya estaba cansado de lo que no tenía explicación. Estaba listo para creer.

—Te dije que tenía trucos —dijo—. Para que la gente viera lo que él quería. Los usaba todo el tiempo, si había algo que quería. Decía toda clase de cosas para que lo dejaran entrar. Les dijo a Walter y Evangeline Taylor que éramos sus nietos. Evangeline repetía una y otra vez que qué vergüenza, que no tenía golosinas para nosotros, o regalos. Y decía que su casa era un desorden, aunque no lo era. ¿Eres cercano a tus abuelos, Michael?

—Lo era.

Marie asintió.

—Nunca conocí a los míos. Ni siquiera a los maternos. Mamá tenía una hermana mayor, pero tampoco la conocí.

—Entonces los engañabais —dije, para regresar a lo principal—. ¿Pero cómo los matabais?

—Yo no los maté. Nunca maté a nadie.

—¿Entonces cómo lo hacía él?

Marie respiró hondo.

—Nos quedamos con ellos toda la noche, jugando a ese juego. Luego los hicimos acostarse. Con su ropa de cama. Afeité a Walter con la navaja.

—¿La misma navaja?

Asintió.

—Primero se bebió a Walter. Le cortó la muñeca. Evangeline ni siquiera lo notó. Seguía mirando a Walter como si él le estuviera hablando.

—¿Y nunca consideraste dejarlos vivir?

—Él no lo hubiera permitido.

—Pero, ¿y tú? ¿Por qué no corriste? ¿Llevaba un arma? ¿Tenía la navaja en la mano todo el tiempo?

—No.

—¿Entonces por qué no fuiste por ayuda?

Pero Marie no respondió.

—Puedes comprobar todo lo que he dicho con lo que encontraron. Va a coincidir.

—Marie —dije—. ¿Por qué te fuiste con él? ¿Fue solo porque era guapo? ¿Era tan guapo que lo hacía aceptable?

—¡No! —Me miró con furia—. No lo entenderías. Todo el mundo decía que era una mala chica. Él dijo que no lo era.

CAPÍTULO VEINTITRÉS

Una partida bienvenida

DESPUÉS DE QUE Marie repasara el asesinato de los Taylor, intenté hacer lo que me pidió y creer que su historia era real. Que el bebedor de sangre era real y todo ocurrió tal como dijo. Pero no podía. La idea del bebedor de sangre era un espacio en blanco, un camino cerrado. En cambio, imaginé las diferentes formas en que podía haber sucedido. Imaginé a los Taylor aterrorizados y masacrados. Tratando de correr y muriendo de miedo, y aun así metidos en la cama, para formar la escena. Imaginé los gritos de Cheryl. Imaginé la sonrisa desapareciendo poco a poco la cara de Peter Knupp.

Estaba empezando a preocuparme, a creer que había algo malo conmigo. Era raro lo desapegado que podía sentirme, lo desapegados que podíamos ser ambos cuando ella me hablaba sobre los asesinatos, como si fuéramos más mayores y curtidos.

—Es un mecanismo de defensa —me dijo el señor McBride—. Una táctica. Todo buen periodista debe ponerla en práctica.

—Todavía me importan las víctimas. Los Carlson, y Steve.

215

—Pero también te importa ella.

Estábamos en su oficina, en el *Star*, con su abarrotado escritorio entre los dos. Desde que ocurrieron los asesinatos, estaba cada vez más desordenado; prácticamente cada centímetro estaba cubierto de papeles manchados de café y fotografías, junto a otros diarios más importantes que el suyo. Había tantas cosas que la foto de su boda ahora estaba encima de un archivador.

—Está bien si lo haces —dijo—. No puedes pasar mucho tiempo con una persona y no ver su humanidad.

Busqué entre el desorden hasta que encontré un pisapapeles. Tenía un peso similar a una pelota de béisbol y empecé a pasarlo de una mano a la otra.

—Es cierto que me importa —dije—. Y también me importa la historia.

—Eso también está bien —dijo, y sonrió con los labios apretados—. Ella te eligió para contarla.

—Me eligió para escucharla. No sé ni siquiera si ella entiende que quiero utilizarla. Escribirla.

—A mí ella me parece demasiado inteligente como para no saberlo —dijo—. ¿Y tú le importas a ella?

Miré la pared detrás del señor McBride, el diploma enmarcado de la facultad de periodismo de la Universidad de Pittsburgh.

—¿Por qué vino aquí? —dije—. Cuando podría haberse quedado y publicado desde allí

—Veo que has aprendido el arte del desvío.

Suspiré.

—Sí. Creo que le importo.

—Entonces probablemente esté contenta.

Pero yo no estaba seguro. Ya no estaba seguro de nada. Solo supe que las entrevistas estaban a punto de terminar. Pronto me contaría qué había pasado la noche en que mataron a los Carlson y después de eso iría a juicio o a la cárcel, y yo me quedaría solo para juntar todas las piezas.

—No tengas miedo de tu participación en la historia —dijo el señor McBride—. No tengas miedo de mostrar tu corazón.

—¿Qué tiene que ver el corazón con la verdad?

—Más de lo que crees. Ya sabrás lo que quiero decir cuando escribas.

—No sé por qué tiene tanta confianza en que eso va a suceder —dije, y él sonrió.

—Llámalo instinto periodístico.

Estábamos a mediados de diciembre, volví a la cárcel y Bert me dijo que tenía que esperar.

—¿Esperar a qué?

—El señor Pilson está con ella y con Ed.

Ed era el señor Porter, el abogado defensor que representaba a Marie.

—¿Qué está haciendo Pilson allí arriba? —pregunté.

Benjamin Pilson había estado todo ese tiempo en Black Deer Falls, durante todas esas extrañas ocurrencias y cuentos sin sentido que debían haberlo enfurecido. Todavía seguía allí, planificando, inclinado sobre la pila de las grabaciones con Marie, en su habitación del hotel de la señora B. No tenía idea de por qué se quedaba. Casi nunca había intervenido.

—Nancy, ¿sabes qué es lo que quiere? —pregunté.

Pero antes de que Nancy pudiera decir nada, escuchamos los gritos de Marie desde la planta alta.

—¡No pueden hacer eso! ¡No pueden matarme si no soy la que los mató!

Corrí a la celda de las mujeres y atravesé la comisaría de Policía en lo que me parecieron tres zancadas. Crucé la puerta de nuestra antigua cocina justo a tiempo para escuchar al señor Porter:

—Nunca conseguirá la pena de muerte para una cómplice. No para alguien que no cometió el crimen. ¡Y que encima es una chica de quince años!

—Dieciséis, ¿no? —dijo Pilson, y miró a Marie—. Dieciséis, ahora estamos en diciembre. Y sí que lo haré. ¿Esa joven enfermera a la que mataron? ¿Angela Hawk? No era cualquiera. Era la sobrina de la esposa del gobernador. —Tomó su maletín y se dio la vuelta para irse—. Homicidio doloso, señor Porter. Búsquelo bien. En el estado de Nebraska no hace falta esgrimir el cuchillo para ser considerado culpable.

Se fue enseguida, dejando al señor Porter para tratar de calmar a Marie, que parecía a punto de trepar los barrotes.

—¡Señor Pilson, espere!

Lo perseguí por toda la comisaría, hasta el frío estacionamiento donde esperaba su coche. El asiento trasero estaba cubierto por completo de cajas con expedientes, maletines, camisas de vestir colgadas ingeniosamente de perchas enganchadas en el borde de una ventana apenas entreabierta.

—¿Se va?

—Regreso a Lincoln, hasta el juicio.

—No puede hacerlo —dije—. No puede hacer esto. ¡No puede matarla!

—Ella estuvo allí y lo está protegiendo —dijo—. Sí que puedo.

—¡Pero está diciendo la verdad!

Se detuvo y me miró como si me hubiera vuelto loco.

—Está diciendo la verdad —dije de nuevo, más calmado—. Sé cómo suena. Pero he visto cosas y lo que ella me contó...

—Sabía que esto era un error. Eres solo un niño. —Abrió la puerta y tiró su maletín adentro—. Marie Hale fue informada de las potenciales consecuencias en la audiencia en la corte del distrito. Lo mismo que tú. Y, aun así, durante meses, la has dejado desarrollar esta fantasía. Cuando vaya a la silla eléctrica, será tan culpa tuya como suya.

—Espere, señor Pilson...

—Tienes que ver los hechos...

—Estoy viendo los hechos —dije—. Y todos los hechos que usted no puede explicar.

Abrió la puerta e intentó meterse, pero lo frené.

—Las huellas digitales en la escena del crimen. Las pisadas. ¿Por qué solo están las de ella? La gente a la que le mostraron su foto en Loup City, en Norfolk, en Grand Junction: ¿por qué la de ella es la única cara que recuerdan? ¿A menos que crea que lo hizo sola?

Se dio vuelta y puso las manos sobre el techo del coche. Lo podía ver pensando si era ella la única asesina y me arrepentí de haber sugerido la idea. Pero un momento más tarde lo desechó: ningún jurado compraría esa teoría después de ver a Marie, tan joven y tan pequeña. Tan femenina. Una mujer no podía cometer crímenes como esos.

Solo podría ayudar a un hombre a hacerlos.

—No se merece morir —dije en voz baja.

—No lo decidimos nosotros. Solo el juez. El gobernador. Y el Señor.

—Pero usted puede inclinar la balanza. Si pide clemencia, lo escucharán.

—Entonces es cierto —dijo—. Lo cercanos que os habéis vuelto. ¿Sabes que ella nunca quiso confesar, realmente? Que, si no hubieras estado allí, esto habría tomado otro curso. ¿Pero un chico guapo como tú? ¿De una familia respetable? Marie Hale nunca ha estado a solas en un cuarto con alguien como tú y menos aún con alguien que la escuche. Parte de ella probablemente crea que si te convence de que es inocente... entonces de verdad será inocente.

—No es lo que está haciendo, señor Pilson.

—Sé que no lo grabas todo. A veces la grabación empieza y ya estáis en medio de una conversación.

—A veces me olvido de empezar a grabar. Pero no dejo fuera nada importante. Solo es para romper el hielo. Me pide cigarrillos, cosas así.

—Cigarrillos —repitió Pilson—. ¿Y quizás cosas de una naturaleza más delicada? ¿Cosas que no crees apropiado que queden grabadas?

Me quedé mirándolo, desorientado.

—¿Cosas sexuales?

—Yo...

—¿Sabes si tenían relaciones sexuales? ¿Y en cuantas ocasiones? ¿Y si realizaron actividades sexuales desviadas? Quizás ella dejó que él se la pusiera en la boca...

—¿Qué tiene que ver con esto? —pregunté.

—Hay que entender su nivel de participación. —Sus ojos brillaban con crueldad: estaba disfrutando lo incómodo que me ponía—. Vamos, ¿no pensarás que es virgen?

—Supongo que no. Pero sigo sin ver qué importancia tiene.

—Importa porque te tiene engañado.

—¿Adónde se fue la sangre? —le pregunté cuando se metió en el auto—. ¿Adónde se fue la sangre, señor Pilson? —Levanté la voz sobre el sonido de la puerta cerrándose y el motor en marcha—. ¿Dónde, si no fue como ella dice?

—Tengo una pista, Michael... No quería decirlo en caso de que no llevara a nada. Pero si eso ocurre, voy a regresar. Y entonces todo va a cambiar. ¿Sabes?, muchas de las misteriosas anomalías de este caso pueden explicarse por errores institucionales. ¿Dice que nunca trataron de escapar? ¿Que nadie pidió ayuda? Salvo que el chico Covey en Madison sí trató de hacerlo.

Richard Covey, el estudiante que fue asesinado en una casa abandonada con su prometida, Stacy Lee Brandberg. Las últimas muertes antes de que los Carlson fueran asesinados en Black Deer Falls.

—¿Qué significa eso?

—Antes de morir, Covey arrojó por la ventana unos libros con su nombre y mensajes a la policía escritos dentro. Alguien los encontró y realizó una denuncia. Pero nadie había hecho la conexión entre las dos cosas hasta que los cuerpos fueron encontrados. La policía de Madison prefirió dejar este dato fuera de los periódicos. —Me miró una vez más—. Solo dile que cuente la verdad.

Luego cambió de marcha y se alejó conduciendo.

Esa noche, mi padre pasó por la cárcel para llevarme en coche a casa. De camino, paró en la estación de servicio y el pequeño negocio del otro lado de las vías, y me dejó en la camioneta mientras él compraba tabaco para pipa de sabor cereza y vainilla y chicles para Dawn. Cuando regresó me lanzó una cajita de caramelos Mike and Ikes.

—Han llegado los informes de toxicología de los Carlson —dijo, mientras yo abría la caja y él sacaba la camioneta del estacionamiento, casi resbalando en el hielo a medio derretir—. Estaban limpios. Esperaba, aprovechando que la autopsia se pudo hacer tan rápido, que encontraran algo. Pero si les dieron veneno o sedativos, no los pudieron encontrar.

—¿Por qué no estaban atados? —pregunté—. ¿No tendría más sentido que estuvieran atados? No sería difícil si hubiera dos perpetradores. Uno para sostener la navaja, otro para atarlos.

Mi padre se encogió de hombros.

—Quizás confiaba en los nudos que pudiera hacer ella.

—O quizás Marie no quería colaborar.

Noté cómo me miraba de reojo.

—Quizás.

—Pilson piensa que tiene algo —dije.

—El señor Pilson —corrigió mi padre, aunque pensaba de él lo mismo que yo—. ¿Y qué es?

—No lo dijo.

—¿Por eso se vuelve a Lincoln?

Me encogí de hombros.

—Richard Covey trató de pedir ayuda —dije—. Dejó caer unos libros con su nombre en ellos.

—¿Dónde escuchaste eso?

—El señor Pilson.

Mi padre me miró.

—Michael, ¿quieres parar con esto?

—No puedo parar, papá. Incluso si ella hizo lo que hizo, no quiero que muera. De verdad, no quiero.

Me llevé a la boca un par de Mike and Ikes para evitar llorar. Mi padre se acomodó en el asiento y me dejó masticar.

—Lo siento mucho, hijo.

—No sé cómo ayudarla.

—Hay una sola manera de ayudarla —dijo—. Pilson no quiere a Marie. Lo quiere a él. Ella lo tiene que entregar.

—¿Y si no hay nadie a quien entregar?

Sacudió la cabeza.

—Tiene que haberlo. No creo que esa chiquilla haya lastimado nunca a nadie.

CAPÍTULO VEINTICUATRO

Invierno

PILSON SE FUE de Black Deer Falls durante lo que quedaba de diciembre y el bendito mes de enero. Durante un tiempo, fue como si su marcha nos hubiera liberado. En su ausencia, no sentíamos como que nos respiraba en la nuca, nos olvidamos de dónde estábamos. Nos olvidamos, por poco tiempo, de por qué estábamos allí y que nuestro tiempo era prestado. Nos rehusamos a creer que no duraría para siempre.

Pero cuando estaba lejos de Marie, sabía que ya estaba a punto de acabarse. El bebedor de sangre ya no mantenía a todos en alerta. Las barricadas, las patrullas extra y las búsquedas todavía seguían, pero cada vez menos. Durante semanas no hubo nuevas huellas, nuevas pistas que seguir, ni siquiera una estación de servicio asaltada. Y también hubo un cambio sutil en los, cada vez más escasos, artículos sobre los asesinatos: tan solo un par de preguntas, hábilmente ubicadas, sobre cuánto sabía Marie y sobre qué podría haber hecho.

El día después de Navidad, llevé a Marie un par de regalos de parte de mi familia y un plato con sobras de la cena navideña: pato asado y puré de patata, relleno de arroz silvestre. Supuse que teníamos al menos todas las vacaciones antes de que tuviera que apretar el acelerador. Pero después de abrir la carta que le escribió Dawn y desenvolver la falda y el lazo verde de parte de mi madre, me preguntó:

—¿Cuánto tiempo crees que nos queda?

—No lo sé. No mucho. Para ser honesto, creo que ya deberíamos haber tenido novedades de Pilson—. Estiré la mano entre los barrotes y tomé el lazo—. ¿Qué piensas que sabe? ¿Qué pista puede estar siguiendo?

—No puede saber nada. Está mintiendo.

—¿Crees que está mintiendo también sobre la pena de muerte?

No quería hablar de eso ese día. Era Navidad, y suponía que la iba a alterar.

—No —dijo—. Es lo que él siempre ha querido. Tuvo mucha suerte de que apareciera Pilson.

Estaba confundido. Pensé que estábamos hablando de Pilson.

—Te refieres al bebedor de sangre. ¿Él quiere que mueras?

—Tiene que pasar de alguna manera. No puede hacerlo por su cuenta.

Me costó un momento entender qué significaba: morir y ser revivido de entre los muertos. Así es como funcionaba en las leyendas.

—Ah. Por lo que dicen los relatos vampíricos.

Marie sonrió, de mejor humor.

—Claro. Por los relatos vampíricos. —Alisó la falda contra sus rodillas—. Esto es realmente hermoso, Michael. Es la mejor Navidad que he pasado en mi vida.

Y ahora, quisiera recordar una cosa más que sucedió antes de que Pilson regresara en febrero.

Era de noche, en enero. Una noche de escuela, pero yo seguía despierto mientras el resto de mi familia dormía. Leía un libro en mi habitación sobre historias de vampiros, o quizás solo estaba leyendo un cómic, cuando algo golpeó mi ventana. Una piedra, como si yo fuera una chica y alguien me llamara. Al comienzo lo tomé por una rama de árbol o una hoja, incluso si no había viento. Salvo que se siguió. Primero una piedra. Luego una segunda. Y una tercera, con tanta fuerza que dejó una marca en la ventana.

Me levanté y miré, esperando que fuera Percy o un amigo de Dawn. Pero no había nadie. Nadie bajo mi ventana. Nadie en el porche de entrada o en nuestro estacionamiento.

Estaba de pie, en la calle. Oculto en su mayor parte por las sombras, solo se veía su parte inferior y su hombro izquierdo, gracias a la luz del garaje de los Schuman. Por unos segundos pensé que estaba alucinando y parpadeé varias veces... pero cuando abrí los ojos seguía allí. Mirándome por la ventana.

Al principio estaba asustado. Luego lleno de excitación. Era él. El que había arrastrado a Marie al infierno. El que había asesinado a Steve y a sus padres y a una docena de personas más. Estaba aquí.

Mi padre estaba dormido en su habitación, al fondo del pasillo, y tenía su pistola de servicio con él, colgada en el armario, que lo cerraban con llave desde que yo era un niño. Así que agarré mi bate de béisbol.

No sé en qué pensaba. Iba a echarlo del pueblo y a romperle las piernas. Lo iba a golpear hasta que no pudiera despertarse. Todas las cosas raras que se me ocurrieron después (cómo se las había arreglado para lanzar piedras desde la calle, que estaba parado ahí en medio sin ninguna clase de abrigo) no se me ocurrieron después. Solo quería atraparlo.

Habría sido un héroe. Marie habría quedado a salvo. Y todo habría terminado.

El tiempo que tardé en alejarme de la ventana, agarrar el bate y correr escaleras abajo no pudo haber sido de más que cinco segundos. Sé que la puerta de entrada estaba cerrada con llave y que yo no escuché el picaporte ni el pesado ruido de la guirnalda navideña al moverse. Solo sé que cuando bajé por la escalera, la puerta estaba abierta.

Estaba de pie, en el medio de nuestro salón. Tenía la misma forma que en la calle, como si alguien hubiera movido su estatua. Y a pesar de que nuestra sala estaba iluminada por la Luna reflejada sobre la nieve, no podía identificar su cara.

Levanté el bate.

—Pregúntale cuánto bebió —dijo.

Empecé a gritar al escuchar el sonido de su voz. No era como ninguna voz que hubiera oído. Y su cara no se movió al pronunciar esas palabras.

Llamé gritando a mi madre, llamé gritando a mi padre. Quizás llamé también a Dawn. Todavía estaba gritando cuando bajó mi padre, todavía medio dormido, y encendió las luces.

—¡Michael, Michael! ¿Qué es lo que pasa?

Estaba de pie en la entrada de nuestra casa, la puerta seguía abierta. No había nadie en la sala.

Se asustaron. Dijeron que estaba sonámbulo. Me regañaron brevemente diciendo que mi padre me podría haber

228

disparado, incluso cuando no bajó con su pistola. Y otra vez después de que mi madre tuviera que llamar a los vecinos más cercanos, a los que yo había despertado.

—Es por esa chica, ¿no? —dijo.

—No. No fue por ella, para nada.

—Te está manipulando, Michael. Todos estos días, y vosotros a solas. Una chica como esa sabe cómo conseguir lo que quiere.

—¿Eso es lo que dicen de mí? ¿Eso es lo que piensas de mí?

—Lo único que sé es que antes de que la conocieras nada de esto hubiera pasado.

Los de pueblo culpaban a Marie, sospechaban de ella e incluso la odiaban. Algunos sentían algo de lástima. Pero nadie la creía y quizás por eso yo debía hacerlo.

No encontramos rastros del intruso: nada de pisadas en la nieve ni pasos húmedos en la alfombra, nada fuera de lugar. Para el día siguiente, mi familia ya no se acordaba. Mi madre se disculpó por lo que había dicho y me hizo llevar un pastel de carne a la cárcel.

Pero todavía había un rasguño en el vidrio de mi ventana. Y yo nunca había sido sonámbulo. Le pregunté a Marie, pero incluso ella dijo que me estaba imaginando cosas.

—No podría haber entrado en tu casa a menos que lo hayas invitado. Y no lo invitaste. ¿O sí?

No lo había hecho. Pero era gracioso ver cómo ese maldito solo seguía las leyendas vampíricas cuando a mí me hacían quedar como un loco.

Unos días más tarde, mi padre subió a mi habitación y me hizo deshacerme de todo lo que tenía que ver con vampiros. Los libros regresaron a la biblioteca y confiscó algunos de mis blocs de notas. También se llevó alguno de los bocetos que había hecho del símbolo que Percy y yo habíamos visto en el bosque.

Quizás funcionó. Quizás estaba todo en mi cabeza. En cualquier caso, el bebedor de sangre nunca volvió a intentar contactarme, en mis sueños ni en cualquier lado. Y una semana después, Pilson regresó con novedades.

CAPÍTULO VEINTICINCO

El descubrimiento

APUESTO A QUE cuando Benjamin Pilson escuchó por primera vez sobre Marie, se sintió entusiasmado. ¿Una chica tan joven en la escena del crimen? Apuesto a que pensó que había ganado la lotería. Iba a ser fácil de presionar y fácil de engañar: el caso entero debió haberle parecido un huevo de oro sobre su plato.

Recuerdo el día que regresó: entró a la comisaría de Policía sonriendo como un presentador de televisión.

Yo estaba en la planta baja, ayudando a Bert a limpiar su escritorio. Siempre estaba hecho un caos (envoltorios de comida y servilletas de almuerzos, anillos de café en todas partes) y mi padre cada tanto lo regañaba, así que quería ayudarlo. Todos nos sentíamos todavía un poco mal por su serpiente. Más tarde, esa primavera, apenas se derritió la nieve, mi padre fue hasta la gran tienda de mascotas de Brainerd para conseguirle una nueva pitón, un viaje que nos proporcionó uno de esos raros momentos de liviandad: mi padre nunca se había sentido tan nervioso en un transporte de prisioneros como cuando volvió conduciendo con esa serpiente.

Pilson entró cuando yo estaba cargando la bolsa de basura. Me miró y yo solo atiné a saludarlo con la cabeza, sorprendido de verlo. No se molestó en corresponder mi saludo y fue a hablar con mi padre. Debieron hacer algunas llamadas porque un rato después llegó nuestro fiscal, el señor Norquist, y luego el señor Porter, unos minutos más tarde.

—¿Qué diablos quiere hacer ahora? —preguntó Bert, de pie junto al despacho.

Pilson quería que todos fuéramos a la celda de Marie.

—Justo está terminando su almuerzo —dijo Bert—. ¿Por qué no dejáis que la vaya a buscar yo?

Mi padre asintió y Bert fue con las llaves.

—¿Qué está pasando, papá? —pregunté, pero me hizo un gesto para que me quedara callado.

Bert trajo a Marie sin esposas y con una mano sobre su hombro.

—A la sala de interrogatorios, por favor —dijo Pilson.

Marie frunció el ceño.

—Vamos a estar un poco apiñados. ¿No me lo puedes decir aquí?

Al comienzo a Pilson pareció molestarle; la arruga en su frente se profundizó. Pero luego le volvió la sonrisa, que era todavía peor.

—Si eso es lo que quiere, señorita Hale —dijo—. O debería decir, ¿señorita Mewes?

—¿Señorita Mewes? —preguntó mi padre.

—Su verdadero nombre no es Marie Catherine Hale —dijo Pilson—. Es Marie Catherine Mewes. Nació en Greeley County, Nebraska, de una tal Audrey Cody, nacida Mewes, de North Platte. La señora Cody figura como desaparecida desde hace varios meses. Junto con su marido, Nathaniel.

Miré a Marie. Nunca la había visto asustada, ni siquiera cuando estaba empapada en la sangre de los Carlson. Pero cada vez que Pilson decía el apellido Mewes, Marie se estremecía como si le hubiera pegado.

—¿No son ellos? —preguntó Pilson—. ¿Tus padres? ¿Audrey y Nathaniel Cody? Desaparecidos desde comienzos del verano. Y muertos, según dice.

—Sí —dijo Marie—. Están los dos muertos.

—Pero no lo están. Al menos él no.

—¿Qué quiere decir con que él no? —pregunté.

—Quiero decir que Nathaniel Cody es nuestro asesino.

Nos contó cómo los encontró. Fue una pista que surgió de las entrevistas grabadas. Había intentado rastrear el origen de Marie durante meses, llamando a orfanatos y casas de acogida y estudiando informes de chicas desaparecidas. Hasta que una noche estaba escuchando las entrevistas y oyó que Marie decía que su padrastro presumía de descender de un famoso cowboy local. No tardó mucho en enterarse de que el Espectáculo del Salvaje Oeste de Buffalo Bill Cody había sido fundado en North Platte. Y una vez que tuvo el apellido Cody, el resto fue fácil.

—El empleador del señor Cody se extrañó cuando este faltó al presentarse al trabajo un lunes por la mañana, pero cuando preguntó y descubrió que la esposa y la hijastra también habían desaparecido, asumió que la familia había levantado sus cosas y partido, como algunos hacen. No fue hasta una semana después cuando la administradora pasó por la casa y notó que nada había sido embalado. La ropa seguía en los armarios. Las joyas y las fotografías familiares, todo seguía en su lugar.

»Siempre me pareció que era extraño —siguió— que nadie apareciera para reclamarte cuando tu foto apareció en todos los diarios y noticias. Pero te veías diferente entonces. Más tímida, y con el pelo más largo y opaco. Con imperfecciones en la piel. Y ninguna sonrisa, ni siquiera para una foto.

Sacó una fotografía de su cartera y nos la mostró: no tenía más que un par de años menos, y su pelo era más claro y fino. Tenía manchas en la frente y el mentón. Se veía diferente, pero era ella.

Marie lo miraba como si quisiera arrancarle los ojos.

—¿Es cierto? —pregunté.

—Ya te lo dije —respondió—. Te dije que habían muerto.

—Habían muerto —siguió Pilson—. ¿Eso es lo que dijiste? Pero la gente de North Platte tenía mucho que decir sobre tu padrastro cuando descubrieron que eras tú la que estaba aquí. Cosas problemáticas.

—Cierra la boca.

—¿Qué clase de cosas problemáticas? —preguntó el señor Porter.

—Nathaniel Cody tenía predilección por las chicas jovencitas.

Marie apretó la mandíbula y los puños. Mi padre lo entendió antes que yo y murmuró: "Santo cielo".

—Te convertiste en su mascota, ¿o no, Marie? —dijo Pilson—. Te compraba regalitos. Ropa nueva. Eras sencilla y él te hizo mejor. Quizás al comienzo era inocente. Pero luego cambió. Eso es lo que dijo la propietaria, la señora Marshall. Dijo que quizás el señor Cody nunca estuvo interesado por tu madre, para empezar.

—Cállate.

—Mirándote ahora, casi que no lo puedo culpar.

—¡Cállate, cállate, cállate! —Marie se arrojó hacia el señor Pilson con los dedos como garras. Bert tuvo que sujetarla a la fuerza. Él y mi padre la arrastraron al suelo y le pusieron las esposas. Y ella seguía gritando esos alaridos animales.

—Llévenla a la sala de interrogatorios —dijo Pilson—. Todavía no he terminado con ella.

—No —dijo el señor Porter—. Ya ha terminado. Listo.

—Llévatela, Bert —dijo mi padre—. Mantenle las esposas, ¡y quédate con ella hasta que te diga lo contrario!

Bert asintió. Parecía aterrorizado, luchando con ella para subir las escaleras. Estaba furiosa, gritando y pataleando.

—¿Lo sedujiste? —le dijo Pilson desde lejos—. ¿Lo ayudaste a matar a tu madre? ¡Dinos dónde está, señorita Mewes! ¿No quieres que se encuentre su cuerpo? ¿No quieres que tenga una sepultura cristiana?

Sonrió con la misma sonrisa que tenía cuando llegó. Hasta que mi padre lo sujetó con un brazo por el pecho y lo empujó contra la pared.

—Suficiente, señor Pilson.

—¡Sácame las manos de encima!

—¿Vienes a mi comisaría y haces que todo se vaya al demonio? —Mi padre lo empujó una vez más. A Pilson se le torció la corbata y se le soltó el botón superior; se acomodó enfadado el nudo, mientras mi padre le señalaba que lo siguiera a su despacho.

Yo también los seguí.

Pilson apoyó con fuerza un expediente delgado contra el escritorio de mi padre. Mi padre lo levantó y lo ojeó.

—Una vez que la encontremos, todo va a terminar —dijo Pilson—. Ella y el padrastro se embarcaron en alguna clase de romance que resultó en la muerte de la madre. A partir de ahí, las cosas se salieron de control.

Mi padre lo miró con disgusto.

—Aquí, cuando un adulto seduce a una niña de quince años, no lo llamamos "embarcarse en un romance" —dijo—. ¿Dónde está? ¿Lo han encontrado?

—No todavía. Publicamos una alerta. El FBI nos enviará a unos hombres. Ahora que sabemos a quién buscamos, no podrá esconderse por mucho más tiempo.

Yo seguía quieto a un lado, como un tronco. Nunca había escuchado el nombre de Nathaniel Cody, pero ahora no podía dejar de oírlo e imaginar cómo era: alto y oscuro, apuesto como una estrella de cine.

Mi padre cerró el expediente.

—Es perturbador —dijo Pilson—. Pero al menos es una explicación.

Pero no era la verdadera explicación. Todo estaba mal, incluso su nombre: Marie Catherine Mewes. Era como si estuvieran hablando de otra persona.

—Escucha, Rick —dijo Pilson, hablándole de manera directa—. Tienes que darme otro momento con ella. Ahora, antes de que le ocurra algo nuevo. Ya hemos perdido demasiado tiempo.

Ambos me miraron. Estaban avergonzados por haber dejado que las entrevistas se extendieran tanto tiempo y haber escuchado toda esa patraña sobre vampiros., solo que no eran patrañas. Nathaniel Cody no había estado bajo mi ventana. No había estado tallando símbolos en los árboles.

Pero mi padre cedió.

—El señor Porter tendrá que estar presente.

—Papá —protesté.

—Estará bien, Michael.

—No es cierto —dije en voz baja. Habría golpeado a Pilson en el estómago. Y encima tenía las agallas de mirarme con lástima y de apretarme el hombro. Luego entró a la sala de interrogatorios. La interrogó durante dos horas. Ella gritó la mayor parte del tiempo. Pero fue peor cuando estuvo en silencio. No quería ni pensar qué preguntas le hizo, preguntas asquerosas como las que me había hecho a mí antes de abandonar el pueblo en diciembre. Y tampoco quería pensar en las respuestas.

Cuando terminó, Marie salió como si fuera un fantasma. La llamé por su nombre, pero ella solo atravesó la comisaría junto con Bert, que la guiaba de regreso a su celda. Para ser justos, Pilson no lucía mucho mejor: se había sacado el saco y sus axilas se veían manchadas de sudor.

—¿Entonces? —preguntó mi padre—. ¿Es como ha dicho?

Pilson asintió, y se secó la frente.

—Pero no está cooperando. No quiere entregarlo.

—Han pasado meses —dije—. No sabe dónde está.

Pilson me miró, fastidiado.

—Las entrevistas se han terminado. Ya no hay necesidad de seguir pagando cinta magnética. Y podemos arreglar el transporte a Lincoln tan pronto como la semana próxima.

—Espere —dijo mi padre—. No ha habido ninguna audiencia.

—Y ella todavía no ha terminado —dije—. Todavía hay más...

—Si necesita confesar más —dijo Pilson—, va a necesitar un sacerdote.

—No se la puede llevar.

—Con esta nueva información: su identidad, el sospechoso principal, Nebraska es el mejor postor.

—Con todo respeto, señor Pilson, eso es decisión del juez. Y la gente de Black Deer Falls no estará de acuerdo. Todavía no sabemos qué pasó en la granja esa noche.

Pilson suspiró, pero luego asintió:

—Tiene razón. Necesitan respuestas. Sé que no soy el único que tiene una elección por delante.

CAPÍTULO VEINTISÉIS

Los Crímenes de Drácula

POCO DESPUÉS DE que el señor Pilson regresara a Black Deer Falls, filtró a la prensa los detalles sobre la confesión de Marie. En beneficio de la integridad periodística no puedo asegurar que fuera él, pero, ¿quién, si no? Se mantuvo en silencio todo este tiempo, temiendo el ridículo, pero ya ahora contaba con una «explicación razonable». Por eso lo filtró: el bebedor de sangre y la naturaleza de la relación entre Marie y Nathaniel Cody, que se transformó en el hombre más buscado del país. Marie, por su parte, se convirtió en un chiste.

Los periódicos volvieron a llamar los Crímenes de Drácula a la ola de asesinatos, una vez más, pero esta vez como farsa: ridiculizaban a Marie por su necedad infantil en el mismo artículo en el que reclamaban su ejecución. Mi padre y yo tampoco nos salvamos. Nos llamaron pueblerinos. Dijeron que corrimos por el bosque con rifles y cruces de madera, cazando monstruos, demasiado estúpidos como para darnos cuenta de que Marie probablemente había inventado su historia a partir de los propios titulares. ¿No habían acuñado ellos el nombre de "los Crímenes de Drácula" en agosto?

Los periodistas aceptaron la explicación del padrastro de Marie y la publicaron, olvidándose de la sangre no hallada, las huellas no halladas, los símbolos en la lápida de Steve Carlson y otras preguntas sobre el caso todavía pendientes de resolver. Para el público en general, el misterio de los Asesinatos Desangrados había sido resuelto y la atención pasó a otras cosas. En Black Deer Falls eso significó transferir a Marie de nuestra cárcel para que la juzgaran y sentenciaran, y realizar una elección extraordinaria y revocatoria para el puesto de *sheriff* del condado. El pueblo entero se sentía avergonzado de que hubiéramos oído la historia de Marie. Y mi padre ni siquiera se defendió. No les contó por qué creyó que valía la pena. Supongo que no era su estilo.

En la escuela, los chicos se reían de mí. Me lanzaban cosas. Me hacían la zancadilla entre la multitud, o a veces alguien venía corriendo, me empujaba al suelo y volvía a correr. Y Percy apareció un día en la cafetería con un ojo morado.

—No te preocupes —dijo antes de que pudiera preguntar—. Fue una pelea justa. Incluso se podría decir que gané.

—¿Contra quién?

—No te preocupes, te dije. Solo mantén la cabeza abajo. Deja que me encargue.

—Yo puedo con ellos.

—No, no puedes. Si lo hicieras, dirían... no sé. Pero estarías en problemas, y tu padre también. Todos te están observando.

No dijo quiénes habían sido. Había ojos en todas partes, periodistas revoloteando como cuervos, con oscuros abrigos invernales, sombreros, bufandas y guantes nuevos que no alcanzaban para combatir nuestros fríos. En la calle 9, la pensión de la señora B estaba llena a reventar y también el motel junto a la carretera. Los bares y restaurantes estaban a rebosar todas las noches, llenos de «periodistas cotillas», y Charlie empezó a quejarse de que era difícil entrar y salir del Café Sportman's para su pausa del almuerzo.

Me senté en nuestra mesa de la cafetería, sin tocar mi bandeja de comida mientras Percy devoraba su pastel de carne y ricota. Alrededor todo estaba en silencio. Nadie charlaba; solo se oían murmullos. Sentí ojos en la nuca y deseé ser más como Percy, todavía capaz de falsear buen apetito a pesar de su ojo morado. Incluso deseé ser más como Pilson, que todos los días declaraba en el centro de periodistas, se dejaba tomar fotos, un severo hombre de ley, con el entrecejo tan fruncido que parecía una mancha de tinta.

—Dice que no le trae felicidad en lo personal —dije, y Percy dejó de comer—. Que Marie vaya a la silla eléctrica. Dice que es su responsabilidad como fiscal para con las víctimas y sus familias. Para con nosotros, los buenos y honestos ciudadanos que tenemos miedo de apagar la luz.

—¿Lo dijo sin inmutarse? —preguntó Percy.

—No lo sé. Estaba en el diario.

Lancé una mirada hacia el resto de la cafetería y crucé miradas con Carol. Estaba sentada con sus amigas. Las otras chicas eran como un puñado de miradas furtivas y murmullos, pero Carol simplemente me miró e imaginé por un segundo que podía apoyar mi cabeza en su hombro hasta que se fueran los periodistas. Hasta que se fuera Marie. Hasta que todo el mundo olvidara que fui yo el que tomó apuntes sobre vampiros.

Me puse de pie.

—¿Adónde vas?

—No tengo hambre.

Levanté mi bandeja del almuerzo y dejé caer la comida en la basura, y entonces Rudy Bartholomew gritó:

—¿Regresas a la cárcel?

—Regreso al aula —dije, sin darme vuelta.

—El asesinato de Steve te ha dado una historia inigualable, supongo.

Apreté los puños y levanté la vista. Rudy Bart estaba cerca del centro de su mesa, con la chaqueta deportiva que parecía no quitarse nunca. Estaba algo sorprendido de que tuviera las agallas de enfrentarme a él después de lo que nos había hecho en el cementerio. Pero eso fue culpa nuestra, supongo. Como no dijimos nada, le estuvimos dimos a entender que podía salir impune.

Percy se levantó de un salto y se puso a mi lado.

—¿Crees que Marie quiere salir en los diarios? ¿No eres tú el sigue a los periodistas y se peina todo el tiempo por si uno de ellos quiere una foto? ¡Al menos, sé que es lo que hacéis todos vosotros! —dijo, señalando a todos en la cafetería.

—¡Quiere que todos sientan lástima por ella! —gritó Rudy—. ¿Acaso no les importa?

—Supongo que tú la matarías con las manos desnudas —le dije, un poco más alto de lo que quería. Los miré a todos. Los fulminé con la mirada. Chicos con los que había crecido. Chicos que conocía. Pero no conocía a ninguno tan bien como había llegado a conocer a Marie. Apuesto a que, si lo hiciera, ellos también tendrían sus secretos.

Percy y yo salimos de allí. Detrás de nosotros, las responsables de la cafetería habían recuperado su voz y le dijeron a Rudy que se sentara y siguiera comiendo.

—No sé en qué pensaba tu viejo haciéndote venir a la escuela —dijo Percy—. Mo no es el mejor padre del mundo, pero incluso él me habría dejado con las cortinas cerradas hasta que esto se terminara.

—Esto no va a terminar.

Caminamos por los pasillos, sintiéndonos fatal, cuando alguien me encajó un periódico en la cara. En la portada estaba la foto de Marie, la de ella en el tribunal con el pintalabios rojo de mamá sobre el titular "¿Lolita de 16 años o Novia de Drácula?".

El chico que lo sostenía era Nick Clinton, un chaval decente y algo parecido a un amigo. Lo que pasó después no fue culpa suya. Solo me encontró en un mal momento.

—Mi madre está haciendo un álbum sobre Marie —dijo—. Con todas las noticias. Dice que algún día vamos a querer recordar los días en los que Black Deer Falls era famoso.

Le pegué en la cara. Luego le volví a pegar cuando se cayó al suelo, una y otra vez, y cuando Percy finalmente me alejó, la cara la tenía roja y le sangraba el labio.

—¿Te has vuelto loco? —me gritó, mientras se apoyaba con dificultad en una rodilla y con las manos impedía que la sangre le manchara la ropa.

—Perdón —murmuré, y dejé que Percy me alejara antes de que yo vomitara sobre el suelo de linóleo.

—Nadie te va a culpar —me decía Percy—. Pero deberíamos faltar lo que queda del día, solo para estar seguros.

—No quiero meterte en problemas, Percy.

Hizo un gesto con la mano.

—No voy a meterme en ninguno. Esto es algo que mi viejo va a entender perfectamente.

Percy bajó la velocidad a medida que nos acercábamos a la comisaría de Policía. El estacionamiento estaba lleno de coches desconocidos, la mayoría encendidos para escapar del frío, y en cada uno había un periodista o dos, listo para salir ante la menor señal de movimiento.

—¿Estás seguro de que no deberíamos seguir y listo? Podríamos escondernos en mi casa o ir a la bolera de Rapids.

Sacudí la cabeza. No podía escapar para siempre, y no me quedaba ningún lugar adonde huir. Percy estacionó y lo miré agradecido.

—No me has preguntado nada desde que salió a luz la historia de la confesión.

—Supuse que ya te habrían preguntado bastante.

—Pero es diferente —dije—. Eres mi amigo. No me importa que preguntes.

Se sentó derecho y lo consideró, con su ojo inquieto sobre la mejilla hinchada.

—¿Lo crees? —dijo—. ¿Lo que te contó?

—No lo sé. ¿Debería?

Sacudió la cabeza. Por supuesto que no. Pero lo que dijo fue:

—Me acuerdo una y otra vez de las marcas en nuestros árboles y en la lápida de Steve. Lo que se sintió allí en el bosque —me miró—. Eso que dijiste sobre la chica de Nueva Inglaterra. Las personas que la desenterraron y le cortaron el corazón. ¿Era cierto?

—Sí. Era cierto.

Suspiró.

—Entonces no apostaría nada. —Miró por la ventana: tres periodistas habían bajado de sus autos y venían hacia nosotros—. Ahí vienen. Buena suerte.

—Gracias, Percy.

Bajé la cabeza y no dije nada mientras avanzaba. Ni siquiera un "sin comentarios".

Dentro de la comisaría, Nancy tecleaba en el mostrador de recepción.

—Deberías habernos llamado —me dijo apesadumbrada—. Habría hecho que Bert fuera y les ordenara quedarse en sus coches.

—¿Habría funcionado?

Se encogió de hombros y siguió tecleando.

Todo estaba extrañamente en calma comparado con la conmoción del estacionamiento. Mi padre había salido a comer y Bert no sabía qué hacer con los periodistas; los espiaba desde el escritorio del segundo oficial, como si estuviera tratando de decidir cómo iba a llegar hasta su coche patrulla. Mientras caminaba por el pasillo que llevaba a la cárcel, sentí un peso en el cuerpo, como sentía a veces cuando las celdas no estaban vacías.

—Solo son un par de borrachos de anoche —dijo Nancy—. Charlie los tuvo que traer después de una pelea en el Eagle. Estaba peleando con los que no son del pueblo.

—¿Alguien vino a ver a Marie?

—Nadie salvo yo y estoy aquí desde las nueve.

Subí y llamé a la puerta que daba a nuestra vieja cocina y a la celda de las mujeres.

—Adelante —dijo.

—Deberías haber preguntado quién era. Podría haber sido cualquiera, con tanta gente en el pueblo.

—Nadie más hubiera llamado.

—¿Cómo estás?

—Bien.

Estaba sentada en su catre, como solía hacer, con el pelo oscuro atado con un lazo negro. Había una bandeja sobre su escritorio, la comida estaba sin tocar. No era mucho, solo un sándwich y unos macarrones. Pero era raro que Marie no comiera.

—¿Qué estás haciendo aquí, Michael? Pensé que te mantendrían lejos, ahora que tienen su historia.

—¿Es cierto lo que dijo?

—¿Lo que dijo quién?

—Lo que dijo Pilson. Sobre tu padrastro.

Por un momento pareció enfadada, hasta que aflojó la mandíbula. Torció los labios.

—¿Qué parte?

—Que es el asesino.

—Por supuesto que no. —Hizo un sonido de desprecio—. Le falta el coraje, entre otras cosas.

—Suena a que lo odias.

—Lo odio. Se merece que lo odie.

—Cuando hablamos antes sobre él, no parecía importarte mucho.

—Bueno, eso fue cuando estaba muerto. Ahora está vivo

de nuevo y arruinándolo todo. —Miró hacia la mesa vacía de la cocina, donde normalmente estaba la grabadora magnética—. Se la llevaron ayer por la mañana.

—¿Y qué? —Le mostré mi cuaderno y mi pluma—. La grabación nunca fue para nosotros, de todas formas.

Moví mi silla habitual hacia los barrotes y me senté.

—¿Por qué quieres seguir hablando?

—Si me dices que él no es el asesino, entonces te creo.

Sonrió con tanto alivio que me sentí mal por lo que tenía que preguntar a continuación.

—¿Y en cuanto a lo demás?

Se llevó las rodillas al pecho. De repente parecía tan joven. Recordé que una vez pensé que era una chica astuta. Recordé pensar que parecía más mayor y me sentí asqueado conmigo mismo. Y también me sentí culpable por pensar en ella como a veces lo hacía cuando estábamos a solas. Había un solo año de diferencia entre nosotros. Pero no quería imaginar a nadie pensando en ella de esa forma.

—Nathaniel Cody —dijo— era un sucio bastardo.

—Entonces es cierto.

—No, no lo es. ¿Qué importancia tiene?

—La tiene.

—No. Ya te lo dije.

Pero sabía que estaba mintiendo. No me miraba. Encorvó los hombros.

—Dime la verdad.

—Lo estoy haciendo.

—¿Qué has dejado fuera?

—¿Qué importancia tiene? —gritó Marie, la única vez que Marie me alzó la voz—. ¡Incluso si fuera cierto no significaría que el resto fuera una mentira! Te dije que era horrible y estabas satisfecho. Pero ahora quieres saberlo todo. Cada detalle pervertido. Como si eso fuera lo único importante.

—Marie, lo que hizo... es importante.

—No, no lo es. Lo es solo si yo lo digo. Y no lo es.

Me recosté contra la silla en silencio. No lo entendía. Todavía no lo entiendo, y supongo que nunca lo entenderé. Pero sí entendí esto: si les daba algo sobre el padrastro, la dejarían vivir. Pero todo lo que me había contado, su historia, desaparecía como si nunca hubiera existido.

—Está bien —dije—. Entonces continúa. Termina.

—No puedo. Él lo ha corrompido —dijo, y no supe si se refería a Nathaniel Cody o a Benjamin Pilson.

—Bueno, ¿no hay alguna manera de "descorromperla"? —pregunté—. Si Cody no lo hizo, entonces debe haber una forma de probarlo.

Marie miró hacia abajo y jugó con sus cordones.

—¿Marie? Debe haber alguna forma.

—La hay —dijo—. Pero no quiero pedirte que lo hagas.

Tomó aire, y me incliné hacia adelante para que pudiera contarme lo que quería que yo hiciera. Cuando terminó, no voy a decir que no estaba nervioso. Pero accedí.

—Está bien, entonces —dijo—. Ve a buscar a Pilson. Dile que estoy lista para contarle dónde está mi padrastro.

Llamé a Pilson y lo encontré en el hotel de la señora B. Dijo que estaría ahí en una hora, pero llegó menos de diez minutos después, atravesando la comisaría de Policía como si fuera el dueño, algo que hizo solo porque mi padre no estaba. Cuando lo escuché subir las escaleras, me aseguré de dar un paso atrás para que la puerta no me golpeara la cara.

—Señorita Mewes —dijo.

—No me llames así —dijo Marie, y puso mala cara.

—Es tu nombre, ¿no?

—También lo es Marie.

—¿Y si te llamo "señorita" a secas?

Marie se encogió de hombros.

—Bueno, ¿qué es lo que querías contarme?

—Que Nathaniel Cody no mató a Peter Knupp. Ni a Angela Hawk y a Beverly Nordahl, ni a ninguno de los otros. Ni siquiera los conoció.

—Sabemos muy bien que lo hizo.

—No lo hizo. No era inocente de muchas cosas, pero de eso, sí.

—Esa historia ya no se sostiene. Estoy haciendo circular fotografías de tu padrastro por Grand Junction y Loup City, incluso en la universidad en Madison.

—No servirá de nada.

Pilson me miró y se rio. Una risa como un ladrido.

—Ya veremos.

—¡Ya veremos, una mierda!

—Marie —le advertí, y cerró la boca.

—¿Por qué no me dices dónde está la sangre, si tienes todo tan claro?

—Cody me lo dirá cuando lo atrapemos.

—Nadie va a encontrar a Nathaniel Cody a menos que yo te diga dónde está.

—Estamos ampliando la búsqueda cada día.

Pero hasta ahora no venía dando resultado. Los ojos de Pilson se endurecieron. Quería que Marie le temiera, pero la verdad era que él la temía a ella: Marie no era alguien a quien pudiera intimidar. Sin importar cuál de sus muchas caras le presentara, Marie seguía siendo siempre la misma.

Imperturbable y amenazadora.

—Está bien, entonces. ¿Dónde está?

—Exactamente donde dije que estaba. —Marie se cruzó de brazos—. Está muerto y enterrado con mi madre. Y como no hay otra forma de que me creas, voy a dejar que los desentierres. Te diré dónde están.

Pilson desplazó el peso de su cuerpo, impaciente o quizás nervioso. Si Marie estaba mintiendo, era mejor cada día.

—¿Y dónde están?

—Oh, no te voy a decir —dijo Marie—. Pero, como siempre, se lo contaré a Michael.

CAPÍTULO VEINTISIETE

Trazando un plan

EL PLAN DE Marie era que yo fuera con Pilson a buscar los cuerpos. Pilson estuvo de acuerdo, ¿qué otra opción tenía? Le llevó solo unas horas reunir a un equipo de policías locales e incluso de agentes federales para ayudar en la recuperación de los cuerpos de la madre y el padrastro de Marie. Yo estaría con ellos todo el tiempo. Les mostraría qué ruta tomar. Y ni siquiera yo sabría exactamente a dónde íbamos: Marie quería asegurarse de que no pudieran seguir sin mí. Nos dio el nombre del pueblo y cuando llegáramos yo tenía que llamarla a la cárcel para las últimas instrucciones.

Íbamos a salir esa misma tarde. Solo tenía que ir a casa y agarrar mis cosas... y conseguir el permiso de mi madre.

—Carne asada con zanahorias —dijo mi madre cuando crucé la puerta. Lo hacía muchas veces: anunciar el menú en vez de un verdadero saludo—. No te esperaba tan temprano.

Cuando no dije nada y me quedé cerca de la puerta, se dio vuelta y me preguntó qué pasaba.

—No me puedo quedar a comer —dije—. Me necesitan en Nebraska.

—¿Nebraska? ¿Para qué?

—Marie nos va a contar dónde están enterrados algunos cuerpos.

Mi mamá parpadeó:

—¿Qué dice tu padre?

—Que te pregunte a ti.

—Entonces no. Por supuesto que no. Está demasiado lejos. Y mañana hay colegio.

—Mamá...

—Y no está bien. Es... mórbido. Ni siquiera tienes dieciocho años.

—Pero...

—He dicho que no, Michael. Ahora pon la mesa y llama a tu hermana. Hay gelatina de postre.

Apreté los labios, pero llamé a Dawn y nos sentamos a cenar, aunque era una hora más temprano de lo habitual y la carne estaba algo dura todavía. Fue una cena incómoda, con los pedazos de carne como apaleados sobre mi plato y ahogados con salsa, con mucha zanahoria, porque sabía que no me gustaban demasiado. Dawn me miraba con los ojos bien abiertos y murmuró en silencio: "Pero, ¿qué has hecho?". Y tampoco me dieron gelatina. Supuse que podía volver a intentarlo mientras lavábamos los platos. Cuando mamá tuviera más tiempo para pensarlo. Pero tuve suerte, porque no lo necesité: antes de levantar la mesa, mi padre vino a casa con Pilson.

Cuando entraron me puse de pie, esperanzado, e inmediatamente me mandaron arriba. Pero escuché todo lo que dijeron.

—Absolutamente no —dijo mi madre—. No es tarea para un chico de su edad. ¿Cadáveres? ¿Perseguir a un asesino?

Siguió así durante un buen rato, incluso interrumpiendo a mi padre. Así que bajé en silencio por las escaleras.

—Tengo que ir. Marie no aceptará otra cosa.

—No sé por qué se tiene que salir con la suya. Parece que es así siempre.

—Está en una celda —dije—. Y no es cualquier cuerpo. Es su madre.

Mamá hizo un sonido triste, frustrado. Al final, tanto Pilson como mi padre tuvieron que jurarle que yo no estaría en peligro y que no estaría presente para el hallazgo real. Estaban mintiendo en ambas cosas, al final, pero no lo sabían en ese momento.

De regreso a la cárcel, una caravana de autos estaba esperando para llevarnos a Nebraska y a la ciudad de North Platte. Por razones de jurisdicción, se decidió que mi padre se quedara, así que iría por mi cuenta.

—¿Puedo hablar con Marie antes de salir?

—No hay tiempo —me dijo Pilson—. Puedes hablar con ella cuando lleguemos allí.

No quería que siguiéramos conspirando. A pesar de tener acceso a todas nuestras grabaciones, se había vuelto paranoico. Fuimos en el mismo coche todo el camino hasta Nebraska y se detuvo solo para cenar al lado de la autopista. Pero no hubo más batidos ni sonrisas cálidas. Pilson estudiaba todos mis movimientos como si estuviera intentando descifrar un código.

Nos quedamos en un motel cerca de North Platte, saliendo de la interestatal, la clase de motel que tiene un vestíbulo aparte, donde una anciana rebuscó entre las llaves de un tablero de madera y nos ofreció café recalentado de hacía varias horas. Nuestros coches llenaban el, por otra parte, estacionamiento vacío, pero la mujer no dijo nada, como si viera a una tropa de investigadores y agentes federales todas las semanas. Cuando le pregunté, me miró de reojo:

—Empleados gubernamentales. Son limpios y su dinero siempre es bueno. Algunos incluso hacen las camas antes de irse, tan apretadas que no entraría ni una moneda de un cuarto.

—Sí —dije—. Todos y cada uno de ellos son tan cerrados que no entraría ni una moneda.

Se rio.

—No voy a preguntar, pero me imagino que tiene que ver con los asesinatos del verano. No puedo imaginar por qué razón estás tú metido en esto.

—Bueno, soy Michael Jensen —dije, y le estreché la mano. Podía notar que reconoció mi nombre—. Tomé registro de la confesión de Marie Hale, allí en Minnesota.

—Bueno, no voy a preguntar. ¿Pero me avisarás, si tengo que volver a tener la escopeta detrás del mostrador?

No supe qué decirle. Durante esas semanas en las que aparecieron los cuerpos en Nebraska, debió haber estado aterrorizada. Una mujer sola, al lado de la autopista.

—Tal vez deba dejarla sobre el mostrador de ahora en adelante —dijo.

Regresé a mi habitación, que compartía (por supuesto) con Pilson. Esperé a que me interrogara sobre Marie, o que cambiara de táctica y me volviera a tratar de manera melosa, pero apenas dijo una palabra. De hecho, no creo que compartir habitación fuera parte de su estrategia; creo que simplemente nadie me había aceptado como compañero.

Al final, de todas maneras, me sentí satisfecho. Esa noche estaba nervioso y no podía dormir en una habitación con otro que no fuera Pilson, aunque quizás habría hablado más con cualquiera, solo para poder desahogarme. En cambio, me quedé acostado, mirando a la pared, y pensando en los cadáveres que yacían en algún lugar cercano. Cadáveres que Marie había enterrado o ayudado a enterrar. En algún momento, cerca del amanecer, me debí quedar dormido, porque lo siguiente que recuerdo es a Pilson sacudiéndome, diciendo que era hora de vestirse y llamar a Marie.

El responsable de la operación era del FBI: el agente Daniel McCabe. Era un hombre delgado de estatura media, que vestía el mismo traje que los demás, salvo por su corbata, que era extrañamente delgada. Tenía el pelo oscuro, manchado de gris. Nunca sonreía, y a pesar de su tamaño, era obvio que estaba a cargo. Lo he descrito como delgado, pero en realidad era como una ramita, flaco, aunque en el sentido peligroso, como un lobo hambriento. Cuando nos reunimos en su habitación esa mañana para hacer la llamada, doce agentes y tres patrullas de la policía local se nos habían unido en el motel. Estaban bebiendo café en vasos de papel y me miraban con curiosidad. Pilson movió el teléfono de la mesa de noche a la cama y me indicó con el dedo que me sentara.

—¿Esto es normal? —pregunté—. ¿Tantos hombres para buscar un cuerpo?

Y serían más en el sitio, lo había escuchado.

—No estamos seguros de lo que vamos a encontrar —respondió el agente McCabe—. O hacia dónde nos está llevando.

—Hacia nada, en mi opinión —dijo Pilson. Levantó el teléfono y marcó en el dial el número de la cárcel. Tenía la mandíbula apretada y, después de haber compartido habitación y permanecer despierto durante la mitad de la noche, sabía que tampoco había dormido demasiado.

—¿Qué hará cuando lo encuentre —pregunté—, muerto y donde ella dice que está? ¿A quién culpará?

Me miró, irritado. Entonces mi padre contestó.

—*Sheriff* Jensen —dijo Pilson—. Estamos listos y esperando. Está bien. Póngala al teléfono. —Una pausa—. ¿Señorita Mewes? —Otra pausa y una sonrisa—. Señorita Hale. Estoy con Michael, como fue solicitado.

Me pasó el teléfono.

—Hola, Michael —dijo Marie.

—Hola, Marie. —Miré al agente McCabe, que me hizo un gesto para que alejara el teléfono de mi oreja, así él podía escuchar ambos lados de la conversación. Lo hice y asintió—. Estamos en North Platte.

—¿Dónde?

—El motel Sunshine, al lado de la interestatal.

Se hizo una pausa.

—Bien —dijo—. No está lejos.

—¿Adónde vamos, señorita Mewes? —preguntó Pilson en voz alta, y recibió las miradas furiosas de toda la habitación.

—Seguid la autopista 83 hacia el lago. —Y ante un chasquido de dedos del agente, tres hombres se chocaron tratando de conseguirle un mapa desplegado—. Doblad a la derecha y seguid el camino del lago hasta que se aleja del río, luego a la derecha de nuevo, en dirección norte. Después de seis kilómetros habrá un camino sin señalar. Es por ahí. La casa está en el medio de un campo. Hay un buzón rojo y un roble en el patio, más alto que la casa.

—¿Tiene número la casa? —preguntó el agente McCabe.

—No.

—¿De qué color es la casa?

—Gris.

—¿Dónde encontraremos los cuerpos?

—Devuélvanle el teléfono a Michael.

McCabe frunció el ceño y retrocedió, estaba tan cerca que si yo hacía puchero le daría un beso. Volvió a asentir y volví a poner el auricular contra mi oreja.

—¿Están escuchando? —preguntó Marie.

—Están escuchando, pero no creo que puedan escuchar.

—Me sorprende que no hayan tratado de ponernos una de esas grabadoras magnéticas.

—Lo mismo digo.

—Te voy a decir dónde están los cuerpos —dijo—. Así tendrán que llevarte.

—Bien podrían revisar la propiedad ellos solos —dije, y se rio.

—No les des ideas. Pero no lo harán. La propiedad es muy grande.

—Está bien. ¿Dónde están?

Hizo una pausa.

—Escucha, Michael. Quiero decirte que lo siento.

—¿Por qué?

—Por hacerte verlos. A mi madre y a mi padrastro, quiero decir.

—Está bien. —Tragué saliva. No sabía si realmente lo estaba. Nunca había visto un cadáver de cerca.

—¿Puedes hacer algo por mí?

—¿Qué cosa?

—Necesito que me digas si el cuerpo de mi padrastro está sin marcar.

—¿Sin marcar?

—Sin cortar. Lleno de sangre.

—Seguro —dije, y me humedecí los labios, nervioso—. Seguro, lo voy a hacer. ¿Pero por qué?

—Porque le hice prometer que ese lo dejaría así, solo ese. ¿Te vas a asegurar? ¿Me lo prometes?

—Lo haré. Te lo prometo.

Soltó un suspiro pesado y bajó la voz.

—Los cuerpos están en el sótano. Cerca de la pared oeste. Dará trabajo sacarlos a la luz. ¿Me llamarás cuando terminen?

—Lo intentaré, Marie.

—Está bien. Adiós.

Colgamos y miré las caras de la docena de agentes que me miraban.

—Los llevaré hasta los cuerpos cuando lleguemos a la casa —dije.

Pilson habría soltado un gruñido y sé que hizo una cara. Pero el agente McCabe solo preguntó:

—¿Pero los cuerpos están dentro de la casa?

Cuando asentí, una ola de alivio pasó a través de los hombres. Si hubieran estado enterrados en otro lugar, toda la operación se habría retrasado hasta la primavera por el hielo.

—Muy bien —dijo—. Consigamos la orden de allanamiento.

No había pasado ni una hora y ya estábamos formando

una caravana de autos y patrullas, e hice mi mejor esfuerzo para no comparar los movimientos precisos y practicados de esos agentes con la lentitud y el caos de Charlie y Bert. Aun así, no pude evitar quedar impresionado con la eficiencia con la que los agentes de movían: el agente McCabe coordinó todo con las autoridades locales en solo dos o tres frases y unos minutos más tarde estábamos saliendo del estacionamiento del hotel tan ordenadamente como globos en un desfile.

Pilson y yo viajamos en el auto delantero con el agente McCabe y otro agente cuyo nombre no capté. Descendimos la velocidad al salir de la autopista y giramos en dirección al lago, donde McCabe trató de seguir las instrucciones de Maire. Un par de veces tuvimos que detenernos y McCabe sacó su brazo por la ventana en un gesto de «y ahora qué». Un agente en el coche de atrás tenía que sacar medio cuerpo para indicar si creía que era esa bajada o si todavía faltaba. Pero cuando llegamos al camino sin señalar, la casa fue fácil de encontrar: estaba en el medio no de un campo sino de varios, hectáreas de tierra sin cultivar ni cuidar. Hectáreas de nada, y junto a la casa, el roble desnudo. Mientras pasábamos frente al buzón rojo, temblé y simulé que era por una corriente de aire. Pero no era eso, era por la casa: chata, gris y blanca, descascarada y obviamente abandonada. Y a mí me parecía nada más que una tumba.

Estacionamos donde debería haber estado el camino de entrada, aunque es claro que ningún auto había entrado ahí en todo el invierno; el nuestro se atascó y patinó varias veces. Nos bajamos y miramos la casa. De nuestro aliento salía vapor. Hacía un frío cortante, incluso sin viento, y mientras descargaban los picos y palas también bajaron termos de café caliente. El agente McCabe miraba alrededor, intranquilo. Nuestro grupo había descendido sobre la casa como moscas y estábamos al descubierto. Nuestra presencia no pasaría mucho tiempo inadvertida.

—Bueno, señor Jensen —dijo—. ¿Por dónde empezamos?

CAPÍTULO VEINTIOCHO

Los cuerpos

"**DESPUÉS DE USTED,** señor Jensen", dijo McCabe con un gesto en dirección al porche y yo di un paso adelante. No fui el primero en entrar; otros dos agentes ya habían estado dentro e hicieron un reconocimiento antes de salir y decir "Despejado". Un grupo de hombres nos siguió al agente McCabe y a mí al interior de la casa. El señor Pilson se quedó atrás, sufriendo el frío y fuera de lugar, y sin vergüenza debo decir que no sentí lástima por él. La puerta de entrada daba directamente al salón principal. Estaba abandonado, definitivamente, pero se veía cuidado: el sillón, la silla y la larga mesa del comedor habían sido cubiertas con sábanas y luego por una fina capa de polvo. Y aunque los muebles eran escasos, el resto de la casa estaba llena de objetos. Sobre el mantel había una larga fila de libros, y muchos más apilados junto a la pared. Había estantes y gabinetes de cristal repletos de toda clase de cosas: figurinas y cerámicas, alfileres enjoyados para sombreros y cajitas de joyas; una tenía un elegante huevo pintado. Los gabinetes de cristal bordeaban todo el comedor y la pared más alejada del salón. Un estante no era nada más que pilas y pilas de cucharas de plata, diminutas y decoradas, de la clase que nunca se usa para comer. La casa parecía, extrañamente, como un santuario o quizás un depósito. No pude evitar preguntarme si Marie había estado allí. Si había tocado algunos de esos objetos extraños. Si algunos eran suyos.

—Envíen a alguien a la oficina del condado —dijo McCabe—. Vean si pueden encontrar al último propietario registrado.

Varios fruncieron el ceño. Nadie creía que el propietario registrado había sido la última persona en habitarlo. O que siguiera vivo. Vagamos por la planta baja durante unos minutos más, estudiando los objetos (una máquina de escribir contra la pared del pasillo, una muñeca en un vestido azul de seda) hasta que me detuve frente una puerta roja oscura, casi el mismo matiz de rojo que el buzón.

—Díganos adónde ir, señor Jensen —dijo McCabe en voz alta, sobresaltando a todo el mundo—. Y luego, si quiere, puede ir y esperar a uno de los autos. O un agente puede llevarlo de regreso al motel.

—¿Pilson y yo no volvemos conduciendo hoy?

—Sí, pero el gobierno federal puede costear el pago de una noche extra.

Dudé.

—Marie me pidió que estuviera aquí. Quiere que compruebe algo en el cadáver de su padrastro.

—¿Qué es lo que quería verificar?

—Preferiría no decirlo. O, mejor dicho, lo diré cuando lo encontremos.

—Me parece justo.

Volvió a hacerme un gesto con la mano, como cuando me indicó que entrara en la casa, así que pasé frente a él para acceder a otras escaleras que llevaban al sótano. La puerta ya había sido abierta por los agentes que hicieron el relevamiento.

—Están aquí abajo.

Caminamos en fila. La luz del piso de arriba iluminaba un suelo de tablas de madera, lo cual era afortunado: esperaba encontrar tierra congelada y a los agentes picando con esfuerzo. Pisamos el suelo y nuestros pasos sonaron a hueco. Los cuerpos habían sido cubiertos por tablones de madera.

—Cerca de la pared que da al oeste —dije.

Los agentes comenzaron la búsqueda de inmediato, casi atropellándome cuando bajaron las herramientas y colgaron lámparas del techo. En contraste con la multitud de objetos en el piso de arriba, el sótano estaba casi vacío; las paredes eran una amalgama de piedra y barro, sostenidas por vigas de madera gruesa. No corría debajo de toda la casa, solo un rectángulo de doce por seis, muy tosco, y lo único que había era una mecedora rota acurrucada en una esquina, como un fantasma.

Con tantos hombres en el pequeño espacio, el aire empezó a viciarse y a hacer emerger todos los olores que el frío había dejado en reposo. Me quedé cerca de las escaleras para no estorbar el paso y también para no estar demasiado cerca cuando levantaran la primera tabla. Los cuerpos debían de estar congelados, o cerca de estarlo, pero antes debieron descomponerse a lo largo de todo el largo verano. Temí que soltaran olor y que eso me hiciese alejarme o manchar mis zapatos.

—Está saliendo —dijo uno de los agentes. Estaba haciendo palanca contra uno de los tablones y metió los dedos en el hueco que había generado. La tabla se soltó con un crujido seco. Todos alargaron el cuello hacia adelante cuando el hombre dio un paso atrás, tapándose la boca y la nariz por hábito.

Allí estaba. La madre de Marie. No podía ver nada más que una parte de su vestido (de algodón blanco con un patrón de florecitas marrones), pero cuando me puse de puntillas vi que la tabla había revelado su pierna izquierda. La piel del muslo estaba gris y reseca, y se achicaba hasta un pie que parecía nunca haber podido rellenar el polvoriento zapato negro.

En el sótano reinaba la irritación; ahora cambió inmediatamente a uno de práctica gravedad. Los agentes ya habían vivido esto antes.

—Traed las cámaras —ordenó McCabe. Levantaron más tablones. A los minutos, el cadáver de la madre de Marie estaba expuesto. Sus manos estaban entrecruzadas sobre el pecho, la tela manchada con la sangre de los últimos hilos que habían corrido de los cortes en sus muñecas. Su cabello había sido castaño oscuro, como el de Marie, y lo llevaba sobre los hombros. Busqué en ese rostro las huellas de la chica que conocía. Pero estaba demasiado alterado por el decaimiento.

—Muy poca sangre —dijo el agente, inclinado sobre el cuerpo. Ni siquiera en el vestido. Pero al menos en esta ocasión ya lo esperábamos. Sabíamos que la madre de Marie había sido asesinada en otro lugar y traída aquí para ser enterrada.

Los destellos del flash cortaban la luz amarillenta de las lámparas. Luego, el fotógrafo retrocedió para que los agentes pudieran seguir desarmando el suelo. Esperé tenso, a medida que cada tabla iba cediendo. El padrastro de Marie debería estar allí al lado, junto a ella.

—Otro cuerpo —dijo un agente—. No es el padrastro.

Atravesé la barrera de agentes y miré hacia abajo. El cuerpo de la madre de Marie estaba acomodado perfectamente entre dos vigas. A su lado, donde debería haber estado Nathaniel Cody, estaba, en su lugar, el cadáver de una anciana.

—¿Quién es ella? —me preguntó McCabe.

—Se supone que es Nathaniel Cody.

—Sacad más tablones —ordenó el agente.

—Suena a desperdicio —dijo uno de los hombres—. Estos son los únicos tablones nuevos. Mirad: la madera es diferente.

Señaló los bordes expuestos de los tablones adyacentes, que eran notablemente distintos, con la madera curvada y gastada.

Me quedé mirando. El cuerpo junto a la madre de Marie parecía estar muerto hacía mucho más tiempo. No podía ver ninguna mancha de sangre, un poco como la viuda Thompson, que solo vestía de negro después de todos estos años.

—Sacadlas igualmente —dijo McCabe, pero tenía la voz apagada—. Muchacho, por qué no nos das un poco de espacio. Si llega a aparecer algo más, te avisaré. Tienes mi palabra.

Volví a mirar la tumba abierta. Llegaron más hombres con bolsas para transportar los cadáveres fuera de la casa.

Subí escaleras arriba sintiéndome mareado. Estaba tan seguro de que lo íbamos a encontrar. ¿Para qué me había enviado tan lejos Marie en esta persecución inútil? ¿Por qué había estado tan triunfante con Pilson si solo probaría que era una mentirosa?

No podía soportar salir y ver la cara de triunfo de Pilson, así que continué vagando por la casa, regresando una y otra vez a una puerta roja, cerrada. Era raro que la hubieran cerrado, que los agentes la cerraran después de hacer el relevamiento. Pero asumí que no había razón para no abrirla.

No tenía cerrojo y se abrió con un sonido suave, casi sin crujidos. Miré por encima de mi hombro, a través del salón donde los agentes iban y venían de la cocina, pero nadie pareció notarme. Los agentes en el sótano tenían para un rato, y sería capaz de escucharlos si llamaban. El sonido atravesaba la casa como si fuera de papel. Así que caminé por el pasillo, que la puerta roja había bloqueado, escuchando los crujidos de la casa y tratando de entender qué planeaba Marie y por qué me había enviado tan lejos.

Me pregunté por qué había mentido y en qué más lo había hecho. ¿Había mentido sobre todo? Quizás Pilson tenía razón y era parte de su naturaleza. Quizás no lo podía evitar.

En esa casa llena de ruidos, con los olores de la tierra y la muerte frescos en mi nariz, la irrealidad de su historia me pegó con fuerza. Ver esos cuerpos fue como encender la luz después de una pesadilla; estaba lejos de casa, lejos de los símbolos tallados y de las figuras espectrales en la noche. Lejos de Marie y de su voz tranquila y extraña. Por supuesto que había una explicación para la sangre faltante. No sabíamos cuál era, pero eso no significaba que no hubiese una explicación. Y sin duda no era un vampiro.

El Sol del invierno había empezado a caer y lo seguí en dirección al oeste, hasta llegar a una habitación. Tenía las paredes pintadas de azul claro y los tablones del suelo eran blancos. Había una ventana inmensa y sobre ella una vara de hierro para cortinas colgaba sin nada. La cama todavía estaba cubierta de una colcha azul y verde en damero, mientras que en la esquina un tocador yacía sin su espejo. Había un armario enorme lleno de ropa de mujer: vestidos de colores lisos, amarillos y grises, de estilo algo anticuado.

Mientras caminaba, haciendo líneas en el polvo con mis dedos, escuché una voz en el salón que decía que los suelos se veían demasiado limpios.

—Como recientemente limpiados —dijo, y se me erizaron los pelos de la nuca. No había notado nada raro en los suelos. Pero ahora que lo mencionaba, me di cuenta de que tenía razón: los suelos del salón y la cocina resplandecían. Estaban completamente libres de polvo. Y, aun así, en el resto de la casa, parecía que nadie hubiese estado dentro por más de un año.

—¿Comprobaste toda la casa? —preguntó un agente.

—¿No estaba cerrada esa puerta roja?

La puerta roja, pensé. La puerta roja que yo había cruzado. Salí de la habitación y de regreso al pasillo. La puerta se había entornado, y estaba a punto de decir que era yo, que yo la había abierto, cuando di un paso y el piso crujió. Lo siguiente que supe fue que la puerta se abrió de un golpe y apareció una pistola. Me agaché, justo antes de que dos disparos dieran contra la pared.

—¡Soy yo, soy yo!

—¡Mierda! Maldición, muchacho, ¿estás bien?

Los disparos habían sido tan estruendosos que mis oídos parecían tapados con algodón. Se juntaron más agentes contra la puerta con las armas desenfundadas y yo levanté los brazos.

El tipo que me disparó (un policía local, no un agente) estaba temblando con todo el cuerpo. Se acercó y me ayudó a levantarme.

—Muchacho —dijo—. ¿Estás seguro de que no te he dado?

CAPÍTULO VEINTINUEVE

Los hallazgos

"**¿MUCHACHO, ESTÁS SEGURO** de que no te he dado?" Incluso ahora, lo que me dijo ese oficial casi me hace reír. ¿Estás seguro de que no te he dado? ¿Estás seguro de que no te atravesó una bala? Los agujeros que las balas dejaron en la pared estaban a la altura de mi cabeza. Sí, estoy seguro. Después de que los agentes terminaron la búsqueda en la casa (y después de mi roce con el peligro, cortesía del oficial temeroso), el agente McCabe designó la casa como escena del crimen y ordenó su procesamiento: más fotos, catalogación de cada objeto y una búsqueda extensiva en los terrenos una vez que se derritiera la nieve y se ablandara la tierra. El cuerpo de la madre de Marie fue transferido a un médico forense para su examen. Luego fue entregado a su pariente más cercano: no a Marie, sino a una tía, la tía abuela de Marie, de alrededor de sesenta años. Marie nunca la había conocido.

El cuerpo descubierto al lado fue identificado como la anterior propietaria de la casa, pero no la última: era una mujer llamada Lorraine Dusquene. Cinco años antes le había vendido la casa a un hombre llamado Peter Quince. Al momento, ningún otro registro de Peter Quince ha sido hallado y no creo que eso suceda jamás. Tampoco el señor

McBride. Cuando le mencioné la dificultad en encontrarlo no se sorprendió.

—Cuando me dijiste el nombre me sonó inventado —dijo—. Peter Quince es un personaje de una obra de Shakespeare. Sueño de una noche de verano.

Y, por supuesto, la pobre señora Dusquene estaba como los demás: degollada y vaciada de sangre. El médico forense dijo que llevaba muerta varios años. Podía apostar a que eran cinco.

Pilson no podía esperar a contarle a Marie que no habíamos hallado el cuerpo de su padrastro. La llamó para regocijarse tan pronto como encontró un teléfono y lo hizo frente a todos. Solo escuché, al comienzo, la mitad de la conversación.

—No estaba donde dijiste que iba a estar. —Silencio—. Ah, sí que había un cuerpo; pero no era él. Estaba tu madre, enterrada debajo de los tablones junto a una mujer mayor. ¿Quién era esa mujer mayor, señorita Mewes? —Un silencio más largo—. No estaba allí, dije. Registraron la casa entera. Vamos, señorita Mewes. Sabías desde el comienzo lo que íbamos a encontrar.

Fue entonces cuando Marie comenzó a gritar y él se alejó el teléfono de la cara. Fingió estar molesto, pero en realidad quería que escucháramos lo que ella decía, lo desquiciada que sonaba.

—¡No sé de ninguna mujer! Solo mi madre y él, Nathaniel Cody, justo debajo de los tablones, en la tierra, así que mira otra vez, ¡hijo de puta! ¡Mira otra vez!

Pilson nos sonrió a mí y a los agentes del FBI, antes de colgar el teléfono.

—Puede que sea una mentirosa —dijo—. Pero es una mentirosa comprometida con su engaño, le reconozco eso.

Días más tarde, cuando Marie fue transferida de nuestra cárcel a la de Lincoln para su juicio, Pilson fue su acompañante. Ella se resistió un poco cuando la subieron al coche patrulla. Sus ojos recorrieron por las paredes de las oficinas del *sheriff* hasta la ventana por donde había pasado tanto tiempo mirando. Se demoró con nosotros todo lo que pudo, hasta que Pilson finalmente dijo que ya nos había robado demasiado tiempo, y que no podía salvar su propia vida.

—Nunca quise "salvar mi vida" —dijo Marie—. Solo quise salvar mi alma.

Le dije a mi padre más tarde que casi logró conmover a Pilson, que su entrecejo se alisó ante esas palabras tan melancólicas y cristianas. Pero mi padre solo frunció el ceño y dijo lo más auténtico que jamás le escuché:

—Benjamin Pilson no es un verdadero cristiano.

CAPÍTULO TREINTA

Las cosas que debemos hacer

EL REGRESO A Black Deer Falls con Pilson fue tenso. No podía soportarlo, cómo silbaba la música de la radio, lo amistoso que estaba ahora que las cosas habían salido como quería. Incluso parecía realmente preocupado por el tiro que estuve a punto de recibir. Aunque quizás lo estaba realmente: supongo que si me hubiera muerto se habría metido en serios problemas por haberme llevado allí.

—Señor Pilson —dije, y detuvo el silbido.

—¿Sí, Michael?

Acabábamos de pasar un cartel en la autopista que anunciaba veinte kilómetros hasta St. Cloud. Solo quedaban dos horas de viaje.

—Tiene que cambiar de opinión.

—¿Sobre qué?

—Sobre solicitar la pena de muerte.

—Eso es lo que pedirá el estado. Ya hablé con el juez y es un tipo agradable.

—Pero es solo una chica —dije en voz baja.

—¿Y quiénes eran las dieciséis personas que mató?

Ellos también eran los hijos de alguien. Marie Catherine Mewes asesinó a su propia madre. Nadie llorará por eso. —Luego suspiró—. Pero lo siento por ti, hijo. Sé que te preocupas por ella. Quizás de una manera tonta, pero no puedo decir que lo mismo no me haya ocurrido.

Miré hacia la oscuridad más allá de los focos. No creí ni por un segundo que lo mismo le hubiera ocurrido.

—No entiendo por qué tiene qué morir. No sé por qué no le cree.

—¿Por qué le creería?

—Su historia tiene muchos agujeros —dije—. Si Nathaniel Cody fue el asesino y mataron a la madre de Marie, ¿entonces qué? Pasaron semanas desde la desaparición de Cody antes del asesinato de Peter Knupp...

—Habrán estado escondiéndose. De luna de miel.

—¿Pero por qué matarlo?

—El intercambio con Knupp salió mal. Entraron en pánico. Luego siguieron matando a medida que huían hacia Canadá.

—No robaron a ninguna de las víctimas.

—Eliminación de testigos, entonces. O simplemente le tomaron el gusto. Tu teoría en cambio es una historia de campamento. Un monstruo que drena a la gente de sangre y sale volando hacia la noche.

Apreté los dientes. Quería decirle que yo nunca dije que se transformaba en murciélago, pero eso sonaba contraproducente.

—¿Y qué pasa con la sangre? —pregunté. Todos esos asesinatos, tanto aquellos en los que las víctimas yacían pacíficas como aquellos que resultaron en huida y persecución, todos estaban sin sangre. Exanguinación. Pérdida severa de sangre. Eso es lo que había matado a todos y cada uno de ellos. Y aun así no había charcos o manchas alrededor de los cuerpos. Ni tampoco aspersión arterial en el tablero y el volante del coche de Angela Hawk.

—Ella estuvo allí —dijo Pilson—. Sabía lo que iba a ocurrir y, según ella misma admitió, ayudó a Cody a realizar esos crímenes.

—Menciona a Cody como si estuviera seguro, pero no lo está. ¿Dónde está la sangre? —pregunté, y aparté la mirada—. ¿Y por qué las huellas digitales de Marie son las únicas que se encuentran?

—Él fue cuidadoso —dijo Pilson—. Le dio indicaciones.

—Y la sangre en la noche de los asesinatos de los Carlson. Empapada, cada centímetro de su ropa, como si le hubiera caído sobre la cabeza. ¿Cómo explica eso?

—Fue recolectada. Y vertida, como tú mismo acabas de decir.

Pero ya no lo escuchaba. Ya estaba harto de él y de las preguntas sin responder.

—La casa en North Platte. Los suelos limpios. Alguien estuvo ahí antes que nosotros. Alguien pudo haber movido el cadáver de Nathaniel Cody...

—¿Quién? —demandó—. ¿Cómo podría haber sabido que debía moverlo? Nadie sabía que íbamos. ¿Cómo se nos pudo adelantar?

—Quizás él regresó y lo movió cuando usted filtró el nombre de Cody a la prensa.

—¿Y por qué lo habría hecho, ese "él"?

—Porque le dio un chivo expiatorio. Y mover el cuerpo

aseguraría que Marie no pudiera probarlo. La hacía más culpable.

Pilson se rio, casi como un ladrido. Apretó el acelerador.

—Hay dudas —dije—. Solo estoy diciendo que hay dudas.

—Pero no una duda razonable. Y la señorita Mewes solo se puede culpar a sí misma por eso.

Me dejó frente a mi casa justo después de las once de la noche y ni siquiera entró para hablar con mi padre, a pesar de ver las luces encendidas en nuestra sala. Mi padre abrió la puerta para dejarme entrar y saludó sin mucho entusiasmo a las luces traseras del auto que se alejaba.

—¿Estás bien? —preguntó.

—¿Cómo está Marie?

—Eso no es lo que pregunté. —Pero cuando no cedí, respondió—: Está bien. Está descansando. Tuvimos que traer al doctor...

—¿El doctor?

—Después de la llamada por teléfono de Pilson, no se lograba calmar. No podía creer que el cuerpo no haya sido encontrado. Al final, vino el doctor Rouse y le dio un poquito de algo.

—Debería haber sido yo quien se lo contara —dije—. No Pilson.

—Se lo habría tomado mejor.

—Estaba molesta.

—Estaba enfadada. Casi como si realmente creyera que el cuerpo iba a estar allí.

—Sí que lo creía, papá. Estaba segura.

—Michael. —Me miró con algo de lástima y pareció buscar las palabras correctas—. A veces... cuando algo es realmente malo... como lo que le pasó a Marie, una persona puede...

—¿Inventar algo?

—No porque sean mentirosos. Solo para no tener que enfrentar lo que realmente sucedió.

—¿Piensas que eso es lo que está haciendo Marie? —pregunté.

—Eso creo.

—¿Crees que el juez lo entenderá?

—No lo sé. No soy un juez. Ni tampoco jurado.

—Quiero verla. Quiero ir a ver a Marie.

—La puedes ver mañana —dijo mi padre, y me apretó el hombro—. Ella los guio hasta un cuerpo. Quizás eso les alcance.

Pero yo sabía que no sería así. Y sabía que, con la historia de Cody, Pilson sería capaz de convencer al juez para mover el primer juicio de Minnesota a Nebraska. Marie se había ganado un par de días con la búsqueda del cuerpo, pero Pilson estaría en el tribunal tan pronto como tuviera las suficientes horas de sueño como para levantarse y escribir el recurso.

Subí a mi habitación y dejé mis cosas en el suelo, luego me tiré a la cama. Nunca atraparían al que realmente cometió los crímenes (se había ido, se había hecho humo), pero harían que alguien pagase. Y yo no podía permitirlo.

Marie no era inocente. Pero no estaba sola en esos crímenes. Y nunca creí que fuera una asesina.

Esperé hasta que mi padre se fuera a la cama y luego esperé una hora más. Nunca me había escapado a hurtadillas de casa. Nunca había tratado de salir por la ventana o bajar por la escalera sin que me escucharan. Lo pensé antes de hacerlo, mis padres nunca creerían que rompería las reglas. Cuando encontraran mi habitación vacía por la mañana, seguramente antes buscarían debajo de la cama. Estarían asustados. Y decepcionados. Pero no había nada que pudieran hacer para evitarlo.

Considerando mi falta de experiencia y el sueño ligero de mi padre, fue sorprendente que lograra salir por la puerta principal. Pero lo hice, con una mochila de ropa limpia, algo de comida de la alacena y todos mis ahorros en la billetera. Y en mi mano derecha, las llaves de mi padre.

Abrí la puerta trasera de la cárcel y subí a ver a Marie en su celda. Pero no estaba sola: Nancy estaba sentada en la cama, acariciando la cabeza de Marie sobre su falda.

—Michael —susurró Nancy—. ¿Qué estás haciendo aquí? —Entonces vio mi abrigo y mi bolso, y las llaves—. Oh no. No puedes hacer esto.

Abrí la puerta de la celda.

—No puedo dejar que se quede.

Marie se enderezó. Cuando me vio, se despertó del todo, con los ojos algo vidriosos todavía, probablemente por el efecto de lo que le había dado el doctor. Pero cuando vio mi mochila, giró y se puso de pie.

—Os vais a meter en problemas —dijo Nancy—. Os van a atrapar, nunca lo lograreis.

—Nos llevaremos uno de los coches patrulla. Hasta el amanecer. Luego nos esconderemos y nos iremos a pie. Vamos, Marie.

—¿Lo dices en serio?

Estiré la mano y ella sonrió y vino hacia mí. Me abrazó

y enterró la cara en mi hombro. Marie estaba fría, empequeñecida.

—¿Nancy, necesitas que te ate?

—Supongo que no. —Miró a Marie con tristeza—. Solo diré que nunca os vi.

Tironeé a Marie fuera de la celda. Iba a necesitar un abrigo y mejores zapatos y no tenía idea dónde conseguirlos.

—Michael, espera —dijo Marie.

—¿Esperar a qué?

Me acarició el brazo y entrelazó sus dedos con los míos. Miró las paredes que había contemplado durante meses.

—Realmente quieres hacer esto —dijo—. Por mí.

—Tengo que hacerlo. Apurémonos y hagámoslo de una vez.

Todavía me tenía agarrado, con firmeza. Yo temblaba como una hoja.

—No puedo irme —dijo en voz baja—. Pero aprecio el gesto.

—Marie, tenemos que hacerlo. Te van a matar.

No me soltó la mano, pero me dio una pequeña sacudida, como si tratara de despertarme.

—Tengo una cosa más que contarte, antes de que me vengan a buscar. Dado que estás aquí, ¿te molestaría pasarla por escrito?

CAPÍTULO TREINTA Y UNO

Los asesinatos de Bob, Sarah y Steven Carlson: 18 de septiembre de 1958

LA GRABADORA MAGNÉTICA ya no estaba, pero Nancy me trajo una pluma y uno de los cuadernos de mi padre. Dijo que dado que éramos solo nosotros podíamos mudarnos a la sala de interrogatorios, o podía sentarme con Marie dentro de la celda. Pero Marie bromeó sobre que extrañaría los barrotes y dijo que no me reconocía si me veía la cara completa. Creo que no quería cambiar nada. Es difícil de explicar. Hacía mucho tiempo que no era libre. Pero al menos ese encarcelamiento con nosotros había ocurrido bajo sus propios términos y querría pensar que no fue tan terrible para ella.

Así que nos sentamos como siempre: ella en su catre y yo en la mesa de la cocina, aunque dejamos la puerta de la celda abierta y Nancy nos trajo un par de tazas de café. No se sentía oficial, sin mi padre y sin la grabadora. Sin Pilson mirando por encima de mi hombro. Pero estaba contento de que fuera de esa manera. Esta parte de la historia pertenecía a Black Deer Falls; era nuestra de la misma forma en que Steve y sus padres habían sido nuestros, y era correcto que nosotros lo supiéramos primero, antes que el resto del mundo.

El relato que hizo Marie de los eventos del 18 de septiembre fue difícil de oír. Su historia a veces era desarticulada. Algunas partes las contaba tan bien como un narrador. En otras, se quedaba trabada y necesitaba que la ayudara con preguntas. Repitió las conversaciones de esa noche como si estuviera recitando parlamentos de una obra; tuve que frenarla un par de veces para anotar quién hablaba. Pero lo anoté todo.

Esto es lo que me contó.

Habían empezado a discutir en la carretera. Empezaron en Madison, Wisconsin, cuando Marie se rehusó a matar a Richard Covey y a su prometida, Stacy Lee Brandberg. Se suponía que eran para ella: las primeras víctimas de Marie. Cuidadosamente seleccionadas. Así que, cuando se negó, él se enfadó.

—Parecían tan determinados —dijo—. Agarrados de la mano en esa casa vacía. Habían oído hablar de nosotros en la radio y leído en los diarios. Sabían lo que iba a pasar. Pero aun así no gritaron ni trataron de huir. No entraron en pánico.

»Le dije que no era como me lo había prometido. Ellos sabían lo que íbamos a hacer; no había usado sus trucos. Pero él dijo: "La primera nunca puede ser fácil. La primera vez debes dejar todo atrás".

»Pero no quise. Así que lo hizo él.

»Y lo hizo con crueldad: obligó al chico a mirar cuando le cortó la garganta a la novia. Lo obligó a mantener los ojos abiertos. Luego le cortó dos veces en la muñeca. Para que se desangrara despacio.

—¿Cuánto le costó morir a Richard Covey?

—Al menos media hora. Mucho más que al resto.

»Después de eso, él estaba enfadado todo el tiempo. Dijo que le había mentido, que había estado actuando. Que no tenía el coraje y que había cometido un error. Le dije que podía matarme y empezar de nuevo, pero respondió que ya habíamos avanzado demasiado. Mi madre ya estaba muerta. La había matado por mí y había matado a Nathaniel, y por mucho que yo quisiera a Nathaniel muerto, amaba a mi madre, y lloré y lloré.

—¿Quieres contarme más sobre qué le pasó a tu madre? ¿Cómo murió?

—No. Pero desearía no haberte contado dónde estaba enterrada. No merecía ser excavada así. Fotografiada.

Marie hizo una pausa larga y luego habló con detalle sobre cómo llegaron a Black Deer Falls.

Llegaron caminando y vagando por los caminos secundarios hasta el atardecer, hasta que cayó el sol. No había ninguna cacería, ningún plan, hasta que los focos del Chevy de Steve los iluminaron caminando al lado del camino. Fue todo por azar; podría haber sido mi padre en su vieja camioneta o podría haber sido Percy. Steve frenó y estacionó a un lado, y Marie y su compañero caminaron más allá de las luces traseras, hasta la puerta del pasajero. Puedo imaginarlo como si hubiera estado allí: Steve, inclinado para tener una mejor perspectiva y luego estirándose para abrir la puerta. Tendría puesta su chaqueta deportiva, pero no hacía frío todavía, así que no habría estado abotonada. Habría sonreído y preguntado adónde se dirigían.

—Fue fácil decirle que nuestro coche se había estropeado y si podíamos usar el teléfono de su familia. Era amable, tan amable, y pensé: "él nunca va a tratar de obligarme a que lo mate, no cuando es tan parecido a Richard Covey". Pero cuando llegamos a su casa y habló con su familia, supe que me había equivocado.

»Steve estacionó el coche en el lugar habitual, en el lado vacío junto a uno de los grandes graneros rojos, y entraron a la casa.

La detuve en ese momento para preguntarle si estaba segura.

—La viuda Thompson os vio caminar juntos, pero solo a ti y Steve. ¿Estás segura de que estabais los tres?

—Estoy segura.

—¿Estás segura de que no se adelantó o retrasó para entrar?

—Estaba allí mismo, del otro lado de Steve.

La dejé continuar.

—Dentro de la casa, la señora Carlson acababa de terminar de limpiar la cocina después de la cena. El señor Carlson estaba en la sala, con un diario. Steve dijo que había estado en la casa de su novia, cenando y mirando televisión con su familia, aunque no eran una pareja formal y Cathy Ferry dijo que no había sido su novia después de que él muriese.

»La casa estaba cálida y con esa sensación de bien habitada: el rico aroma de la carne guisada con patatas flotaba en el aire y permeaba cada habitación. La señora Carlson dijo que todavía quedaba un poco, si no habían comido todavía.

"Parece que le vendría bien un poco de color a vuestras mejillas", dijo Sarah. "¿Qué tal un café? O puedo meter una tarta en el horno. No es ningún problema: puedo hacer la masa con los ojos cerrados, y hay una docena de frascos de relleno en la alacena".

"Solo café, por favor", dijo Marie. "Gracias".

Sarah sirvió una taza y se la dejó en la mesa. Marie escuchó a Steve y a su padre en la sala, conversando y riendo.

—Yo sabía que todo era un truco, para evitar que se descolocaran por su apariencia bajo la luz.

Sarah decidió que de todas maneras cocinaría una tarta y le preguntó a Marie si prefería las manzanas o las cerezas.

—No le importó para nada sacar las cacerolas y la harina y hacer de su cocina un caos, aunque era obvio que acaba de terminar de ordenar. Dijo que yo le parecía una chica de manzanas. Entonces es cuando escuché a la bebé. Empezó a quejarse desde su cuna en un cuarto justo detrás de la cocina:

"¿Tiene un bebé?", le preguntó Marie.

"Sí, señora", Sarah levantó a la niña de la cuna. "Patricia. Una sorpresa para todos, créeme, después de tantos años de espera cuando Steve era pequeño. Pero aquí está. Nuestra pequeña Patty. Steven, ¡ven y sube esta pila de ropa recién lavada a tu cuarto antes de que se haga la tarta!".

Steve fue y la tomó, y desde la sala Marie escuchó una voz: "No subas las escaleras... Eso estará bien. Déjalo ahí". Y Steve dejó la ropa lavada en los escalones y volvió a sentarse en el sillón.

—Me levanté y fui hasta allí. Estaban todos sentados, charlando, riéndose de cualquier cosa, como si se conocieran desde hacía años. Le dije: "Hay una niña. Una bebé". Y me contestó: "Sería más cruel dejarla viva que enviarla junto a su familia, ¿no crees?".

Steve y sus padres no parecieron escuchar este intercambio. Ninguno de los varones levantó la vista cuando Marie se aproximó, mientras en la cocina Sarah puso a Patricia en una silla alta y se puso a preparar la masa.

—Él tenía esa mirada en sus ojos y me hizo enojar. No sé por qué. No quería hacerlo, pero sentí que debía probarle que podía. Estaba enojada por la bebé. Estaba enojada porque eran personas tan agradables.

"Bueno, si lo vas a hacer", le dije, "no hagas que se tome el trabajo de preparar la maldita tarta".

»Estaba temblando. Me temblaba todo el cuerpo, y él dijo: "Sarah, puedes acercarte con tu hija, por favor".

»Él la llamó, y ella obedeció, con una sonrisa en la cara incluso, y la bebé en su cadera. Él sacó la navaja de afeitar de su bolsillo y la abrió.

"¿Qué es eso?", preguntó Bob.

"Nada de lo que preocuparse", dijo. "Nada en absoluto. Es solo algo para ella".

»La sostuvo en alto, la hoja brillando con la luz amarilla de las dos humildes lámparas.

»Noté que las cortinas estaban cerradas, y le pregunté si él lo había hecho.

"No, querida, fui yo", dijo Sarah. "Nuestra vecina vive sola y le gusta mirarnos. Es una anciana dulce, pero a veces necesitamos algo de privacidad."

»Luego siguió calmando a la bebé.

»Caminé hacia él y tomé la navaja. Le pregunté si necesitábamos a los tres; me parecía demasiado. Y me dijo: "Podríamos haber tenido dos, allá en Madison".

»Así que miré a Steve, que estaba sentado junto a él en el sillón. Le pregunté si tenían que estar mirando.

"Mira hacia el lado", dijo, y Steve lo hizo. Sin embargo, Marie se alejó y fue hacia el padre de Steve. Lentamente, apoyó la navaja contra la piel de la garganta del hombre.

»Esperé que se levantara. Que se diera cuenta de lo que sucedía. La hoja debía sentirse fría y extraña, pero ni siquiera se estremeció. No se dio cuenta en absoluto. Así que me incliné y lo hice.

—¿Lo hiciste?

No me respondió. Tampoco me estaba mirando a los ojos; durante todo el relato me miraba por encima del hombro o hacia el suelo. A veces, observaba los movimientos de mi pluma.

—Fue más fácil de lo que pensé, pero corté demasiado hondo. Traté de beber, pero había demasiado. Trató de ayudarme. Movió mi cabeza y fue mejor.

»Cuando no pudo beber más, él se levantó del sillón y me apartó para arreglar el desastre. Luego dejó que Bob Carlson resbalara de la silla a la alfombra.

»La señora Carlson... no sabía realmente lo que estaba pasando. Pero de todas maneras había empezado a calmar a la bebé como si la chiquilla estuviera armando un lío espantoso, a pesar de que no estaba haciendo ni un ruido. Seguía y seguía acunándola y haciéndola callar, sin mirar a su esposo en el suelo. Dije: "Ya está, es suficiente", pero él dijo: "No. Necesitas más". "Estoy llena". "No lo estás".

»Le dijo a Steve que se levantara y tomara al bebé. Luego se dirigió a la señora Carlson y…. lo hizo y yo lo acompañé, supongo, como en un sueño. Todo parecía un sueño, pero ya había sido demasiado y el sabor... eso fue todo. Eso fue todo lo que pude hacer.

—¿Qué quieres decir, Marie?

—Quiero decir que sabía que el chico y la bebé serían los siguiente. Así que mientras estaba terminando con la señora Carlson, me apreté el estómago hasta que vomité. No pensé que fuera a salir nada. Pensé: que salga, que salga, y supe que no iba a salir nada, pero eché la cabeza hacia atrás y de pronto salió todo, directamente de mi boca.

»Le cubrió la cara y el pelo, tanto que le empapó toda la ropa y le llegó hasta los zapatos. Recuerdo cómo se veía, con la sangre espesa y roja de pies a cabeza.

—Le dije a Steve que corriera, que agarrase a la bebé y se vaya de la casa, pero no se movió. La bebé empezó a llorar y él la dejó en el suelo. Yo le grité: "¡Vete ahora! ¡Debes irte!".

»Pero él dijo: "No lo harás". Así que yo le respondí: "Vete tú, entonces. Yo no iré contigo".

—¿Parecía sorprendido? ¿Enojado?

—No. No parecía sorprendido en lo absoluto, ni siquiera por verme como estaba. Pensé por un instante que también me iba a matar a mí. Me iba a matar y desaparecer, y yo iba a formar parte del misterio. Pero no lo hizo. Me quedé entre él y la bebé y luego se fue. Pero no antes de que diera un salto y matara a Steve.

Marie dijo que ella se quedó entre él y Patricia, después de que él dejara caer a Steve al suelo, y la pude ver: apretando los dientes, cubierta de rojo.

—Y así fue como Charlie y tu padre me encontraron: sobre la alfombra, con la bebé. Para entonces estaba exhausta de tanto llorar. Pero no podía levantarla y calmarla. No hubiera estado bien.

Era tarde cuando terminamos. Nuestras tazas de café estaban vacías. La cárcel estaba en silencio. Inmóvil. Afuera, por la ventana, el cielo estaba negro.

—Entonces, el señor y la señora Carlson —dije—. Tú los mataste.

—Yo los maté —dijo ella.

Estiró la mano a través de los barrotes, yo me incliné hacia adelante y la tomé, y ella cerró los ojos y lloró.

CAPÍTULO TREINTA Y DOS

Dejando atrás Black Deer Falls

LA MAÑANA SIGUIENTE, mi padre entró corriendo y me encontró dormido en su despacho. Se veía muy aliviado de verme, aunque creo que nunca creyó realmente que yo ayudaría a Marie a escapar. Me dejó limpiarme en el baño y le pidió a Charlie que trajera café recién hecho y algunos donuts del diner. Nancy también vino, aunque su turno ya había terminado y era su día libre. Les conté lo que había pasado y lo que Marie había confesado.

—¿Por qué diría eso? —preguntó Nancy después de que terminé de hablar—. No pudo haberlo hecho. Siempre dijo que no había lastimado a nadie.

—¿Qué importancia tiene su historia? —preguntó Charlie—. ¿Si no es cierta? ¿Si todavía continúa con ese delirio del bebedor de sangre?

—Porque es la verdad —respondió mi padre—. Sacando afuera lo irreal, reconozco qué es lo que ocurrió. Los Carlson todavía tienen familia aquí y se merecen saber todo lo que hay que saber, si lo desean.

Me miró. El hecho de que Marie fuera una asesina pesaba en el aire, junto a la certeza de que esta extraña historia estaba llegando a su fin. Pronto no habría más cartas al *Star* sobre nuestro mal manejo del caso. No más llamadas a mi madre sobre cuán avergonzada debería de estar por pisotear el recuerdo de los Carlson. No más Marie, sentada en silencio escaleras arriba.

Ese mismo día nos llegó la noticia de que Pilson había solicitado trasladar a Marie para que fuera juzgada en Nebraska. Ahora que tenía su identidad y el cuerpo de la madre, su caso era tan fuerte como el nuestro, por lo menos. Así que los abogados vinieron y se la llevaron de nuevo para la capital. Esta vez no me dieron permiso de asistir. Ese día me sentí enfermo todo el día, pensando que no la volvería a ver, que sería entregada y ejecutada de inmediato. Pero esa noche volvió a nuestra cárcel.

—¿Qué estás haciendo aquí? —pregunté—. ¿Ganaste?

No habían ganado. Quedaba claro en la sonrisa triste de Marie, y en las caras derrotadas y exhaustas del señor Norquist y el señor Porter.

—La van a juzgar en Lincoln por el asesinato de Audrey Cody —dijo el señor Norquist—. Van a realizar el traslado en dos días.

—¿Para qué le permitieron volver, entonces? —pregunté.

—Solo el tiempo suficiente para declararse culpable del asesinato de los Carlson —dijo el señor Porter—. Y porque al juez no le importan las opiniones del señor Pilson.

No sabía qué decir. Tampoco Marie. Creo que se dio cuenta de que no quedaba nada más por hacer.

El estado de Nebraska no la acusó de los asesinatos de

Peter Knupp, Angela Hawk o Beverly Nordahl. Pilson no tenía evidencias, supongo, para sentirse confiado con esa acusación. O quizás supuso que con la madre sería suficiente. Al comienzo la gente enloqueció. Quería justicia para todos los crímenes. Pero al final se resignaron a esa decisión. Como le escuché decir a algunos: solo se la puede electrocutar una vez.

No estuve mucho en casa los dos días antes de que Marie fuera trasladada. Comí mis comidas con ella en nuestra vieja cocina. Cuando debía irme, volvía a casa, me bañaba y regresaba. De la escuela me olvidé por completo. A la noche, Nancy o Bert me dejaban entrar en la celda de Marie y dormía abrazado a ella en el castre angosto. Cuando me despertaba a la mañana, encontraba su brazo a mi alrededor, agarrándome la camiseta, la tela arrugada entre sus dedos delgados.

La mañana en la que tenía que llegar Pilson, Marie preguntó si mi madre podía ir porque quería hacerse un flequillo. Así que mamá fue con su tijera y le cortó el pelo, sentada en la vieja mesa de la cocina.

—Perfecto —dijo mamá cuando terminó. Con ese largo se notaba mejor la ondulación y en verdad se veía no tan perfecto como salvaje. Mamá trató de atarlo con un lazo verde, e inmediatamente se lo quitó. No agarraba y además el lazo la hacía parecer tan niña que nos rompía el corazón.

—Me voy a quedar con el lazo igual —dijo Marie.

Mamá le alisó el pelo y le pasó un mechón detrás de la oreja. Luego se fue y Bert subió para ingresar a Marie de regreso en su celda.

—Sabes que te dejaría quedarte —dijo.

—Está todo bien —respondió ella, y Bert cerró la puerta entre nosotros y nos dejó solos.

—¿Tienes miedo? —pregunté.

—Supongo.

—¿Quieres que esté allí? Iré al juicio, y a lo que ocurra luego, si tú quieres. Le pediré a mi padre...

—No. —Ella sabía lo que iba a ocurrir. Sabía que iba a perder—. No quiero. Tienes que prometerme que no lo harás.

Así que lo prometí. Buena parte de nuestro último día la pasamos en silencio. Nos quedamos en nuestro lugar habitual, familiar, y escuchamos el reloj haciendo pasar los minutos. La escuchaba respirar y supe que recordaría ese sonido.

—¿No tienes más preguntas? —me dijo.

—¿Qué crees que falta por contar?

Se recostó contra los barrotes y su nuevo pelo corto mostró su cuello desnudo y esbelto.

—Nada, supongo. Pero cualquiera que no fueras tú preguntaría más.

Me miró y sonrió un poco.

—Desearía haberte conocido antes —dijo, y yo deseé lo mismo, aunque sabía que nunca podría haber ocurrido: fueron los asesinatos lo que la trajeron hasta mí y sin ellos jamás nos habríamos encontrado. Era un pensamiento terrible y era terrible saber que no lo lamentaba del todo.

Pilson vino a buscarla en una caravana de la policía estatal. Los periodistas rodearon la comisaría; incluso el señor McBride estaba plantado desde muy temprano, para no perderse el momento en el que se la llevaban. Mi padre le puso las esposas a Marie y me dejó caminar con ellos.

—No sé si queda algo más por hacer —le dijo mi padre—, pero creo que todavía podrías salvarte si tan solo les dijeras adónde se fue. Y realmente quiero que lo hagas.

Atravesamos la comisaría de Policía y luego la puerta principal hasta el estacionamiento, donde esperaba Pilson. Charlie y Bert ayudaban a mantener a los periodistas a una distancia respetable, y la patrulla estatal que Pilson había traído hacía todo lo que podía para colaborar. Cuando Pilson vio a Marie, asintió con solemnidad y le dijo: "Tienes un momento". Luego se metió en el asiento del acompañante.

Marie respiró muy hondo y miró alrededor. Era la primera vez que tenía permitido pasar un momento fuera en meses, y la mayor cantidad de aire fresco que pudo respirar en ese tiempo. Me alegró que el día fuera cálido; todavía no era primavera, pero era uno de esos días en los que su aroma se percibía en la brisa.

Se giró hacia mí. Pensé algo inteligente que decir. Tenía puestos sus vaqueros azules de siempre, enrollados en los tobillos, y su camisa blanca abotonada. En vez de su suéter verde habitual usaba uno azul que Nancy le había conseguido; Nancy, que estaba a un lado con Charlie y lloraba en silencio contra su pañuelo.

Marie levantó sus manos esposadas y las pasó sobre mi cabeza. Me atrajo hacia ella y yo la abracé con delicadeza, y me susurró en el oído, su voz muy baja y cercana como para que nadie más pudiera escuchar.

Susurró lo que sentía. Susurró sus arrepentimientos. Luego sacó sus manos y las apoyó contra mi pecho.

—Nunca me trajiste esos cigarrillos.

Luego Pilson bajó del coche, nos separó y los periodistas nos arrinconaron como una bandada de cuervos.

Y con eso, Marie Catherine Hale se fue.

El juicio de Marie duró dos semanas. Como esperábamos, no cambió su historia, y los titulares explotaron. Doctores y psiquiatras fueron convocados para evaluarla, y la declararon competente. Dijeron que estaba inventando voluntariamente.

Los diarios dijeron que los jurados fueron liberados a las 5:25 PM el jueves por la noche para deliberar. Suspendieron para cenar a las 6:30 y regresaron para dictar el veredicto el viernes por la tarde. La sentenciaron culpable, con recomendación de muerte.

De acuerdo con testigos en la sala, Pilson había tenido razón. Hubo varios gemidos de sorpresa, pero nadie lloró.

Después de la sentencia, el estado de ánimo en Black Deer Falls (y en todo el país) cambió. Surgieron grupos en su defensa, solicitando misericordia, la misma gente que durante semanas y meses la había llamado seductora ahora decía que era solo una niña. El señor McBride publicó en el *Star* una carta al editor que se titulaba "¿Quién, salvo Dios, tiene derecho a la venganza?", enviada por una tal Veronica MacReady, una señora que, me dijo mi padre, una vez había ido a la comisaría a quejarse de que tuvieran a Marie encerrada en nuestra cárcel.

Incluso en Nebraska, el escándalo fue tal que Pilson dio una conferencia de prensa. No tenía precedentes, dijeron los periodistas, sentenciar a muerte a una chica que debería estar en la secundaria. Y la respuesta de Pilson llegó a los titulares a su vez.

"Hasta las chicas de quince años deben saber que no pueden cometer dieciséis asesinatos".

Después de que aplacara el furor mediático, el agente Mc-

Cabe suspendió calladamente la búsqueda de Nathaniel Cody. No había sido visto ni oído desde que terminaron los asesinatos y se sospechaba que había cruzado a Canadá hacía tiempo.

Marie Catherine Hale fue condenada a ser ejecutada por ahorcamiento en Lincoln, Nebraska, el 8 de mayo de 1959. Se esperaba que todo se realizara según lo previsto, ya que ella no tenía intención de apelar.

Después del juicio, todo el mundo pareció olvidarse de la historia del bebedor de sangre que contaba Marie. De la misma manera que se olvidaron de la sangre perdida y de los símbolos grabados en los árboles y en la lápida de Steve Carlson. De la misma manera que se olvidaron de la serpiente clavada contra nuestra puerta y del hombre que apareció en el salón de mi familia en plena noche. Aunque, de todos modos, eso fue una alucinación, o un mal sueño. Incluso Marie lo dijo, dado que él no podría haber entrado sin haber sido invitado...

Sin embargo, nunca tuve la oportunidad de contarle a Marie una conversación que tuve con Dawn.

Una semana después de que Marie dejara Nebraska, le pregunté a mi hermana si había visto algo extraño en el pueblo.

—No —dijo—. Salvo el hombre que estaba perdido.

—¿Quién?

—Vino a casa una tarde. Se veía con frío, así que le pedí que entrase, le hice un café y le dejé usar el teléfono.

—Lo invitaste —respondí—. Dawn, ¿cómo se llamaba?

No lo podía recordar, aunque recordaba que se había sentado a su lado y lo había llamado por su nombre.

—¿Fue antes o después de que yo tuviera mi episodio de sonambulismo?

—Antes.

No le molestaba ese lapsus en su memoria. Cuando le pregunté cómo era, sonrió y me dijo:

—Como una estrella de cine.

Como una estrella de cine. No dijo "como un actor" o "como un príncipe", o alguna otra frase que podría haber usado. Dijo esas palabras exactas, las mismas palabras que Marie había usado, como si hubieran sido plantadas en ambas cabezas.

En los días anteriores a la ejecución, pensé con frecuencia en las otras víctimas: Cheryl Warrens, Richard Covey y Stacy Lee Brandberg. Pensé en la mujer enterrada junto a la madre de Marie en la casa abandonada, Lorraine Dusquene. Pensé en el propietario inventado, Peter Quince. Hacía cinco años que había comprado la casa, según los registros del condado. Cinco años sin vivir allí, yendo y viniendo de otros lugares. Cinco años llenándolo todo de extraños objetos. Me pregunté si habrían venido con la casa. Me pregunté si él había conocido a Lorraine Dusquene antes de matarla.

Pero no había respuestas para esas preguntas. La investigación se detuvo.

Esto es todo lo que hay: el relato de Marie sobre los eventos. Solo podemos saber lo que ella sabía y lo que creía cierto.

Quizás ya no tenga importancia. Las personas que murieron siguen muertas. Steve y sus padres, Peter Knupp... no hay manera de traerlos de vuelta, sin importar qué respuestas creamos hallar o qué misterio creamos resolver.

El vampiro escapó.

El vampiro nunca existió.

Querido señor McBride, querido Matt:

Espero que no le importe que te llame así. Siempre me dijo que podía, pero no sabía si simplemente estabas siendo cordial. Sé que nunca me sentí cómodo diciéndolo e incluso ahora, después de todo lo que pasó, solo lo puedo hacer sobre el papel.

En el paquete que acompaña a esta carta encontrará todo lo que he compilado sobre los Asesinatos Desangrados y sobre Marie Catherine Hale. Páginas y páginas que registran las entrevistas y nuestro tiempo juntos. Lo anoté todo, justo como usted dijo que haría. E hice mi mejor esfuerzo para contarlo como ella hubiera querido.

Espero que le parezca bien que se lo pase ahora. Tómelo y haga lo que quiera con esto. Sé lo que se suponía que yo debía hacer: encontrar la verdad entre sus páginas, pero supongo que ya no tengo la fuerzas para hacerlo.

La historia que escribí no es la historia que espera y, cuando la termine de leer, estoy seguro de que estará decepcionado. Perdóneme por eso. No quiero que piense que no estoy agradecido por todos sus consejos o que no le estaba escuchando. Es usted un gran periodista, señor McBride, y un mejor mentor de lo que podría haber soñado, en Black Deer Falls o en cualquier lugar. El verano pasado, cuando repartía su diario, bajé su diploma de la pared y el clavo se quedó enganchado. Se le salió un trozo de pintura de la parte de atrás, también le pido perdón por eso. Es solo que quería verlo mejor. El papel ahuesado y las letras tan negras. El sello de la Universidad de Pittsburgh. Imaginé que estaba mi nombre escrito, en vez del suyo. Realmente quería saber qué era lo que le había traído aquí desde tan lejos, pero debería haber preguntado antes y no ahora. Supongo que nunca fui un gran periodista.

Para cuando llegue este paquete, estaré saliendo del pueblo. Me llegó una carta de Marie e incluye una especie de último pedido. Calculó con cuidado el envío y me gusta imaginar el gesto de determinación en su rostro cuando la escribió, y cómo debió de haber ocultado sus nervios preguntándose si me iba a llegar o si iba a ser interceptada por mis padres o incluso por una guardia de la cárcel interesada en ganar unos dólares vendiéndola a la prensa. Me he quedado con el original, pero esto es lo que ella escribió:

Querido Michael:

Te escribo ahora para pedirte lo que no pude antes. Porque me faltó el coraje. Y porque tenía miedo de que dijeras que no. Así que he esperado hasta que ya es casi demasiado tarde, confiando en que por eso no podrás decirme que no.

¿Recuerdas la historia de Mercy Brown? ¿Recuerdas lo que le hicieron? Esos primeros días, apuesto a que ya no puedes leer tus apuntes por cómo te temblaba la mano. Imagino que ahora estás revisando esos papeles y lo único que ves son líneas irregulares. Pero sé que estuviste escuchando.

Y sé que esto es pedir demasiado. Pero no quiero volver. Así que necesito tu ayuda. Sabes lo que tienes que hacer.

Por eso te lo pido. Si alguna vez te importé. Como tú me importaste a mí.

Lo siento, Michael. Quiero que sepas que no soy la misma que era entonces. Pero no tiene importancia porque hice lo que hice. Mi confesión fue para quien solía ser. ¿Puedes creerlo? ¿Que pude cam-

biar? Espero que sí. Y espero que me creas.

    Besos,

Marie

Hace mucho tiempo había una chica llamada Mercy Brown, que fue considerada una vampira. Su tumba fue abierta, fue decapitada, su corazón incinerado sobre una piedra. Por supuesto que me acuerdo. Y sé que eso es lo que Marie quiere que haga.

Para cuando lea esto será tarde para detenernos. Ya estaremos allí.

El cementerio de la penitenciaría estatal de Nebraska está ubicada al sudoeste de Lincoln, en una colina de poca pendiente que se levanta sobre los terrenos de la cárcel. Grasshopper Hill, la llaman, en honor a los saltamontes que la invaden cada verano . La prisión principal está lejos, pero hay torres de vigilancia, e incluso de noche los guardias hacen rondas. Tendremos suerte si no nos disparan.

Es gracioso: mi madre siempre creyó que el periodismo era la opción menos insegura. Nunca le preocupó la idea de que siga los pasos de mi padre. Antes de los asesinatos, mi padre solía preguntarme sobre eso al menos una vez por mes. Ahora dudo que me lo vuelva a preguntar algún día.

Sé que esto suena como una carta de despedida, pero no lo es. No sé qué voy a hacer. Solo sé que ella me pidió que lo hiciera, y tengo que intentarlo. Supongo que lo decidiré cuando esté allí.

De modo que ambos tenemos decisiones que tomar. Confío en que usted decidirá qué hacer con esta historia. Nunca fue realmente mía, de todas formas.

¿Sabe?, antes de que Marie se fuera, le pregunté por

qué era tan importante que el asesino no fuera su padrastro. No entendía por qué no aprovechaba la oportunidad y le arrojaba toda la culpa. Para salvarse. Luego los diarios empezaron a publicar historias sobre él como el asesino y de ambos como fugitivos.

Dijeron que "había sido abusada". Decían que "había sido violada, moldeada a su gusto, una víctima". Estaba enfadada. Y enfadada conmigo porque yo no podía darme cuenta de que eso era peor. Pero creo que la principal razón por la que quería confesar era que así tendría la última palabra. Marie no quería ser definida, ni por los periodistas, ni por el bebedor de sangre, ni por Nathaniel Cody. Ni por mí.

Si creemos los artículos, no dijo unas últimas palabras durante su ejecución. Y no rezó, a menos que decirle al sacerdote "continúe si le hace sentir mejor" cuente como eso. Marie Catherine Hale. Fuerte hasta el final.

Voy a extrañar su voz. Voy a extrañarla a ella. Supongo que usted pensará que es raro, pero es la verdad.

"Di la verdad y al diablo el resto." Cuando empecé eso sonaba como algo sencillo. "Descubre lo que realmente sucedió, Michael, porque la verdad es la verdad." Salvo que no lo es, ¿no? Los hechos, quizás. Pero la verdad es de cada uno. Está atada a lo que creemos. Y nuestras creencias son más difíciles de contener.

Quiero darle las gracias por todo, Matt. Y, si algo sale mal en el cementerio, espero que le dé esta carta a mis padres y que la lean, tal vez así me puedan entender.

Un sincero saludo,

Michael Jensen

Epílogo

9 de mayo de 1959

CUANDO LE pedí a Percy que me acompañara a Lincoln, no parecía sorprendido. Se escapó temprano de su casa y me pasó a buscar, como habíamos hecho cientos de veces.

—Supongo que no tengo que preguntarte por qué —dijo, cuando me subí a su coche—. Supongo que lo sé desde hace un tiempo. Pero ella fue una asesina, ¿verdad?

—Sí —dije—. Era una asesina. Pero no fue solo eso.

Salimos del pueblo por la calle principal, mirando cómo se encendían las luces a medida que los negocios abrían, iluminando las aceras todavía oscuras y vacías.

—Sabes que amo este lugar —le dije—. Solo porque crea que puedo terminar en otro lugar no significa que no lo ame. No significa que no sea mi casa.

Percy me miró. Algunos dicen que los Valentine no son las personas más inteligentes, pero yo los encuentro realmente intuitivos.

—Sí —dijo, sonriendo—. Lo sé.

Unas horas más tarde, del otro lado de la ventana ya hemos dejado atrás ese montón de nada que es nuestro pueblo. Mientras Percy conduce con cuidado por los caminos, entramos en el estado de Nebraska por el Este, entre los primeros indicios primaverales de los campos. Mientras los observo, las panojas blancas susurran en el viento y no puedo evitar imaginar a Stephen Hill, corriendo por su vida mientras la maleza se le enreda en las piernas. En mi cabeza el pasto es verde: pasto verde y alto del verano, hasta la cintura, y detrás de él las siluetas oscuras de Marie y del bebedor de sangre corren tras él como los peces a través de los juncos. Casi puedo escuchar su respiración aterrorizada. Casi puedo oír la risa de ella.

Solo que no fue lo que ocurrió. Stephen Hill fue asesinado lejos de aquí, en un campo yermo junto a una estación de servicio entre Grand Junction y Mason City, Iowa.

—¿Puedes estirarte y agarrar el mapa de mi viejo? —pregunta Percy—. Creo que nuestra salida es la próxima.

Busco el mapa, que no es realmente un mapa, sino una colección de mapas atados con un nudo, y despliego el de Nebraska.

—¿Muy lejos?

—Quince kilómetros hasta la salida. Deberíamos llegar antes del amanecer.

Llegamos al cementerio justo después del atardecer, cuando todavía hay la luz suficiente como para distinguir las filas de lapidas y cruces blancas. Nos estacionamos un poco más allá para esperar a que el Sol se ponga. Esperamos hasta que en la prisión apagan las luces.

—No deberías haber venido conmigo —digo—. Esto no es como faltar a clase o robarle cervezas a Mo.

—He venido de muy lejos como para dejarte solo justo ahora.

Salimos del auto y Percy abre el baúl. Ahí están las cosas que necesitamos: palas, un hacha de mano con filo. Se sienten frías entre mis manos. Hay luna llena, y la noche está más iluminada de lo que hubiera querido. Le digo a Percy que se abotone la chaqueta para ocultar su camiseta blanca.

Nos movemos rápido y en silencio por el camino hasta que llegamos al borde del cementerio. Más allá, en la negrura, apenas puedo distinguir las fantasmagóricas siluetas de las cruces, fila tras fila.

Percy toca la valla y sostiene la tira de alambre de espino martillada a los viejos postes de madera.

—Mantente cerca del suelo —le digo—. Mantente cubierto.

—No hay mucho con lo que cubrirse.

—Lo siento mucho, Percy.

—No sé por qué lo estás haciendo —me dice—. No puedo creer que realmente lo estés haciendo...

Aprieto con fuerza el hacha.

Nos toma un buen rato encontrar su tumba, tropezamos en la oscuridad, a veces de rodillas, palpando el suelo en busca de tierra fresca. Pero toma todavía más tiempo desenterrarla. Percy me ayuda y trabajamos codo a codo hasta que nuestras palas golpean algo sólido, de madera, y me mira antes de salir del agujero que hemos cavado. Esta parte la tengo que hacer solo.

La parte superior de su ataúd está expuesto. Es solo una caja sencilla de pino y ahí arriba, en el pasto, la piedra rectangular no lleva escrito ningún nombre, solo la fecha. No sé si tengo el coraje para hacer esto, si puedo abrir el ataúd a la fuerza y mirarle la cara. Si puedo apuñalarle el corazón.

Me arrodillo. No ha estado bajo tierra mucho tiempo. Apoyo la oreja contra la madera del ataúd.

—Regresa, Marie. Quiero que regreses.

Espero.

El hacha me tiembla en la mano.

Nota de la autora

Aunque el personaje de Marie Catherine Hale y los crímenes conocidos como los Asesinatos Desangrados son ficción, están inspirados en parte por eventos reales. En 1958, Charles Starkweather, de 19 años, y su novia de 14 años, Caril Ann Fugate, se embarcaron en una ola de asesinatos que dejó once muertos entre los estados de Nebraska y Wyoming. Finalmente arrestado, Charles fue condenando y ejecutado por sus crímenes el 25 de junio de 1959. Aunque el nivel de participación de Caril Ann se ha puesto en duda, también fue condenada y sentenciada a cadena perpetua.

Los asesinatos del amigo de Steve Carlson y sus padres, fueron inspirados en gran parte por los asesinatos de la familia Clutter, en Holcomb, Kansas, el 15 de noviembre de 1959, que fueron célebremente narrados por Truman Capote en su novela *A sangre fría*.

Las citas tomadas de las investigaciones reales han sido parafraseadas y adaptadas en beneficio de la historia de Marie y, aunque algunos elementos de la justicia penal son similares a los casos reales, el caso de Marie es diferente y es ficción. Todas las imprecisiones y libertades narrativas en la descripción de los procedimientos judiciales son mías.

Agradecimientos

Este libro debe muchas cosas a mucha gente, pero empezamos por el comienzo: mi agente, Adriann Ranta Zurhellen, de Folio Literary Managment. Me escuchó con amabilidad y mantuvo la mente abierta cuando le propuse esta rara historia. También me aconsejó con sabiduría que terminara primero la serie de "Tres coronas oscuras".

Como siempre, estoy completamente en deuda con mi editora, Alexandra Cooper, de Quill Tree Books. Le entregué una jaula de pájaros hecha de palabras, arduamente confeccionada, y ella me fue señalando con destreza dónde debía poner la puerta, donde necesitaba más pintura, y como apuntalarla para que no colapsara y matara a todos los pájaros.

Gracias a Rosemary Brosnan, Jon Howard y al equipo entero de Harper Collins/Quill Tree: a la directora de arte Erin Fitzsimmons, que diseñó la portada; a la talentosa artista Miranda Meeks; al dínamo publicitario, Mitchell Thorpe; a la correctora Robin Roy; y por supuesto gracias a las maravillosas habilidades de marketing de Michael D'Angelo.

Un eterno "choca esos cinco" para Allison Weintraub y Marin Takikawa, que me mantuvieron en línea y al tanto de todo. Un emoji de ojos de corazones al poderoso trío publicitario compuesto por Crystal Patriarche, Keely Platte y Paige Oberts, en BookSparks.

Gracias a mis dos perros y a mis dos gatos por tomarse

siestas tan largas, así su mamá podía trabajar. Gracias a Susan Murray, cuyo Padre (con mayúscula deliberada), detective de pueblo y experto en criminología, psicología forense y justicia penal, realmente vino a cuento. Si te animas a obtener un título avanzado en tecnología bélica antigua antes de mi próximo libro, sería simplemente perfecto.

Gracias a las talentosas escritoras Marissa Meyer, Lish McBride, Sajni Patel, Rori Shay, Alexa Donne, Kaylyn Witt, Alyssa Colman y Jessica Brody por su camaradería, buena comida, tormentas de ideas y vino.

Y gracias a Dylan Zoerb, por la buena suerte.